仮面の陰に

あるいは女の力

ルイザ・メイ・オルコット
大串尚代＝訳

幻戯書房

目次

ロゴ・イラスト——丸山有美
装丁——小沼宏之[Gibbon]

第一章　ジーン・ミュア

「もうお見えになったかしら」

「いいえ、お母様、まだよ」

「うまくいくといいのだけれど。このことを考えると気が気でなくて落ち着かないわ。ベラ、背中にクッションをいれて頂戴」

悩ましげに小言を言いながらコヴェントリー夫人は安楽椅子に坐り込み、殉教者のように不安そうなため息をついた。愛らしい娘は心配そうに母親のそばを行ったり来たりしていた。

「誰のことを話しているんだい、ルシア？」ソファにもたれかかっていた物憂げな若者が、そばにいたいとこにたずねた。彼女はいつものように横柄な顔つきに楽しげな微笑みをたたえながら、身をかがめてつづれ織り《タペストリー》に取り組んでいた。

「新しい家庭教師《ガヴァネス》のミス・ミュアのことよ。彼女のこと知りたい？」

「いや、けっこう。僕はその種の人たちに、常習的嫌悪なるものを抱いているのでね。僕は折にふれて、妹が一人しかおらず、しかも彼女が甘やかされており、ゆえに迷惑なガヴァネスから長く逃げおおせてきたことを、神に感謝しているのさ」

「では今回はどうやってやりすごすおつもり？」

「ガヴァネスがいる間は家に寄りつかない」

「そんなことしないね。ジェラルド兄さんはあまりにも怠け者なんだもの」彼よりも若くはつらつとした人物が、犬とじゃれていた部屋の奥から声をあげた。

「では三日間を試験期間としよう。もしその新しいガヴァネスが耐えるに値する人であったら、なにもするつもりはないさ。でももし――そう確信しているけれど――退屈な人だったら、とっととおさらばするよ。彼女の手の届かないところにね」

「お願いだから、そんな気の滅入るような話はやめて頂戴。見ず知らずの人が来るということで、あなたたちなんかよりあたくしの方がずっと、どうなることかと思っているのですよ。けれども、ベラは面倒を見てもらわなくてはなりません。だから勇気を出してこの女性を迎えるのです。それにルシアが、今晩から彼女の世話をしてくれるというのはありがたいわ」

「心配なさらないで、お母様。とてもいい方よ、きっと。一度慣れてしまったら、彼女をここにお迎えしてよかったと思うに違いないわ。だってここは今とっても退屈でしょう。レディ・シドニーがおっしゃるには、彼女は物静かで、たしなみもあって、気立てのよい方だそうよ。でも住むところが必要なのですって。お馬鹿なわたしの助けにもなってくれるでしょう。だからお願い、彼女によくなさってね」

「そうしますよ、ベラ。でもちょっと遅くないかしら。なにごともなければいいのですけれど。駅まで迎えの馬車を出すように申しつけたのでしょう、ジェラルド？」

「忘れていました。でも、たいして遠くありませんから、歩いてもどうってことないでしょう」と気の抜けた返事が返ってきた。

「忘れたのではなく怠けたということね。申し訳ないわ。ミス・ミュアがこんな夜遅くに自分でここまで来なければならないなんて、どれほど無礼かと思うでしょうね。ネッド、見に行ってきて下さらない」

「もう遅いよ、ベラ。列車はいくらか前に到着しているよ。お母様、次にご命令いただくときは、僕が必ずや遂行いたします」とエドワードが言った。

「ネッドは、自分のところにやって来るどんな女の子にだって馬鹿な真似をしでかす年頃ですよ。ガヴァネスに目を光らせておくんだな、ルシア。さもないとネッドを虜《とりこ》にしてしまうよ」

ジェラルドはひそひそ声で皮肉を言ったが、弟の耳には届いており、気さくな笑い声の応酬があった。

「兄さんだってこんなふうに悪ふざけをしてみたらいいのに。お手本を示してくれたらそれに倣いますよ。

ガヴァネスについて申し上げるならば、彼女は女性だし礼節をもって接せられるべきでしょう。そこにちょっとしたおまけのやさしさがあっても、都合が悪いこともないでしょう。だって彼女は貧しいわけだし、このあたりのことはよくわからないだろうから」

「それこそ我が愛する心やさしきネッドね！　可哀想なミュアさんの支えになりましょうね、わたしたち？」

ベラは兄に駆け寄ると、つま先立ちになって兄にキスを供したが、兄はそれを拒否できるものではなかった。というのも、可愛らしいバラ色の唇はすぼめられ、きらきらとした瞳は妹らしい愛情に満ちあふれていたからだ。

「もうお着きになるといいのですけれど。どなたかにお会いする労を取るときに、それが無駄に終わるのはひどく嫌なものですわ。時間を守るということはたい、そうな美徳ですけれども、この方は持ち合わせていらっしゃらないようね。ここに七時においでになるという約束なのに、もうとっくに過ぎているのでは」とコヴェントリー夫人が気分を害された、という口調で話し始めた。

さらに不平を言おうと息つぎをする前に、時計が七時を打ち、呼び鈴が鳴った。

「いらっしゃったわ！」とベラが叫び、新入りを出迎えようとしてドアの方を向いた。

「ここにおいでなさい、ベラ。彼女があなたのもとに来るべきであって、あなたが彼女のところに行くものではないのよ」とルシアは威厳たっぷりにベラに告げ、彼女を押しとどめた。

「ミュア様がお着きです」と召使いが告げると、黒い服を着た小柄な姿が戸口に立っていた。つかの間、誰も動こうとしなかったので、言葉が交わされる前にガヴァネスには様子をうかがい、また家族には彼女を見る時間があった。誰もが彼女を見つめていた。ミス・ミュアは一家の人々に鋭い視線を投げかけ、それが彼らに不思議な印象を与えた。それから彼女は目を伏せ、わずかにお辞儀をしながら部屋に入ってきた。

エドワードが前に進み出て、どんなときでも怯《ひる》むことのない、屈託のない心のこもった様子で彼女を迎えた。

「お母様、お待ちしていた方ですよ。ミス・ミュア、迎えもやらずに、あからさまになおざりにしてしまいましたことを、どうかお許し下さい。馬車の手配に手違いがあり、というか、むしろ、手配を任された者が怠惰により失念してしまったのです。ベラ、こちらにおいで」

「ありがとうございます。お詫《わ》びなど必要ありませんわ。迎えをいただけるとは思っておりませんでしたので」ガヴァネスは視線を上げないままおとなしく椅子に腰をおろした。

「お会いできて嬉しいです。お荷物をこちらに」とベラが恥ずかしそうに言った。相変わらずソファにもたれかかっているジェラルドは、暖炉のそばにいる家族たちをけだるそうに眺めており、ルシアは動こうともしなかった。コヴェントリー夫人がもう一度彼女をしげしげと見つめてから、口を開いた。

「時間通りですわね、ミス・ミュア。好ましいことですわ。レディ・シドニーからお聞き及びと思いますすけれど、あたくしは身体を悪くしておりましてね。それでコヴェントリー嬢の教育は姪《めい》が取り仕切ってくれています。あたくしの希望は姪が知っておりますので、あなたは姪の指示にしたがって下さいな。ところで、いくつかおたずねしてもよろしいかしら。レディ・シドニーからは短い言付けしかいただいておらず、彼女にすべてお任せしていたものですから」

「なんなりとどうぞ、奥様」と柔らかで哀しげな声が応えた。

「スコットランドの方ですわね」

「おっしゃる通りですわ」

「ご両親はご健在で？」

「身よりはひとりもおりませんの」

「なんてこと、可哀想に！　失礼ですけれどお年は」

「十九でございます」問答が長くなることは目に見えていた。覚悟を決めたように手を握りしめたミス・ミュアの口元を、微笑みが通り過ぎた。

「お若いこと！　レディ・シドニーは二十五歳とおっしゃっていたと思うのですけれど。そうよね、ベラ？」

「それくらいだと思う、とおっしゃっただけよ、お母様。あまりそういうことをお訊きにならないで。誰にとっても気分のよいものではありませんもの」とベラがささやいた。

ミス・ミュアが突然視線を上げ、素早く感謝のまなざしを輝かせると、静かに口を開いた。「三十歳だったらよかったですのに。でもそうではございませんので、できるだけ年長に見えるように努めますわ」

言うまでもなく、そのとき全員が彼女を見つめており、ひとり残らず彼女に哀れみを感じていた。質素な黒い服を身にまとい、装飾品といえば首元の小さな銀の十字架のみ、というでたちの青白い顔をした娘。小柄で、ほっそりとしており、血色も悪い。金髪と灰色の瞳。不揃いだが、表情に富む鋭い顔つきをしている。貧しさという印が彼女に押されており、これまでの人生では、太陽の日差しよりも霜におおわれる方が多かっただろうことがうかがわれた。だが彼女の口元にはどこか力強さを思わせるものがあり、低いけれどもよく通る声は、変化に富む口調の中に、人を動かそうとする感じと人に擦り寄るような響きが、奇妙に混ざりあっていた。人を惹きつけるような女性ではないが、かといってどこにでもいる感じでもない。きゃしゃな手を膝に置いてうつむいて坐り、ほっそりとした顔に悲痛な表情を浮かべていた彼女は、よくいる朗らかではつらつとした女性よりも興味をひくものがあった。ベラはミス・ミュアを好ましいと思い、椅子を彼女のそばに寄せた。エドワードはミス・ミュアを戸惑わせることのないよう、飼い犬のもとへと戻った。

「どうやらご病気だったようですね」ガヴァネスに関して聞いた情報では、このことにもっとも関心を持ったコヴェントリー夫人が、質問を続けた。

「その通りです。ほんの一週間前に退院いたしました」

「そんなにすぐに仕事を始めて、本当に大丈夫とお思いなの？」

「時間を無駄にしたくはございませんし、この土地ではきっとすぐに元気になりますわ——もしここでお雇いいただけるのでしたら」

「それであなたは音楽とフランス語、そして素描を教えることができるのですね」

「それができることをお示しいたしますわ」

「一、二曲ピアノを弾いて下さいますかしら。タッチを拝見したらわかりますの。あたくし、娘時代にはピアノが上手だったのですよ」

ミス・ミュアは立ち上がり、ピアノがどこにあるかと見渡した。部屋の向こう端にあるのを見てそちらに移動しながら、ジェラルドとルシアの横を通り過ぎたが、彼らのことは目に入っていないかのようだった。ベラが彼女の後についていき、憧れに身をまかせ、たちまち他のことが気にならなくなったようだ。ミス・ミュアは音楽への愛がある人らしい演奏をし、その技術は完璧だった。この音楽の魔法に、その場にいた皆が魅了された。だらしないジェラルドでさえ姿勢を正して聞き入り、ルシアは針を持った手を下ろした。ネッドはミス・ミュアの白く細い指が飛ぶさまを見つめ、その指がいったいどれほどの力と技術を有しているのかと考えていた。

「なにか歌って下さらない？」見事な序曲が終わるとベラがそう頼んだ。

ミス・ミュアはそれまで見せてきた従順な態度で応じると、スコットランドの旋律を奏で始めた。愛らしく寂しげなそのメロディに、ベラの瞳は涙でいっぱいになり、コヴェントリー夫人はたくさん持ち合わせているハンカチを探した。すると突然、音楽が止まった。歌っていたミス・ミュアは、なんとか身体を支えようとする努力も虚しく、椅子からずり落ち、唖然《あぜん》とする聴衆の前に倒れてしまったのである。その姿はまるで死の衝撃があったかのように、白く硬直していた。エドワードが彼女を抱え起こし、兄にソファからどくように命じ、そこに彼女を横たわらせた。ベラはミス・ミュアの手をこすって温め、コヴェントリー夫人は召使いを呼ぶベルを鳴らした。ルシアは可哀想な娘のこめかみを濡らし、ジェラルドは——めったに見せない行動力を発揮して——ワインを一杯持ってきた。まもなくミス・ミュアの唇が小さく震えたかと思うと、可憐なスコットランドなまりでそっとつぶやいた——まるで過去をさまよっているかのように。「行かないで、お母様。ここにひとりきりではたいそう寂しくて」

「一口お飲みなさい、気分がよくなりますから」と哀しげな言葉に心打たれたコヴェントリー夫人が言った。

聞き慣れない声のせいか、ミス・ミュアが正気を取り戻した。彼女は上体を起こすと、ちょっとの間とまどったようにコヴェントリー夫人を見つめていたが、ハッと気がつくと痛々しい様子でこう言った。「申し訳ありません。一日中立ちっぱなしでしたし、どうしてもお約束の時間を守ろうとしておりましたので、朝から食べることも忘れておりました。もうよくなりましたので、最後まで歌いましょうか？」

いっぱいだった。

「とんでもないわ。こちらに来てお茶を召し上がって」と言ったベラは、哀れに思う気持ちと申し訳なさで

「第一場、成功裡《り》に終わる、と」とジェラルドがいとこにささやいた。

ミス・ミュアはちょうど彼らの前におり、コヴェントリー夫人が失神の発作について話しているのを聞いていたに違いなかった。しかし、彼女はジェラルドの言葉を耳にしており、ラケルのような仕草で肩越しに彼を見つめていた。彼女の瞳は灰色だったが、一瞬その瞳が、怒りやプライド、そしてなにかに挑むような強い感情のせいで黒く見えたのだった。頭を下げながら不可思議な笑みを浮かべたミス・ミュアは、よく通る声でこう言った。「恐れ入ります。最後の場面はもっとよくなりますわよ」

コヴェントリー家の若きジェラルドは、冷淡で無精な人であり、楽しいものであれそうでないものであれ、感情だとか情熱だとかいったものを気にすることはほとんどなかった。しかし彼は、このガヴァネスの顔つきや口調から、これまで感じたことのない感覚――言いあらわしようもない、だが無視することのできない感覚――に襲われた。彼の顔がさっと赤くなり、生まれて初めて臆したように見えた。ルシアがそれを見て取り、突如としてミス・ミュアへの憎悪を感じた。というのも、これまでいとこと過ごした年月の間、ルシアの外見や言葉がそれほどまでの力を持ったことはなかったからだ。そうした感情の変化があった痕跡を残すことなく、ジェラルドはすぐに我に返った。だが、ふだんはぼんやりとした彼の瞳には彼女への関心が現

れており、皮肉をきかせた声にはわずかな怒りの響きがあった。

「なんて芝居がかったお嬢さんだ！　明日にも出て行くことにしよう」

ルシアは笑い声をあげた。騒ぎのあった近くのテーブルから彼女にお茶を一杯運んでこようと、ジェラルドがのんびりと移動すると、気をよくしたようだった。コヴェントリー夫人は、失神の発作という突然の出来事にぐったりして、ふたたび椅子に倒れ込んだ。エドワードは、青白い顔のガヴァネスにお茶をさしあげようとしていとこの方を見やったものの、ルシアがそれに応えなかったために、ぎこちない様子でお茶を淹《い》れようとしていた。だが、茶葉の入った缶をひっくり返してしまい、しまったという声をあげた。ミス・ミュアはポットの後ろに静かに立つと、恥ずかしそうなまなざしでエドワードを見て、微笑みながら言った。「着いて早々ですが、わたくしの務めだと察しますので、皆さまにお仕えするのをお許し下さい。このように皆さまを心地よくする術《すべ》は承知しておりますの。茶杓《ちゃしゃく》をこちらに。奥様がお好きなお茶の具合を教えて下されば、わたくしひとりで切り盛りできますわ」

エドワードは椅子をテーブルの方に寄せて、自分に降りかかった災難を喜んだ。その間にミス・ミュアは見ている人たちを喜ばせるようにてきぱきと、優雅な身のこなしで与えられた小さな仕事をこなした。ジェラルド・コヴェントリーは湯気ののぼるカップを渡された後もしばらくそこにとどまり、弟にいくつか質問をしながら、ミス・ミュアをより近くで観察していた。ミス・ミュアはジェラルドが彫像であるかのように、彼に注意を払うこともなかった。一度など、彼がミス・ミュアに話しかけている最中に立ち上がり、砂糖入れをコヴェントリー夫人のもとに持って行った。コヴェントリー夫人は、新しいガヴァネスの控えめだが、家庭的な心配りのある態度にすっかり魅了されてしまった。

「ミス・ミュア、本当にあなたはまたとない人ね。こんなお茶をいただいたのは、可哀想なメイドのエリスが亡くなって以来のことよ。ベラは紅茶を淹れるのが上手ではないし、ミス・ルシアはいつもクリームを入れるのを忘れるの。あなたはやることはなんでもお上手だし、こんなに慰めになるとは」

「でしたらどうかいつもお役に立たせて下さい。喜んでそうしますわ、奥様」

そこでミス・ミュアは自分の席に戻った。頬の色はずいぶんよくなったようで、ほんのりと色がさしていた。

「兄がたずねているのですが、あなたがシドニー家を出られたとき、ご子息はいらっしゃいましたか？」と、同じ質問を繰り返す労を取らないジェラルドに代わって、エドワードが質問した。

ミス・ミュアはジェラルド・コヴェントリーに視線をすえると、わずかに唇を震わせながら応えた。「いいえ、若様は何週間か前に家を出られました」

ジェラルドはルシアのもとに戻り、その横に身体を投げ出すとこう言った。「明日出て行くのはやめた。三日間待ってみるよ」

「どうしてよ？」とルシアがたずねた。

ジェラルドはガヴァネスを見ながら意味ありげにうなずくと、声を低めた。「なぜならシドニーの謎の底には、彼女が関わっているのではないかと思うからさ。奴は最近おかしかったし、なにも言わずに去ってしまった。僕はどちらかというと現実生活の中にあるロマンスが好きでね。読むのに長すぎたり、読みづらい小説なんかよりもね」

「あなた彼女を美人だと思う？」

「断じてないね。すごく不気味な変わり者だよ」

「じゃあどうしてシドニーが彼女に恋したなんて思うの？」

「奴は変わり者だからさ。あっと驚くようなことが好きなのさ」

「どういうことなの、ジェラルド？」

「僕がそうされたように、あのミュアさんに見つめられてごらんよ。そうしたらわかるから。もう一杯お茶をお飲みになりますかな、女神ユーノー〔ローマ神話における結婚と女性の守護神〕？」

「いただくわ」ルシアはジェラルドが給仕してくれるのを好んだ。というのも、彼は自分の母以外の女性にはそのようなことはしないのである。

ジェラルドがゆっくりと立ち上がる前に、ミス・ミュアはお盆に載せたカップを彼らの方に差し出した。

ルシアが冷たくうなずいてカップを受け取ると、ミス・ミュアは声をひそめてつぶやいた。「正直に申し上げますと、わたくしは耳ざとくて、この部屋のどこででも口にされたことを聞かずにはおられませんの。わたくしについてあなたがたが言われたことは大したことではございませんけれども、わたくしに聞かれたくないと思われることを話されているかもしれませんわね。ですから、このようにお知らせすることをお許し下さいませ」そして彼女は来たときと同じように、音もなく去って行った。

ルシアがミス・ミュアの方を見やってから坐ると、ジェラルドは気分を害した様子で「あれ、どう思う？」とたずねた。

「一緒の家にいると落ち着かないことこの上ないわね！　彼女を家に招こうなんて言ったことを後悔しているわ。あなたのお母様は彼女を気に入っちゃったみたいだし、追い払うのは難しいわね」半ば怒りながら、半ば面白そうにルシアが言った。

「おだまり、彼女に全部聞かれているよ。彼女の表情を見ればわかる。ネッドが馬のことを話しているみたいだけど、ミス・ミュアは君と同じくらいお高くとまっているように見えるな。なるほど、といったところさ。いやはや、これは面白くなりそうだな」

「ねえ、彼女がなにか話しているわ。なにを言っているのかしら」ルシアがいとこの唇に手をかざした。ジェラルドはその手に口づけをすると、ほっそりとした指にはめられた指輪を遊ぶともなくくるくると回していた。

「数年ほどフランスにおりましたの、奥様。ですがわたくしの友人が亡くなりましたので、帰国いたしましてレディ・シドニーのところにおりました。それは――」ミュアは少しの間をあけてゆっくりと言葉を続けた。「病に倒れるまでのことでした。伝染性の熱病でしたので、ご迷惑をおかけしないように自分で病院に入りました」

「もちろんそうでしょうとも。でも今は感染の危険はないということでよろしいのね？」とコヴェントリー夫人が不安げにたずねた。

「それはありませんわ。よくなってからしばらく経っています。病院を離れなかったのは、レディ・シドニーのもとに戻るよりも、病院にいた方がよいと思ったからですわ」

「仲違いではないわよね？　もめごとがあったということではなく？」

「仲違いなどございませんわ。でも――よろしいですわ。ご存じになる権利がおありですもの。なんということもないところから、馬鹿げた謎を創り出すようなことはいたしません。ここにはご家族しかいらっしゃいませんし、本当のことを申し上げますわ。わたくしがシドニー家に戻らなかったのは、若様がいらっしゃったがゆえでございます。これ以上はご勘弁下さい」

「なるほど。分別のある適切なご判断ですわね、ミス・ミュア。もう二度とこの話は持ち出しますまい。率直にお話しいただいたことに感謝いたしますわ。ベラ、お友達にこのことを話さないよう注意なさい。残念ですけれども、女の子たちはゴシップが好きですからね。こうしたことを話されているとレディ・シドニーがご存じになったら、どんなことよりもお気を害されることでしょう」

「そんな危険な若い女性を、誘惑の対象となる男性がふたりもいる我が家に紹介するなんて、レディ・シドニーは隣人愛に満ちたお方だな。しかしなぜミス・ミュアはシドニーを射止めた後、彼をつなぎとめておかなかったのだろう」とジェラルドはいとこに向かってつぶやいた。

「爵位があるだけの愚か者に、この上ない軽蔑を抱いていたからですわ」ミス・ミュアがソファの隅にあったショールを取ろうと身をかがめたとき、ジェラルドの耳元にこの言葉が届いた。

「一体全体、どうやってシドニー家に?」とジェラルドが声を出した。どうやら彼はまた別の感覚を感じたようだった。「たしかに彼女は芯がしっかりしているが。シドニーが彼女を惑わそうとしたなら、彼を気の毒に思うよ。だって彼はきっとまったく相手にされなかったに違いないから」

「こちらにいらしてビリヤードをやりましょうよ。約束したでしょう、守ってくださらなくちゃ」とルシアが意を決したように立ち上がりながら言った。ジェラルドがミス・ミュアにばかり関心を向けているのが、ルシア・ボーフォート嬢の気に召さなかったらしい。

「これまでどおり、わたしはあなたに忠誠を誓う者ですよ。母は魅力的な女性だが、身内だけが顔を出す今宵の集まりは、いささか活気を欠いているな。お母様、おやすみなさい」ジェラルドは彼を誇りに思う母と握手をし、周囲の人たちにそれではとうなずくと、いとこの後について行った。

「あの人たちが行ってしまったから気楽にお話しすることができるわ。ネッドがいるけど、彼の犬と同じくらい気を遣わなくていいもの」ベラが足のせ台に腰を下ろしながら話した。

「ミス・ミュア、これだけは申し上げておきたいのですけれど、あたくしの娘にはこれまでガヴァネスをつけていたことはございませんし、嘆かわしいことですけれど、十六歳の娘としては要領がよくないところがございます。ですから午前中は娘と一緒に過ごしてもらい、できるだけはやく娘に慣れていただきたいのです。午後は娘と散歩に出かけたり、馬車で遠出したりして下さいな。夕方には、よろしければここで家族と一緒に過ごしていただくか、あるいはお好きなことをなさって下さい。この土地にいる間は、あたくしが来客を好まないので静かに暮らしています。息子たちが陽気なことをしたい場合は、屋敷の外に出かけます。ミス・ボーフォートが使用人たちの采配を取り仕切ってくれており、あたくしの代わりを出来るだけ務めてくれています。あたくしは身体が弱くて夕方まで部屋にこもっていますから――昼に換気をするとき以外は。まず一カ月を試験期間といたしましょう。お互いうまくおつきあいできるようになるといいですわね」

「全力を尽くしますわ、奥様」

こうした言葉を発したおとなしく精気を欠いた声が、わずか数分前にはジェラルドを驚かしたものと同じだと信じる人はいなかったであろう。あるいは、青白くこわばったミス・ミュアの顔つきが、コヴェントリー家の若様が口にした言葉に反応して突然の炎に輝くなど、誰が信じるだろうか。

可哀想な人なんだな、とエドワードは思った。今までつらい人生を送ってきたのだろう、この家にいる間は過ごしやすくなるように気をつけてあげよう。その寛大な態度の手始めに、エドワードはミス・ミュアが疲れているのではないかと水を向けた。ミス・ミュアもそれを認めたので、ベラが明るく居心地のよい部屋へと案内した。そこでちょっと話をしておやすみのキスをすると、ベラは部屋を後にした。

ひとりになった後のミス・ミュアの行動は、明らかに異彩を放っていた。彼女はまず手をぎゅっと握りしめ、歯の隙間から熱のこもったつぶやきを絞り出した。「二度と失敗しないわ、女の機知と意志があるかぎりは！」彼女はしばらく微動だにせず佇《たたず》んでいたが、その表情にはすさまじい軽蔑ともいえるものが宿っていた。彼女は握りしめていた手をほどくと、見えない敵を威嚇するかのように手を振った。そして笑い声を上げると、生粋のフランス人がやるように肩をすくめ、低い声でひとりごちた。「そうよ、最後の場面は最初よりもよくなるでしょうよ。ああ、神《モン・デュー》よ、どれほど疲れ空腹なことか！」

ひざまずき、身の回りのものが入っている小さなトランクを開けるとフラスク瓶を取り出し、強い薬草酒《コーディアル》を一杯作った。絨毯《じゅうたん》に腰を下ろしてその飲み物をことのほか楽しみながら、素早く部屋を隅から隅まで見渡した。

「悪くないわ！　ここは一仕事するにはよさそうな場所になりそうね。それに課題が難しければ難しいほどいいってものよ。恩に着るわ《メルシー》、古い友人よ。他の誰もそうしてくれないときに、勇気とやる気をわたしに与えてくれた。さあ、幕は下りた。数時間のあいだ自分に戻りましょう――もし女優が自分自身になることがあるならば」

床に坐ったまま、頭に巻いた長く豊かな三つ編みをほどき、顔の化粧を落とし、真珠色に輝く歯を取り去った。ドレスを脱ぐと、そこには本当の彼女の姿が――やせこけて、疲れ切り、むっつりとした女、それも少なくとも三十歳はいっているであろう女の姿が現れた。その変容は驚くばかりであるが、その彼女がほどこす変装のできばえは、どんな仮装術や偽装よりも見事なものだった。いまやひとりになり、豊かだった表情は、ありのままの顔、疲れこわばったきつい表情へと変わっていった。彼女にだってかつては愛らしく、幸せで、かげりなどみせず、穏やかなときがあっただろう。しかしそうしたものはこの陰鬱とした女にはなにも残っていなかった。彼女は身体を傾《かし》げ、自分の人生に影を落とした不幸な出来事、失ったもの、あるいは失望といったものを思い返していた。一時間ほど彼女はそうして坐り、ときおり顔の周りに垂れている貧弱な巻き毛をもてあそんだり、燃えるような飲み物が彼女の冷たい血を温めるかのように、グラスを口元に運んだりしていた。一度など胸元を半ばはだけ、治癒したばかりのまだ新しい傷口をおそるおそる見つめたのだった。ようやく立ち上がると、ベッドに入り込んだ。それはまるで精も根も尽き果ててしまった者のようだった。

第二章　出だしは上々

次の日の朝、ミス・ミュアが静かに部屋を出て庭園への道を見つけたとき、仕事を始めていたのは使用人たちだけだった。ミス・ミュアは花々を眺めながら歩いている素振りをしてはいたが、そのまなざしは立派な古い家と、どこか畏怖を感じるほどの周囲の美しい風景を、素早く吟味していた。

「悪くないわ」ひとりごちた彼女は、隣接する牧草地を通りながら、続けてこう考えていた。「でも、もうひとつの方がいいかもしれないわね。どれよりもいいものを手に入れるわ」

足早に歩きながら、ミス・ミュアは青々とした芝生が広がる場所に出た。そこはサー・ジョン・コヴェントリーが独り暮らしを謳歌している、由緒ある館の前だった。古くから続くどっしりとした建物、見事な樫《かし》の木々、手入れの行き届いた植え込み、明るい庭園、日差しが入り込むテラス、彫刻がほどこされた破風、広々とした数々の部屋、揃いの服を着用した使用人たち、そしてあらゆる豪奢な品々は、富と誉れを持つ一族の代々続く屋敷にふさわしいものだった。それらを眺めているうちにミス・ミュアの瞳は輝きを増し、足はしっかりと地面を踏みしめ、身のこなしはますます自信に満ちたものになっていった。顔には微笑みが浮かんでいたが、それは温めてきた望みが叶うかもしれないという期待から来るものだった。突然、ミス・ミュアの雰囲気ががらりと変わった。帽子を後ろに押しやり、身体の前でゆるく手をにぎり、あたりの風景の素晴らしさに無邪気に驚いている様子は、優美なものを愛でる目を持つ人の心をつかむものがあった。この急な変わりようの理由はすぐに明らかになった。年は五十から六十才の間とおぼしき、矍鑠《かくしゃく》とした目鼻立ちの整った男性が、庭園に通じる小さな門を通ってやって来たのだった。見慣れぬ若き女性を見かけると、どのような人物かと立ち止まった。とはいえ、その男性はちらりと彼女を見ただけだった。ミス・ミュアはすぐに男性の存在に気づいたようであったが、はっとした顔つきで振り返り、驚きの声をあげた。そして、話しかけたものか逃げ出したものか、逡巡《しゅんじゅん》している素振りを見せた。礼節を心得ているサー・ジョンは帽子を取ると、彼にふさわしい古風で礼儀正しい態度で言った。「お邪魔をしてしまい失礼いたしました、お嬢さん。お詫びに、あなたがお行きになるところまでご一緒させていただき、お好きな花をお摘みいたしましょう。花がお好きとお見受けいたしましたので、どうかお好きなだけどうぞ」

ミス・ミュアは、どきまぎとした、ぎこちなくも愛らしい風情で答えた。「まあ、ありがとうございます！　ですが勝手に庭園に入ったことをお詫びしなければならないのは、わたくしの方ですわ。サー・ジョンがお留守だと知らなければ、このような大胆なことはしなかったはずですから。わたくしこの由緒あるお庭を拝見したいといつも思っていましたの。だからその望みを叶えるために、まっさきに駆け寄ってしまいました」

「ご満足いただけましたかな？」とサー・ジョンが微笑みながらたずねた。

「それ以上ですわ――すっかり魅せられてしまいました。これまで見たどの場所よりも美しいのですもの。有名なお屋敷をたくさん見て参りましたのよ、国内でも、それから外国でも」と、彼女は熱心に答えた。

「屋敷も喜んでいることでしょう――その言葉を聞いたら屋敷の主人も喜びますでしょう」と、紳士は妙な顔つきで言った。

「お屋敷のご主人様にこんなこと申し上げるなんていたしませんわ――少なくとも、あなたに申し上げたようには無遠慮には」娘はまだ目を背けたまま応じた。

「どういうわけですかな？」愉快そうに相手がたずねた。

「畏れ多いからですわ。サー・ジョンを怖がっているということではございませんの。サー・ジョンはとてもご立派で高貴な方だという話をたくさんうかがっておりますし、とてもご尊敬申し上げておりますわ。だからあまり多くのことを申し上げるべきではないのです、わたくしがどれほど感服しているかをご存じにならないうちは。それに――」

「それになんですかな、お嬢さん？　言っておしまいなさい」

「わたくしが申し上げようと思ったのは、どれほど私が彼を敬愛しているかをご存じにならないうちは、ということでしたの。でも言ってしまいますわ、だって彼はお年を召した方ですもの。それに人は美徳と勇敢さを愛さずにはいられないものですから」

ミス・ミュアが話す姿はとても熱が入っており、可愛らしかった。きらきらと輝く太陽の光が黄色い髪、品のよい顔、そして伏せた目元を照らしていた。サー・ジョンはうぬぼれた人物ではなかったが、この見知らぬ娘からお褒めの言葉を聞いて嬉しくなっていた。それゆえに、彼女がどのような人物なのか、興味がいっそう増したのである。しかしあれこれたずねたり、彼女がはっきりと意識していないことを言わせて恥じ入らせるようなことは、育ちのよいサー・ジョンには出来なかったので、いずれ機会があったときにわかるままにまかせることにした。彼女がもと来た道を戻ろうとするかのように振り向いたとき、サー・ジョンは持っていた温室咲きの花束を彼女に差し出し、うやうやしくお辞儀をしてこう言ったのである。「サー・ジョンの名において、心ばかりの花束をさしあげることをお許し下さい。あなたの好ましいご感想への感謝とともに。申しておきますが、彼はそのご意見に必ずしもふさわしいとは言えませんよ。わたしは彼をよく知る者ですから」

ミス・ミュアはさっと顔をあげると、一瞬彼に視線を送り、すぐに目を伏せた。そして顔色を変えると口ごもりながら言った。「存じませんでしたの――失礼をお許し下さい――ご親切すぎますわ、サー・ジョン」

彼は少年のように笑い、からかうようにたずねた。「なぜわたしをサー・ジョンとお呼びになるのですか？

わたしが庭師や執事じゃないと、どうしておわかりに?」

「これまであなたにお会いしたことはございませんが、どのようなものであっても、誉め言葉に値しないなどとおっしゃれるのは、ご本人しかいらっしゃいませんわ」とミス・ミュアが小さく答えた様子は、いまだ若い娘らしくどぎまぎしていた。

「まあまあ、それはそれとしよう。次にここに来るときには、正式にご紹介いただけるでしょう。わたしは若い人々を好みますので、ベラはいつも屋敷に友人を連れて来るのですよ」

「わたくしはご友人ではございませんの。コヴェントリー嬢のガヴァネスというだけですわ」そう言って、ミス・ミュアは弱々しく膝を曲げてお辞儀をした。サー・ジョンの物腰が少しばかり変わった。気がつく人はほとんどいなかっただろうが、ミス・ミュアはそれを察知し、心の中に沸いてきた怒りに唇をかみしめた。敬意の気持ちの交じった、どこか風変わりなプライドをもってして、まだ彼女に向けられている花束を受け取ると、サー・ジョンのお辞儀に応え、そこを立ち去った。残された老紳士はコヴェントリー夫人がどこであんな小粋で小柄なガヴァネスを見つけたのだろうかと考えていた。

「一仕事終わったわ。順調な滑り出しね」とミス・ミュアは家に向かいながら独りごちた。

近くの緑深い放牧場では、美しい馬が草を食《は》んでいたが、顔を上げると挨拶を期待しているかのように、彼女にもの問いたげなまなざしを向けた。なにかに突かれたように、彼女は放牧場に入ると、クローバーをひとつかみ摘み取り、馬にこちらに来て食べるように手招いた。彼女がこのようなことをしたことがないのは明らかで、馬はこの新参者を怖がらせるかのように走ってきた。

「なるほどね」と彼女は大声で、笑いながら言った。「あたしはあんたのご主人様じゃないし、逆らっているわけね。でもね、あたしにしたがってもらうわよ、あたしの美しい獣よ」

草の上に坐り込むと、彼女はヒナギクを摘み始めた。跳ね上がって駆けて来る馬には気づかないかのように、のんびりと歌をうたっている。まもなく馬が近づき、不思議そうに匂いを嗅ぎ、驚いたように彼女に目をやった。ミス・ミュアは気づいた素振りも見せず、馬などそこにいないかのように、ヒナギクを編んでいた。この様子は、可愛がられてきた動物の気分を刺激したようだった。というのも、ゆっくりと近づいて来た馬は、とうとう彼女の小さな足の匂いを嗅ぎ、ドレスを食むことができるほど近くまでやって来たからである。そこで彼女はなだめる言葉をつぶやいたり、落ち着かせる音を出したりしながら、クローバーを馬に差し出した。しだいに気をひくしぐさをしてきた馬は、ミス・ミュアがつややかな首元をさすり、たてがみを撫《な》でるのを許したのであった。

それは美しい風景だった――草原に坐るすらりとした乙女と、誇り高い頭部を乙女の手に垂れるはつらつとした馬。この光景を見ていたエドワード・コヴェントリーは、それ以上自分を抑えることができず、塀を飛び越えると、ミス・ミュアと馬へと近づいて行った。感嘆と驚きの交じった表情と声でこう言った。「おはよう、ミス・ミュア。君の技量と勇気をこの目で見なければ、君のことを警戒していただろうね。ヘクターは暴れ馬でやんちゃなのだよ。これまであいつを手懐けようとした馬丁は一人ならず怪我をしているよ」

「おはようございます、ミスター・コヴェントリー。この凛々《りり》しい生き物を悪くおっしゃらないで下さい。この馬はわたくしの信頼を裏切るようなことはしていませんわ。馬丁の方々は馬の心をつかみ、気概を損なわずに手懐ける術をご存じなかったのでしょう」

そう言いながら腰をあげると、ミス・ミュアはヘクターの首元に手を置きながら立っていた。その間に馬は、彼女のスカートの裾に集められた草を食んでいた。

「秘訣《ひけつ》があるんだね。ヘクターはもう君の臣下さ。これまで主人以外の人はどんな友達でも拒んできたのだがね。ヘクターに朝のごちそうをやってくれるかい？　僕、いつも朝食前にこいつにパンを持ってきてひと遊びするんだ」

「では焼きもちは焼いてらっしゃらないのですね？」顔を上げて彼を見たその瞳が、あまりにも輝いており美しかったので、若者はこれまでそんな瞳を見たことがないと思うほどだった。

「僕は焼かないよ。好きなだけ可愛がってやってくれ。ヘクターにとってもいいだろう。あいつはひとりが好きなやつなんだ。他の馬たちのことを毛嫌いして孤独に生きているからね。ご主人様に似ているのさ」

「あんな幸せなご家庭にいらっしゃるのに孤独なのですか、ミスター・コヴェントリーは」明るい瞳に、思いやりのあるやわらかなまなざしが見えた。

「恩知らずなもの言いだったな、ベラのためにも取り消そう。年下の息子なんて居場所がないものさ。自分でなんとかする他ないんだが、まだ僕にはそのチャンスがない」

「年下のご子息！　わたしはてっきり――すみません」ミス・ミュアは、自分には質問する資格がないことを思い出したように、そこで話すのをやめた。

エドワードは微笑んでざっくばらんに答えた。「いいんだ、気にしないでくれ。ひょっとして君、僕が跡取りだと思ってたのかい？　昨晩は兄のことを誰だと思っていたんだい？」

「ミス・ボーフォートをお慕いになっているお客様かと思っていましたわ。お名前もおうかがいしませんでしたし、どなたかわかるほど見てはおりませんでしたから。拝見しておりましたのは、ただあなたのおやさしいお母様と、可愛らしいお妹様と、それから――」

彼女はそこで口をつぐむと、半ば恥ずかしそうに、半ばほっとしたような瞳で若者を見たが、それはどんな言葉よりも雄弁に、語られなかった言葉を伝えていた。若者は二十一歳にもなっていたが、まだ幼いところがあり、ミス・ミュアのもの言いたげな瞳が彼の目と合った後にそっと下を向くと、彼の日焼けした頬にいささか赤みがさした。

「そう、ベラは素晴らしい女の子だよ。好きにならずにはいられないさ。君も仲良くなると思うよ、だって彼女はちょっとお馬鹿さんだけれど、とびきり愉快な子なんだ。母の体調がよくないからベラが献身的に付き添っていて、それで我々も勉強を見てやることができなかった。次の冬に僕たちが街へ行くときは、ベラも出て来ることになっているし、その大イベントに備えないといけないんだ」と、彼は差し障りのない話題を選んで話した。

「精一杯お教えしますわ。それで思い出しましたわ、ここで楽しんでいる場合ではなく、ベラお嬢様のところに行かなくては。長い間病気で閉じ込められていると、田園地帯はとても過ごしやすくて、楽しいことがあるので、仕事を忘れてしまいそうになりますわね。わたしが怠けておりましたら注意して下さいませね、ミスター・コヴェントリー」

「それは兄のジェラルドを呼ぶときの呼び名ですよ〔ミスター・コヴェントリー（Mr. Coventry）と呼ばれるのは長兄にあたる人物のみ〕。ここでは僕は単なるミスター・ネッドですよ」と言いながら、ふたりは屋敷の方へと歩いて行った。ヘクターは塀のところまでついて行き、後ろからいないないて別れの挨拶をした。

ベラが走ってふたりのところにやって来て、ミス・ミュアに挨拶をした。その様子は、ベラが心から彼女を好きになろうと決めたかのようだった。「なんて素敵な花束をお持ちなのかしら！　わたしは花束を上手に整えられたためしがありませんの、もうイライラしてしまって。お母様はお花が大好きなのですけれども、ご自分では外にお出かけにならないの。あなたは素敵なセンスをお持ちなのね」とベラは言って、趣味のよい花束を眺めていた。それはサー・ジョンがくれた珍しい花々に、ミス・ミュアがふわふわした草や、細いシダの葉や、芳しい野の花を加えたために、ずっと華やかになっていた。

その花束をベラに渡すと、ミス・ミュアは「ではこれをお母様に持って行ってさしあげて。そしてよろしければ、花束を毎日お作りしてもよいかおたずねになって下さるかしら。もしお気に召していただけるのでしたら、喜んでそういたしますわ」と、人好きのする様子で言った。

「なんておやさしいのかしら！　もちろん母も喜びますわ。まだ朝露が乾かないうちに、母のところに持って行きます」そう言うとベラは嬉々として、花束と心やさしいメッセージを病人に届けに行った。

エドワードは立ち止まって庭師に話しかけ、ミス・ミュアは階段をひとりで上って行った。長いホールには肖像画が飾られており、そこをゆっくりと歩きながら彼女はそれらの絵を興味深そうに眺めていた。ある絵に気がつくと、そこで立ち止まった彼女は、注意深くその肖像画を見つめた。そこには若く美しいけれども、はなはだしく高慢な女性の顔が描かれていた。ミス・ミュアにはすぐにそれが誰なのかが分かった様子で、なにかを決断したようにうなずいた――思いがけないチャンスを手に入れたかのように。衣ずれの柔らかな音が後ろで聞こえたので振り向くと、そこにはルシアがいた。お辞儀をし、もう一度絵を見ようとして向き直ると、思わず声が出てしまったというようにこう言った。「なんて美しい絵でしょう！　ミス・ボーフォート、こちらはご先祖にあたる方ですか？」

「わたくしの母の肖像ですわ」とミス・ボーフォートは和らいだ声で答え、やさしい目つきで見上げた。

「まあ、気づいてもおかしくなかったですわ、よく似ていらっしゃいますもの。でも昨晩はほとんどお目にかかれませんでしたので。無遠慮で申し訳ありません。レディ・シドニーが友人としておつきあい下さったので、立場をわきまえておりませんでした。お許し下さい」

話しながらミス・ミュアはルシアの手から落ちたハンカチを渡そうと立ち止まった。その控えめな物腰は、ものおじしないはしていないものの、たいそう思いやりがあるものだったので、ルシアの心を動かすものがあった。

「ありがとう。今朝はお加減はいかがかしら」とルシアが丁寧にたずねると、もう大丈夫だという返事を受け取ったので、歩きながらこう続けた。「ベラがおりませんので、朝食室にご案内しましょう。ごく簡単な食事を一緒に取ります。おばは降りてくることはありませんし、いとこたちも食事の時間はまちまちです。もし早起きをなさるようでしたら、わたくしたちを待たずにお好きなときに召し上がって下さい」

他の家族が着席する前に、ベラとエドワードが姿を見せ、ミス・ミュアは静かに朝食を食べていた。彼女は朝の一仕事に満足を感じていた。ネッドはミス・ミュアがヘクターを手懐けたという偉業をふたたび話し、ベラは母親からの花束へのお礼を彼女に届けた。ルシアは一度ならず、ガヴァネスが美しい母親と自分を見比べ、肖像に描かれた姿と自分が生き写しであることを賞賛のまなざしで語ったことを思い出し、虚栄心が満たされていたが、それも無理からぬことだった。皆が青白い顔の娘が居心地よく過ごせるように心を尽くし、彼らの親身な態度は彼女を安心させ、引き立てているようだった。ほどなくして、彼女から寂しげでおずおずとした雰囲気がなくなり、パリでの生活の陽気なエピソードや、イェルマドフ公の家族のガヴァネスをしていたときに行ったロシア旅行、その他さまざまな豊富な話題をもって、朝食が終わった後もずいぶんとその場にいる人たちを惹きつけ、場を沸かせたのだった。ミス・ミュアの体験談に皆が夢中になっているとき、ジェラルド・コヴェントリーが現れ、のんびりと頷《うなず》くと、ガヴァネスがそこにいるのを見て驚いたように眉をあげた。そしていつもの物憂げな一日がもうすでに始まっているといった風情で朝食を取り始めた。ミス・ミュアは唐突に話をやめ、そこからはなにも話さなくなった。

「よろしければまた今度おしまいまでお話ししましょう。さあ、ミス・ベラとわたくしは勉強を始めなければ」そう言って彼女は朝食室を後にし、生徒もそれに続いた。ミス・ミュアは、屋敷の若様の興味なさそうな頷きに、上品にお辞儀を返した他はなんの関心も示さなかった。

「なんという女だろう！　僕がやって来たら行ってしまうなんて。僕の目の前ではふさぎ込んでなんとか耐えている、といった風情だ。なんだい、彼女は品行方正、メランコリーで夢見がち、お高くとまったタイプなのか、ネッド？」と、朝食を平らげた後、コーヒーを飲みながらゆったりと椅子にもたれかかったジェラルドが言った。

「そのどれでもありませんよ。小さいけれど大した女性ですよ。今朝彼女がヘクターを手懐けたところを見ていればなあ」エドワードはその話を繰り返した。

「まあ悪くない一手だな」と、ジェラルドは応じた。「お前の最大の弱点を見抜いて早々にそこを狙ってくるなんて、あのお若い人は行動力があるだけじゃなくて、鋭い観察眼があるってことだな。将を射んとせばまず馬を射よってね。その駆け引きをみるのは面白いだろう。ただ事態が深刻になったら、僕はふたりともチェックメイトで追い詰める、つらい必要に迫られるだろうがね」

「僕に関して言えば、骨を折ってもらう必要はありませんよ、兄さん。あの邪気のない女の子のことを悪く思ってはいないけれど、狙う価値が一番あるのは兄さんだろう。だから自分の気持ちに気をつけた方がいいよ、もし兄さんに心があるならね――それがあるのか疑わしいけれど」

「それは僕も少なからず疑っているよ。しかしその点にかけては、あの小柄なスコットランド女性が僕らのどちらも満足させるということはないと思うよ。で、こちらの妃殿下は彼女をどう思われますかな？」と、ジェラルドはそばに坐っているいとこにたずねた。

「それが思ったよりも感じがいいの。育ちもいいし、でしゃばりじゃないし、彼女がそうしたいと思ったらとても愉快な人よ。ここしばらく聞いたことのないくらい軽妙な話をしてくれたのよ。わたくしたちの笑い声で目を覚ましてしまったのではなくて？」とルシアが応じた。

「そうなんだ。ではその埋め合わせとして、その軽妙な話とやらを話して僕を楽しませてくれよ」

「それはできないな。面白さの半分はミス・ミュアの口調と話し方のおかげなんだもの」とネッドが言った。

「あと十分遅く来てくれたらよかったのに。兄さんが来たから、とびきりの話が台無しになってしまったよ」

「なぜ途中でやめてしまったんだ？」といささかの好奇心をもってジェラルドがたずねた。

「夕べ彼女がわたしたちの話しを聞いてしまったことをお忘れになったの？　きっとあなたが彼女のことを口先だけでつまらない人と思っていると感じたのよ。自尊心のある人だし、あなたが言ったようなことは、女性は忘れないものよ」とルシアが答えた。

「あるいは許してくれないかのどちらかだね。ではまあ、彼女がご立腹ということならおとなしくしていることとしよう。シドニーについての話で、ちょっと彼女には興味があるのだよ。といってもミス・ミュアになにか話してもらおうとは思っていないけれどね。ああいう話しぶりをする女性は隠し事を洩《も》らしたり、打ち明けたりすることは絶対にないからね。僕はシドニーが彼女のどこに惹かれたのかなあ、と思うんだ。というのも、これまで彼は、社交界で出会った女性に魅了されたことがないのは間違いないからね。その手のことを聞いたことがあるかい、ネッド」とジェラルドがたずねた。

「スキャンダルやゴシップは苦手なんだ。耳にしたこともないよ」そう言うとエドワードは、部屋を後にした。

その後すぐにルシアは使用人に呼ばれ、ジェラルド・コヴェントリーはもっとも退屈な社交相手と残されてしまった――つまり彼自身である。朝食室に入ったとき、ジェラルドはミス・ミュアが語っていた話を部分的に耳にし、好奇心をたいそうかき立てられた。その話の結末はなんだろうと気になっており、それを聞きたいと思っていたのである。

いったい、なぜ自分が入ってきたとたんに、彼女は逃げ去ったのだろう、と考えた。もし彼女が本当に楽しい人なら、それを役立たせるはずだ。ここは、ルシアがいてもなお、たまらなく退屈なところなのだから。

おや、あれはなんだ？

豊かな声量の甘やかな声が、見事なイタリアの歌をうたっていた。情感のある歌い方が、曲をいやましに魅力的なものにしていた。フランス窓から外に出ると、ジェラルドは陽の当たるテラスをそぞろ歩き、音楽を愛好する者らしい興味をもって歌を楽しんでいた。別の曲が続き、ジェラルドはなおも歩きながら、退屈さも時間も忘れて聴き入った。このうえなく素晴らしい一曲が終わり、ジェラルドは思わず拍手をした。するとミス・ミュアが一瞬顔を出してすぐに消えてしまった。ジェラルドはその場にとどまり、ふたたび声が聞こえてくるのを待っていたものの、曲が響いてくることはなかった。彼は音楽にだけは決して飽きることはなかったが、ルシアもベラも彼を魅了するほどの音楽の腕前ではなかったのである。彼は、なにかするべき事をしたり人に会ったりするのが億劫《おっくう》だったので、一時間ほどテラスや芝生をうろつき、日向ぼっこをしていた。ついに帽子を手にしたベラが出て来て、草の上に横になっている兄につまづきそうになった。

「怠け者だこと。ずっとここでだらだらしていらっしゃったの？」

「とんでもない、忙しくしていたさ。あの小さなドラゴンをどう乗りこなしたか教えてくれよ」

「だめよ。フランス語をざっとおさらいするように言われたの。そうしたらデッサンの準備をしていいって。だから行かなきゃ」

「今日は暑くて勉強なんてできないよ。ここに坐って見捨てられた兄を楽しませてくれよ。この一時間、蜂とトカゲ以外誰も一緒にいてくれない」

そういってジェラルドは妹の手を引くと、ベラもそれに応じた。彼は怠け者だが、誰しもが彼の言うことに逆らうことなくしたがってしまうのだった。

「で、なにをしていたんだい？　可哀想な小さな脳みそに、お上品ながらくたを混ぜ込んでいたのかい？」

「そんなことないわ、楽しくてたまらないわ。ジーンはすごく面白い人ね。それにとてもやさしいし賢いわ。馬鹿げた文法の勉強で飽き飽きさせるのではなくて、ただフランス語でわたしに話しかけるだけなのだけれど、それがあまりに見事なので、わたしもうまく学べるの。そのやり方は気に入ったわ。ルシアのつまらない教え方のあとだったから、全然期待はしていなかったのだけれど」

「なんの話をしたんだい？」

れるの」

「そうね、いろんなことを話したわ。ジーンが質問をして、わたしが答えるでしょ。それを彼女が直してくれるの」

「僕たちの家族に関する質問とかもあるのかい？」

「全然。わたしたちや家族のことには関心がおありではないようよ。わたしたちがどのような家の者かお聞きになりたいかと思ったので、お父様が突然お亡くなりになったことを話したり、ジョンおじ様やお兄様やネッドのことをお話したの。でもその話の途中で、彼女は静かにこう言ったの。『あまり外部の者にお話ししない方がよい内容になってきましたわね。よく知らない者にお家の事情をなんでもお話しになるのはよろしくありませんわ。さ、他のことを話しましょう』って」

「そのときどんな話をしていたんだい、ベラ？」

「お兄様のことよ」

「ああ、それは彼女にはつまらなかっただろうな」

「わたしのお喋りに飽きてしまわれたのよ。半分も聞いていらっしゃらなかったし。わたしが描き写すためのものをスケッチするのに気を取られていらっしゃったし、コヴェントリー家のことよりももっと面白いことでも考えていらっしゃったのではないかしら」

「どうしてそう思うんだい？」

「顔の表情からよ。ジーンの音楽は気に入った、ジェラルド？」

「もちろんさ。僕が拍手したら怒っていたかな？」

「驚かれたようだったわ。それに誇らしげに見えましたけれど、すぐにピアノの蓋を閉めてしまって、わたしがお願いしても続けては下さらなかったの。ジーンって素敵な名前じゃありませんこと？」

「悪くはないね。でもどうしてミス・ミュアと呼ばないのかい？」

「そう呼ばないでって彼女がおっしゃるの。お嫌なんですって。ただジーンと呼ばれるのがお好きだそうよ。ジーンはちょっとしたロマンスがおありだったのだろうと想像するわ。いつかそのことをジーンに話したいわ。だって彼女には絶対に恋のトラブルがおありだったと思うもの」

「そんな馬鹿げたことを考えていないで、ミス・ミュアの育ちのよいやり方を見習うんだね。そして他の人のあれこれに首を突っ込むんじゃないよ。今晩ミス・ミュアに歌ってくれるように頼んでくれよ。退屈がまぎれる」

「降りていらっしゃらないと思いますわ。書斎になっているわたしの部屋で、読書をしたり勉強したりする予定ですのよ。お母様はご自分の部屋でお過ごしになるから、客間はお兄様とルシアでお好きにお使いになって」

「ありがとう。ネッドはなにをする予定なんだろう」

「お母様のお相手をすると言っていたわ。やさしいネッド！　お兄様がネッドのやる気を出させて、彼がすることを認めて下さったらいいのに。ネッドはなにかしたくてたまらないのに、お兄様が何度も無視なさったりおじさまの援助を拒んだりなさるから、プライドが邪魔をして二度と言い出せないのですわ」

「なんとかするから心配しなくていいよ、お前は。ここで我々と静かに過ごしていたら、やつも当座はだいじょうぶさ」

「いつもそうおっしゃるけど、ネッドはお兄様に頼っている状態に苛立《いらだ》っているし、満足していないわ。お母様もわたしも気にしていないけれども、ネッドも殿方ですからそれが悩ましいのですわ。ネッドは今に自分のことは自分で解決するようになると言っているけれど、そうなったときにお兄様は、弟にもっと早く手を差し伸べてやればよかったと後悔することになると思うわ」

「ミス・ミュアが窓からお前を探しているよ。さ、行っておいで。でなきゃ彼女に叱られるぞ」

「叱ったりなんかなさらないわよ。わたし彼女のことは少しも怖くなくてよ。とってもやさしくて可愛いらしい人ですもの。すっかり彼女のことが気に入ったわ。ここに寝転がっていると、ネッドみたいに日焼けしてしまうわよ。ところでね、ミス・ミュアとわたし意見が一致しましたのよ、ネッドの方がお兄様よりハンサムだと思う、という点で」

「いい趣味をしているね。僕に異存はまったくないよ」

「ミス・ミュアは、ネッドは男らしいとおっしゃっていたわ。それは眉目秀麗《びもくしゆうれい》な男性よりも魅力的なんですって。彼女はものごとをとても上手に説明するの。それではもう行きます」ミス・ミュアが披露した美しい歌の折り返し句をハミングしながら、ベラは弾むような足取りで立ち去った。

「『活力は男の美よりも魅力的』、か。一理ある。だが、その活力をそそぐものがなければ、一体全体どうやって男が活力的になることがある？」ジェラルド・コヴェントリーは帽子を目深にかぶりながら心の中でつぶやいた。

しばらくすると、ジェラルドはドレスの衣ずれの音を聞いた。そのままの姿勢で、斜めに視線をやると、ミス・ミュアがテラスを横切ってこちらにやって来るのが目に入った。ベラを探しているようだった。石の階段を二段下がると芝生に続いている。ジェラルドは階段の近くに横たわっていたが、ミス・ミュアは近くに来るまでジェラルドに気づかなかった。彼女は驚いて最後の石段に足を滑らせてしまった。自分で起き上がると、その場を立ち去ったが、横になってこれみよがしに寝ている人物を通り過ぎるときに、まぎれもなく軽蔑に満ちたまなざしを投げかけていったのである。ベラがジェラルドに報告した中には彼を苛立たせるものもあったが、そのまなざしは彼の怒りに火をつけた。もっともジェラルドは怒りという感情を自分自身に対してさえも持とうとはしていなかったのであるが。

「ジェラルド、こちらにいらして、早く！」まもなく、ベラの呼び声がした。彼女はベンチの横に立っていたが、そこには苦痛に耐えるように顔を手で覆ったガヴァネスが坐っていた。

体勢を立て直すと、ジェラルドはのろのろとその声にしたがった。しかしミス・ミュアが次のように言っているのが聞こえたとき、彼の歩調は我知らず早くなっていた。「呼ばないで、あの方はなにもできはしないでしょう」彼女は意味深長にも「あの方は」のところに念をおして発言した。

「どうしたんだい、ベラ」とたずねたジェラルドは、いつもよりずっと目が醒めているようだった。

「お兄様がミス・ミュアを驚かせたので、足首をひねってしまわれたの。足にたいそうな痛みがあるから、家まで行くのを助けてさしあげて。それから、草の中にひそむ蛇みたいにあそこに寝そべって、人を驚かすのはもうやめて頂戴」とベラは怒ったように言った。

「では失礼して。よろしいですか？」ジェラルドは手を差し伸べた。

ミス・ミュアはジェラルドの気に障るような表情で見上げると、冷たく応えた。「感謝しますわ。でもベラお嬢様が支えて下さるので充分です」

「それは無理だと思いますよ」と言うと、ジェラルドは拒否できないほどの断固とした身振りで、ミス・ミュアの腕を引き上げると、屋敷の中へ彼女を連れて行った。ミス・ミュアは静かにしたがい、痛みはすぐに治まるだろうと言った。そしてベラの部屋のソファに落ち着くと、ほんのちょっと感謝の言葉を口にすると、退室をうながした。珍しく人助けをしたつもりのジェラルドは、もう少し感謝されてもよいはずなのにと思いつつ、自分が来るといつも喜んでくれるルシアのところへとおもむいた。

お茶の時間になるまでミス・ミュアは姿を見せなかった。これまでのところ、一家がこの屋敷に落ち着いているときは、夕食も早めに済ませ、お客を呼ぶこともなかった。ミス・ミュアは夕食には来なかったものの、夜にはいつもよりもいくぶん青い顔をし、わずかに足を引きずりながら階下に降りてきた。サー・ジョンがそこにおり、甥《おい》とお喋りをしていたが、ガヴァネスに対してふさわしい会釈をして、彼女がいることを認めただけだった。ミス・ミュアがポットの後ろへ行こうとゆっくりと歩いていたとき、ジェラルドは弟に言った。「足乗せ台のところへ彼女を連れて行き、具合をたずねてくれ、ネッド」そしておじに対する礼儀として説明が必要だとばかりに、ジェラルドは事故の原因が自分にあることを話した。

「なるほど、なるほど。わかったよ。可愛らしいよさそうな人じゃないか。美人というわけではないが、堂々として育ちが良さそうだ。彼女の身分にしては上出来じゃないか」

「もう少しお茶はいかがですか、サー・ジョン？」彼の肘のあたりからやわらかな声が聞こえてきた。そこにはミス・ミュアがおり、ふたりの紳士に茶碗を差し出していた。

「ありがとう、すまんね」とサー・ジョンは言いながら、彼が今言ったことを彼女が聞いてくれていればいいが、と思った。

ジェラルドが自分の茶碗を受け取ると、丁重に言った。「僕の分まで持って来てくれるなんて、寛大な人だね、ミス・ミュア。あんな痛みを君にもたらしてしまったというのに」

「わたくしの務めですわ」彼女の答えは、明らかに「喜んでやっているわけではないのですよ」と言っている口調だった。彼女はもとの場所に戻ると、ベラやネッドと一緒に微笑み、お喋りをし、愉快に過ごしているのだった。

ルシアはおじとジェラルドの近くにとどまりふたりを独り占めしていたが、彼らの視線が、テーブルのそばの賑やかな一団の方へ幾度となくさまよい、そしてひっきりなしに笑い声が起こったり、興味をそそられるような会話の断片が聞こえてくると注意を削がれたりしていることに気づき、気分を害していた。ルシアができるかぎり面白く、また痛ましげに悲劇の話をしている真っ最中に、サー・ジョンがいきなり腹の底から笑い出し、ルシアの話ではなくミス・ミュアたちの愉快な話を聞いていたことを露呈させてしまった。ルシアはひどく腹を立て、口早にこう言った。「こうなるとわかっていたわ！　ベラはガヴァネスをどう扱ったらよいか正しいマナーを全然心得ていないのだから。彼女もネッドも身分の違いというものを忘れて、彼女の仕事を台無しにしているのよ。ミス・ミュアは早くも厚かましくなってきているわ。もしおば様がゆくゆくはご忠告なさらないのであれば、わたくしからお話ししなければ」

「頼むから、彼女が話し終えるまで待っていてくれたまえよ」とジェラルドが言った。サー・ジョンはとっくに向こうのグループへと行ってしまっていた。

「もしあんな意味のない話が面白いと思うのなら、おじ様の後をついて行ったらどう。あなたなんかいらないわよ」

「ありがとう、じゃあそうするよ」そしてルシアはひとりぼっちになった。

しかしミス・ミュアは話を終え、ベラを手招きすると部屋を出て行った。まるで彼女に向けられた賛辞にまったく気づいておらず、あるいは彼女が去った後の部屋の物憂げな様子に無関心であるかのようだった。

ネッドは母親のもとに行き、ジェラルドは戻ってルシアと仲直りをした。皆におやすみの挨拶をすると、サー・ジョンは家路へとついた。テラスをそぞろ歩いていると、彼はベラの勉強部屋の明かりが灯された窓のところへと出てきた。彼は一言声をかけようと、カーテンをちょっと横に開いて部屋を覗《のぞ》き込んだ。心地よい光景がそこにあった。ベラは忙しく作業をしており、そのそばの椅子には、美しい髪の毛と繊細な横顔に明かりを受けて、ミス・ミュアが坐って本を読み上げていた。「小説か！」とサー・ジョンは思った。そしてふたりのロマンティックな娘たちに微笑むのだった。しかし、話しかける前にもう少し聞いていようとして、サー・ジョンはそれが小説ではなく、歴史書であることに気づいた。流れるような読み方がドラマチックな効果を発揮して、歴史の出来事を面白そうに、歴史上の人物を印象深く響かせていたのである。サー・ジョンは歴史を愛好していたが、視力が落ちてきたために自分の楽しみが制限されることもままあった。眼鏡を試してみたこともあったが、どれもしっくりこなかったので諦めてしまっていたのである。今ミス・ミュアの読み方を聞き、滑らかに流れる声とともに夕べの時間をゆっくりと過ごせたら、どんなに心地よいだろうかと考えた。新しい掘り出し物を手に入れたベラがうらやましかった。

ベルが鳴り、ベラが立ち上がって言った。「ちょっとお待ちになってね。お母様のところに急いで行かなくては。それからこの素敵な王子様のお話を続けましょうね」

ベラが出て行ってしまうと、サー・ジョンは来たときと同様に静かにその場を立ち去ろうとした。その時、ミス・ミュアの奇妙な振る舞いが、たちまちサー・ジョンの心を捕らえてしまった。彼女は本をどさっと落とすと、テーブルの上に両腕を投げだし、その上に頭を乗せ、突然わっと泣き出したのである――まるでこれ以上はもう抑えきれないかのように。サー・ジョンはひどく驚き、そっとそこから離れた。だが、その夜一晩中、心やさしい紳士は、姪のところにやって来た、興味をそそられるガヴァネスのことをあれこれ考えて頭を悩ませていた。実はそうなるように、彼女が意図していたことにはまったく気づかないままに。

第三章　情熱と憤慨

数週間のうちは、コヴェントリーの屋敷はひどく単調ではあるが、平穏さにおおわれていた。しかし、目にも見えず、存在すら知られていない嵐が生まれつつあった。ミス・ミュアが来たことで、誰しもになにかしらの変化が起きていた——もっとも、どのように、そしてなぜ変わったのか、説明できる者はいなかったのだが。でしゃばることもなく、控えめな物腰にかけては、ミス・ミュアの右に出るものはいなかった。ミス・ミュアはベラの世話にあけくれ、ベラは彼女を慕い、楽しそうにしているのはガヴァネスとともにいるときだけだった。ミス・ミュアはいろいろな方法でコヴェントリー夫人にやすらぎをもたらす術を知っており、夫人がこれほどの看護人はどこにもいないと言い切るほどだった。彼女は頭の回転の速さと、女性らしいいたわりをもって、ネッドを面白がらせ、興味をそそり、そして彼の心を勝ち取った。ルシアは彼女の能力に敬意を払うと同時に、妬ましくも思っていた。不精者のジェラルドは、相変わらず彼女から避けられていることに苛立っていた。一方でサー・ジョンは、孤独な年配男性の心を惹きつけるに充分な、ミス・ミュアからの自分に対する率直で裏表のない敬意と、しとやかな心遣いに魅了されていた。彼女は使用人たちにも好かれており、たいていのガヴァネスが、雇い主である家族と使用人たちに挟まれて孤独な存在になってしまうのとは異なり、ジーン・ミュアは家の中心人物であり、ふたりをのぞいて全員と親しくなっていた。

ルシアは彼女のことを好いてはいなかったし、ジェラルド・コヴェントリーは彼女を信用していなかった。ふたりともその理由をはっきりと言うことはできなかったし、自分自身に対してさえも、そうした感情があることを認めているわけではなかった。ふたりはなにげなく彼女を観察していたが、彼女にはどこにも欠点など見当たらなかった。おとなしく、節操があり、誠実で、いつも変わらず気立てがよい。ルシアもジェラルドも不満などなにもなかったし、自分たちが疑念を持つ理由も定かではなかったが、さりとてそれを払拭することもできなかったのである。

まもなく、一家はふたつの派閥に別れてしまった。というより、ルシアとジェラルドのふたりが他の家族たちから取り残されてしまったのだった。小心者だからという理由で、ジーン・ミュアはほとんどの時間をベラの勉強部屋で過ごしていたが、ほどなくしてそこは居心地のよい小部屋となり、ネッドやコヴェントリー夫人、そして折にふれてサー・ジョンがやって来ては、音楽、読書、お喋りなどに花を咲かせ、和気藹々《あいあい》と過ごした夕べを過ごしていた。最初のうちは、ルシアもいとこであるジェラルドを独り占めして悦に入っており、怠惰なジェラルドは自分の周りでなにが起こっているのかを気にすることもなかった。しかし次第に彼はルシアに飽きてきてしまった。彼女は才気煥発といったタイプではなかったし、男の心を魅了し、その心に入り込むほどの手練手管を持っているわけではなかった。ミス・ミュアたちの楽しげな集まりの噂が耳にはいったジェラルドは、好奇心から顔を出してみようと考えた。誰も居ない客間をうろついていると、家中に美しい音楽が響いていた。ルシアのつまらぬ話を聞いている間、賑やかな笑い声が聞こえてきた。

ジェラルドが興味を失っていることに気づいたルシアは、なんとか彼を楽しませようと試みたが、かえって状況を悪くするだけだった。ほどなくして、ジェラルドは夕方にテラスをそぞろ歩くようになり、ベラの部屋の窓の外を行ったり来たりして、そこでなにが起こっているのかをちらりと覗き見ては、その観察の結果をルシアに報告をして自らを楽しませるようになっていた。ルシアはといえば、楽しげな一団に加わってもいいかをたずねたり、加わりたそうな素振りを見せることは、彼女のプライドが許さなかった。

「明日ロンドンに行こうと思うんだよ、ルシア」ある晩、ジェラルドは彼が「調査」と呼んでいる散歩から帰ってくると、かなり気分を害した様子でそう告げた。

「ロンドンに？」と、驚いたいとこは声をあげた。

「そうだ、僕もぐずぐずしてはいられないし、ネッドには相応のことをしてもらわなければいけない。さもなければやつはもう終わりだ」

「どういうことなの？」

「やっこさん、若造のごとく、これでもかというくらいあっけなく恋に落ちてしまったようだ。あのお嬢さんがやつを虜にしちまって、僕が止めなければ今にも馬鹿なことをしでかしそうなんだ」

「彼女がちょっかいを出すんじゃないかと気にしていたわ。ああいう人たちっていつだってそうなのよ。問題を起こす類の人たちなんだから」

「ああ、そこは違うんだよ、ミス・ミュアに関して言えばね。彼女が媚びてきたというわけじゃないんだ。それにネッドだってかなりの分別や気概を持ち合わせているから、愚かしい浮気娘につかまることはない。ところが、ミス・ミュアはやつに姉のように振る舞ったのさ。穏やかな気品と引き込むような人なつっこさが入り混じって、若造の心を捕らえてしまったのだよ。ふたりを見守っていたけれども、ネッドときたらミス・ミュアが面白い小説を、言いようもなく魅力的な物腰で読み上げるのを、食い入るように見つめているんだ。ベラと母上は物語に夢中になってなにも見えていない。だがネッドは自分を主人公に、ミス・ミュアをヒロインに見立てて、心が目覚めたばかりの男の情熱をもってして、愛の場面を生き抜いている、というわけさ。可哀想なやつ、可哀想なやつだ！」

話の勢いと、いつも生気のない顔に不安の表情が浮かんでいるのに驚いて、ルシアはいとこを見つめた。その変化はジェラルドにふさわしいものだった。というのも、後悔をひとつするごとにいまの彼が作られてきており、その変化はこれからの彼がどうなるかを示していたからだ。彼女が言葉を継ごうとする前に、ジェラルドはふたたび立ち去り、まもなくして笑いながらもどこか憤っている顔つきで戻ってきた。

「今度はなんなの？」とルシアがたずねた。

「立ち聞きする者は自分のよい噂を聞くことはない、という諺《ことわざ》はまごうことなく真実だね。ネッドの様子を見に立ち寄ったのだが、こんなへつらった言いぐさを耳にしたよ。母上はもう部屋を出ていて、ネッドが可愛いミュア嬢に舟歌を歌ってくれと頼んでいた。この間の夜に我々に披露してくれた歌さ。

『今はいけませんわ、ここでは』とミス・ミュアが言っていた。

『どうしてだい？　居間では喜んで歌ってくれただろう』とネッドがねだった。

『それとこれとは話が違いますのよ』と、ミス・ミュアはネッドを見ながら頭を小さく振っていた。ネッドは両手を合わせて、どうしてもといった様子で哀れっぽく懇願していたからね。

『こちらに来て歌って下さいな』と人を疑うことを知らぬベラが言った。『ジェラルド兄様もあなたの声がたいそうお好きよ。なのに、ちっとも歌って下さらないと言って文句をおっしゃっているもの』

『ジェラルド様にお願いされたことは一度たりともございませんわ』とミュアはぎこちなく笑って言った。

『お兄様はものぐさですからね。でも聴きたがっていらっしゃるのよ』

『お願いされましたら、歌いましょう――そうしたいとわたしが思いましたならば』。そこで、彼女は肩をすくめたんだ。憎らしいことに、興味なんかないといった態度でね。

『でもお兄様は楽しまれると思うわ。ここの生活にはたいそううんざりされているのですもの』と、お馬鹿なベラが話し始めた。『恥ずかしがったり、お高くとまったりなさらないで、ジーン。この可哀想なお年寄りをもてなしてさしあげて』

『お断りいたしますわ。わたくしはミス・コヴェントリーの教育を承っておりますけれど、コヴェントリー様を楽しませるためにいるのではございません』というのが、ベラがもらった返事さ。

『ネッド兄様には歌うでしょう、なぜジェラルド兄様はだめなの？　ジェラルド兄様が怖いの？』とベラがたずねたんだ。

するとミス・ミュアは笑い出した。人を馬鹿にしたような笑い方でね。そして彼女らしい口調でこう言ったんだ。『あなたの上のお兄様を怖がる人がいるとは想像もできませんことよ』とね。

『わたしは怖いと思うことがよくあるわ。お兄様が怒ったところをご覧になれば、あなただってそうなると思うわ』と言ったベラは、まるで僕が彼女を殴ったことがあるかに見えたよ。

『怒りを覚えるほど目が醒めていらしたことなんて、コヴェントリー様におありかしら？』とあの小娘が驚いたように言ったよ。ここでネッドが吹き出して笑い始めて、今もまだ続いているんじゃないかな、あの声から察するに」

「あの人たちの馬鹿げたおしゃべりには、腹を立てるほどの価値などないけれども、ネッドはどこかにやった方がいいことは確かね。あなたがいうところの『あの娘』をやっかい払いしようとしたって無駄よ、おば様はネッドとベラに劣らず、あの人にすっかり参っているんですもの。ミス・ミュアって子どもの扱いが本当に上手よね。ネッドをどこかに行かせなさいよ、そうしたらミス・ミュアだってなにもできやしないわ」とルシアが言うと、ジェラルドの顔つきが変わった。ジェラルドはルシアが坐っていた窓のすぐ外におり、月明かりの中に立っていた。

「君、ぼくのこと怖いかい？」一瞬癇癪《かんしゃく》を起こしたことを恥じているように、ジェラルドはたずねた。

「いいえ。自分ではどうなの？」ルシアに不安げな表情が浮かんだ。

「僕はスコットランドの魔女には惑わされたりはしないぞ。あの音楽以外はね」そう言うと、ジェラルドはテラスの方に降りて行った。ジーン・ミュアがナインチンゲールのように歌っていた。

歌が終わると、ジェラルドはカーテンを脇に押しやり、唐突に言った。「誰かロンドンに用事はないかい？

僕は明日行くつもりだ」

「お気をつけて」といつもは兄の行動に興味津々のネッドが、気にする風でもなく言った。

「お願いしたいものはたくさんありますけれど、まずはお母様にうかがわなくちゃ」とベラはリストを作り始めた。

「お手数をおかけいたしますが、手紙をお願いしてもよろしいかしら、ジェラルド様？」演奏用の椅子に坐ったままジーン・ミュアがこちらを振り返り、ジェラルドを冷たく射るようなまなざし――いつもジェラルドを戸惑わせる瞳――で見つめた。

ジェラルドは一礼すると、その場にいる皆に伝えるようにこう告げた。「朝早い列車に乗るつもりなので、今夜中に申しつけてくれたまえ」

「じゃあ行きましょう、ネッド。ジーンが手紙を書くのを邪魔しないようにね」そう言うとベラはしぶるネッドを連れて部屋から出て行った。

「手紙は明日の朝お渡しいたしますわ」とミス・ミュアが言った。その声はなぜか震えており、心の中にある強い感情をなんとか抑えようとしているようだった。

「お好きなように」と言うとジェラルドはルシアの方に戻ったが、ミス・ミュアの手紙の宛先は誰なのだろうかと考えていた。彼はロンドンに行く目的について弟になにも知らせなかった。ちょっとした一言が、まさに防ごうとしている危機を引き起こすことを案じたためだった。しかしネッドはいまや夢心地で、ジェラルドの存在そのものを忘れているかのようだった。

めったにない力を発揮して、ジェラルドは翌朝七時には起きだした。ルシアが朝食を準備し、ジェラルドが馬車の準備を命じるために部屋を出たとき、ミス・ミュアが階段を滑るように下りてきた。顔は青く、まぶたが腫れていたが（涙で眠れぬ夜を過ごしたのだろうとジェラルドは察した）、小さな手紙を彼の手に渡すと、急いでこう言った。「これをレディ・シドニーのお宅にお届け下さいますか。もしレディ・シドニーにお会いになったら、こうおっしゃって下さい。『わたくしは忘れておりません』と」

ミス・ミュアのいつもとは違う物腰と奇妙な言付けに、ジェラルドは面食らってしまった。見るとはなしに宛先に目をやると、そこに若きシドニーの名前が書かれていた。ジェラルドは自分の過ちに気づいたが、手紙をポケットに押し込みながら、急いで「ごきげんよう」と言うと、ミス・ミュアをその場に残したまま立ち去った。ミス・ミュアは片手を胸に当て、もう片手は手紙を思い出させるように伸ばしていた。

ロンドンへの道中、ジェラルド・コヴェントリーは、ミス・ミュアの顔に浮かんだ哀しみに満ちあふれた表情を忘れることができなかった。そして慌ただしいロンドン滞在の二日間、それが頭から離れることはなかった。ネッドの件はすみやかに片付けられ、ベラから頼まれたことも終え、母親のお気に入りの食材も整えられ、ルシアへの贈り物も――一族は、ものぐさなジェラルドは自分で選ぶことをしないだろうという理由で、ルシアをジェラルドの将来の伴侶にするつもりでいた――準備ができた。

ジーン・ミュアの手紙はまだ届けられていなかった。というのもレディ・シドニーは地方に行っており、ロンドンの邸宅を留守にしていたからだった。届けられなかったという知らせを、ミス・ミュアがどのように受け取るのだろうと思いながら、ジェラルドは静かに屋敷に戻った。皆は夕食時の着替えのためにそれぞれの部屋に戻っていたが、ミス・ミュアは庭園にいると召使いが言った。

「結構。彼女に伝えることがあるのでね」と言うと、「若様」（と使用人たちは呼んでいた）はミス・ミュアを探しに行った。遠くの隅に、ミス・ミュアが一人で坐って物思いに耽っているのが見えた。足音にハッとして驚いたような表情を見せたが、その後嬉しそうな顔つきになり、立ち上がって心はやる様子で手招きをした。ジェラルドは面食らったが、彼女のもとに行くと手紙を差し出して気遣いながら言った。「こちらをお届けすることが叶わなかったことを申し訳なく思います。レディ・シドニーは地方にご滞在で、あなたのお許しなしにこの手紙を置いていくのは気が進みませんでした。それでよろしかったでしょうか？」

「おっしゃる通りですわ。誠に感謝しています。――この方がよかったのですわ」どこか安堵《あんど》した様子で、ミス・ミュアは手紙を細かく破り、紙片は風に乗って散っていった。

これまでになく驚いたことに、ジェラルドが彼女のもとを離れようとしたとき、懇願でも命令でもあるような調子で、ミス・ミュアがこう言ったのだった。「もう少しここにいて下さいませ。お話ししたいことがございますの」

ジェラルドは立ち止まり、あからさまに驚いた様子で彼女を見つめた。ジーン・ミュアはさっと頬を赤らめ、唇を震わせていた。だがそれも一瞬のことで、すぐに彼女は落ち着きを取り戻した。自分が坐っていた席をジェラルドにゆずると、自分は立ったまま、苦しげな、しかし意を決したように低い声で話し始めた。

「コヴェントリー様、この家の長でいらっしゃるあなたにお話ししたいことがございます――あなたのお母様にではなく。それは、あなたのお留守中に起こった、この上なく不幸な出来事についてです。わたくしの試用期間は本日で終わります。あなたのお母様はわたくしにここに残ってほしいとお望みです。わたくしも残りたいと心から思っておりますわ、ここでは楽しくしております。でもそうすべきではないのです。これをお読み下されればおわかりになりますわ」

ミス・ミュアは急いでジェラルドの手になにごとかが書かれた紙を渡すと、ジェラルドがそれをじっと読んでいるところを見つめていた。ミス・ミュアはジェラルドが怒りで顔を赤らめ、唇をかみ、眉をひそめ、傲慢さにあふれた顔つきになるのを見ていた。彼は顔をあげると、これ以上ないほどいやみな調子を込めて言った。「出だしは申し分ない。あの小僧は弁が立つが、その才能を無駄に使っている。ところで、あなたはこの浮かれた手紙に返事を出したのか、おたずねしてもよろしいでしょうか？」

「いたしました」

「では、その次は？　やつはあなたに『自分と一緒に逃げてほしい、運命をともにし、自らの生涯のよき天使となって』くれるように乞うている。もちろんあなたはそれに了承したと？」

答えはなかった。ジェラルドの前にまっすぐに立ったまま、ミス・ミュアは毅然とした我慢強さを浮かべながら彼を見つめていた。それは非難を承知している人のようでもあり、また心の広さゆえに非難に対して憤りを感じない人のようでもあった。その様子にジェラルドも感じ入るところがあった。とげとげしい口調をゆるめ、ジェラルド・コヴェントリーは短くたずねた。「なぜ僕にこれを？　僕になにができると？」

「お見せしたのは、『あの小僧』がどれほど真剣であるかがおわかりになると思ったからですわ。そしてわたくしがどれほど正直でありたいかということも。あなたは弟君を律し、助言を与え、慰めることができます。そしてわたくしが自分にどのような義務があるのかを理解する手助けをして下さると思ったのです」

「あなたはやつを愛しているのですか？」ジェラルドは単刀直入に訊いた。

「いいえ！」すぐに断固とした返事が戻ってきた。

「ではなぜ彼に気を持たせた？」

「そんなことをするつもりはありませんでした。お妹さまも証明して下さるでしょう、わたくしが彼をどれほど避けようとしていたか、それは――」ジェラルドは自分でも無意識のうちに、腹立ちまぎれの口調でこう続けた。「僕を避けたのと同じように、か」

ミス・ミュアは黙ってうつむくと彼は続けた。

「公正に評価するならば、あなたが僕にした振る舞いはこれ以上ないほど罪無きものだったとして、ではなぜネッドには毎晩のようにあなたにまとわりつくのを許したのですか？　最初に出会った魅力的な女性に心を奪われる他にすることもないような、夢見がちな小僧になにを期待したというのですか？」

ジェラルドが最後の言葉を口にしたとき、ジーン・ミュアの鋼のような青い瞳に一瞬のきらめきが走った。

しかしそれはすぐに消え去り、咎《とが》めるような響きに満ちた声で、彼女は衝動にかられたように言いつのった。

「その『夢見がちな小僧』が、もし自分がそうしたいと思っていた通りに、一人前の男性としての生活を許されていたのであれば、最初に彼が情けをかけた哀れな娘に心を奪われるようなお暇はなかったことでしょう。コヴェントリー様、これはあなたの責任ですわ。弟君を責めるのはおやめになり、ご自身の過ちを認め、すみやかに思いやりのある態度で埋め合わせをなさいませ」

しばらくジェラルドはなにも言わずに坐っていた。父親が亡くなって以来、彼を責めるような人は誰もいなかった。これまでの人生の中で人から非難されることなどほとんどなかった。それは新しい経験であり、その目新しさが彼の心に響いた。ジェラルドは自分の過ちを認め、それを悔い、それを面と向かって告げた娘の勇敢な誠実さに感服した。しかし彼はこの問題にどう対応すればよいのかがわからず、前からものごとをなおざりにしてきたことのみならず、この場において無能であることを告白せざるを得なかった。ジェラルドはプライドも高かったが、同じくらい高潔な人物でもあったので、努力を必要としながらも率直にこう告げた。「いかにも、ミス・ミュア。責められるべきは僕だ。しかし僕も、危うさを目にしてすぐにそれを防ごうと思ったのだよ。僕がロンドンに行ったのは、ネッドのためだ。もうまもなくネッドは任務を命じられて、この危険な状況から離れたところに行くだろう。これ以上にできることがあるとでも？」

「いいえ。なにごとにも縛られず、幸せな気持ちで彼をここから出て行かせるには、遅すぎましたわね。ネッドはこれからずっと、つらい気持ちを抱えていかなければならないのです。それが彼を一人前の男性にするのですわ」と悲しげに彼女は言った。

「すぐに忘れてしまうだろうよ」明るかったネッドが苦しむことを考えるのは気詰まりだと、ジェラルドは気づいた。

「ええ、ありがたいことに、それもあり得ますわね、殿方には」

ミス・ミュアは両方の手をぎゅっと押しつけると、半ば背けた顔に暗い表情を浮かべた。彼女の口調や身のこなしのなにかがジェラルドの琴線に触れた。彼は、彼女の古傷が血を流し、新しい恋人の登場で苦い思い出が目を覚ましたのかと想像した。ジェラルドの冷たく無関心な態度の下には、若さゆえのロマンティックな気持ちが隠されていたのだ。この娘――自分の友人が恋に落ち、弟を虜にしたと思われるこの娘は、ジェラルドの興味の対象となった。彼はミス・ミュアを哀れに感じ、彼女に手を差し伸べたいと思った。そして騎士道精神のある男性がつねに女性への不当な仕打ちを悔いるように、これまで彼女をあやしいと思っていたことを後悔したのであった。ミス・ミュアはここで楽しく過ごしていた。可哀想な、行く当てのない魂。彼女はここに残るべきだ。ベラは彼女を好いているし、母親もミス・ミュアといるとほっとするようだ。それにネッドがここを出て行ってしまったら、ミス・ミュアの人を惹きつける態度や豊かな教養によって、誰かの平穏が乱されることもなくなるだろう。短い間にこうした考えがジェラルドの頭の中を駆けめぐった。

口を開いたとき、ジェラルドはやさしくこう言っていた。

「ミス・ミュア、あなたも心苦しかっただろうに、率直に話してくれてありがとう。僕に寄せてくれた信用に見合うよう、最善を尽くすつもりだ。僕にだけ打ち明けてくれたのは、思慮深く思いやりのあることだったと思う。この手のことは母をことのほか悩ませただろうし、なにもよいことはなかっただろうからね。僕がネッドの面倒をみよう。そしてこれまで怠ってきたことをすぐさま修復しよう。僕を手助けしてくれるね。その代わり僕は君に残ってくれるようにお願いするよ。ネッドはもうすぐここを出て行くのだし」

ミス・ミュアは瞳に涙をいっぱいに浮かべて彼を見た。彼女がやわらかな声で答えたときには冷ややかさが消えていた。「なんとおやさしいことでしょう。でももうわたくしは行かなくては。ここにいない方がよいと思いますので」

「なぜだい？」

ミス・ミュアは愛らしく顔を赤らめ、たじろいだ様子のあと、彼女の魅力をあますところなく伝えるはっきりと落ち着いた声で言った。「このご家族にご子息方がいらっしゃると存じていたならば、ここには来ることは決してありませんでした。レディ・シドニーはお妹様のことしかおっしゃいませんでした。お二方の紳士がいらっしゃることがわかって、わたくしは困りました、だって――わたくしは運がよくないのか――あるいは、どちらかといえば、わたくしなどにふさわしいとは思えないほど、皆さまわたくしのことをご親切にも好いて下さいますの。わたくしはこちらには少なくとも一カ月はいられると思いました。弟君は出て行かれるとおっしゃっていたし、それにあなたはすでにご婚約されていました。けれど――」

「僕は婚約などしていないよ」

なぜ自分がそんなことを言ったのか、ジェラルド自身わからなかった。しかし言葉はあわてて彼の口から発せられ、取り戻すことはできなかった。ジーン・ミュアはその内容をおかしなこととととらえたようだった。彼女はきわめて気分を害したような風情で肩をすくめると、ほとんどだしぬけにこう言った。「では婚約なさるべきよ。すぐにそうなさるわ。でもそれはわたくしとっては、なんということもございません。ボーフォート壊はわたくしにここを離れるようお望みのようですし、ここにとどまることで幸せなご家族がバラバラになってしまうのは、わたくしのプライドが許しませんわ。いいえ、もう参ります。すぐに行きますわ」

ミス・ミュアは急いで向こうを向いたが、ネッドの腕が彼女を引き留めた。そして気遣うように問うた。「どこに行くんだい、僕のジーン？」

やさしく触れられ、名前を口にされたミス・ミュアは勇気をくじかれ、冷静さも失ったようだった。というのも、彼女は恋人にもたれかかり、顔を埋めると声を上げてすすり泣いていたからだった。

「頼むから大ごとにしないでくれ」とジェラルド・コヴェントリーは苛立っていた。彼の弟は兄をにらみつけると、なにが起こったのかをただちに理解した。ネッドが書いた手紙はまだジェラルドの手にあり、そしてジーンが最後に言った言葉を聞いてしまっていたのだ。

「それを読んでいいと誰が言った？　僕の恋を邪魔していいと誰が言った？」と興奮したエドワードが問うた。

「ミス・ミュアだよ」と、ジェラルドは紙切れを投げ捨てながら言った。

「彼女にこの家から出て行けといって辱めたんだな」とネッドは沸き起こる怒りにまかせて叫んだ。

「まったく逆さ。ここに残ってくれと頼んだんだ」

「ちくしょう！　そのわけは？」

「なぜって彼女は有能だし、ここにいて幸せなのだそうだ。僕としては、お前の愚行のせいで、彼女が好んでいる家を失うという事態は歓迎しかねるのだ」

「兄さんは突然とても思慮深く、思いやりのある人になったね。だがもう心配しないでくれたまえ。ジーンの幸せも、どこに住むのかも、今は僕が考えることだから」

「わが弟よ、馬鹿を言うんじゃない。そんなこと無理だろう。ミス・ミュアはちゃんとわかっているぞ。母上を煩わせずに事態を収めるにはどうしたら一番いいかを、彼女が僕のところにたずねに来たんだぜ。僕はロンドンにお前の問題の片をつけに行ったんだ。お前はもうすぐここを離れることになっているんだ」

「出て行く気はまったくないよ。先月はそれが僕の心が願うところだったけれどもね。今は兄さんが言うことはなにも受け入れないよ」そしてエドワードは不機嫌そうに兄に背を向けた。

「なにを馬鹿なことを！　ネッド、お前はここから出て行かなくちゃいけない。もう手配は済んでいるし、今さら変えられないんだ。お前に必要なのは環境の変化なんだ。そうしたらお前も一人前の男になれるだろう。もちろん僕たちはお前がいなくてさみしいと思うだろうさ。だけどお前は人生についてなにがしかを見る場所に行くんだ。ここで悪ふざけをしているよりも、その方がお前にとっていいんだ」

「君はここを出て行くのかい、ジーン？」兄の言葉を完全に無視したネッドは、ジーンの上にかがんでたずねた。ジーンはまだ顔を覆って泣いていた。彼女はなにも話さなかったので、ジェラルドが彼女に代わって口を開いた。

「それはない。お前が出て行くのに、なぜ彼女が出て行かなければいけないんだ」

「出て行かないんだね？」と恋に落ちているネッドは必死にジーンに問いかけた。

「残りたいですわ、でも――」ジーンは口ごもると顔を上げた。彼女は兄と弟の顔をそれぞれ見ると、決意したように言葉をついだ。「いえ、わたくしは出て行きます。あなたがここから出て行ってしまったとしても、ここにわたくしが残るのはよくありません」

ふたりの兄弟は、なぜ自分たちを素早く見たジーンの視線が、それほどまでに心を動かしたのかわからなかったが、しかしふたりは相手に負けてなるものかという気持ちになった。エドワードは突如として兄がミス・ミュアを愛しているのだと感じ、彼女を兄から引き離そうと必死になった。ジェラルドは、ぼんやりとだが、ミス・ミュアは自分のせいでこの家に残ることに不安を感じているのではないかと考え、自分は安心できる人間だということを彼女に示したいと思っていた。どちらも怒りを感じていたが、それぞれ異なる方法で――ひとりは激情に駆られ、ひとりはあざ笑うことで――示していた。

「君は正しいよ、ジーン。ここは君がいるべき場所じゃない。僕が出て行く前に、もっと安全な家を探させてくれ」とネッドがはっきりと言った。

「お前という危険が取り除かれたら、ここはことのほか安心して暮らせる家になるだろう、という気がするがね」ジェラルドは人を苛立たせるように、静かに優位に立つ者の微笑みをたたえながら応じた。

「可哀想なルシアが証言してくれる通り、僕よりも危険な人物を残していかなきゃいけないと僕は思っているけれどね」

「口の利き方に気をつけるんだな、ネッド。さもなきゃ力尽くで僕がこの家の当主であることを思い出させるぞ。ルシアの名前を、この好ましからざるいざこざに巻き込むんじゃない、頼むから」

「兄さんはこの家の主人な
んだろうさ。だけど僕や僕の行動の主人じゃない。それに僕に従順になってほしいとか、兄さんを尊敬してほしいとか期待する権利は兄さんにはないよ。だって兄さんはそんな器じゃないものね。ジーン、僕は誰にも言わずにここを一緒に出ようと頼んだだろう。こうなった今、僕と運命を共にしてほしいと堂々と言うよ。兄さんのいる前で僕は君にたずねるよ。そしてその答えをもらうつもりだ」

ネッドは気のはやる様子でジーンの手を取ると、ジェラルドを挑むように見つめた。彼は今も子どもの遊びを見守るように微笑んでいた。もっとも、彼の瞳には火が灯り、その顔つきは静かな白い怒りに変化していた。それは突然の感情の爆発よりももっと恐ろしいものだった。ミス・ミュアは怖じ気づいているようだった。彼女は若き恋人から後じさると、ジェラルドに懇願するようなまなざしを投げかけた。ジェラルドに守ってほしいと言いたいのに、それを口にする勇気がないというように。

「答えてくれ！」エドワードは必死だった。「兄さんを見るな。本当のことを言ってくれ、君の口から。僕のことを愛しているかい、愛してくれるかい、ジーン？」

「もうお話ししたはずですわ。どうしてまたつらい答えを言わせようとして、わたくしを苦しめるの？」

哀れな口調で答えたジーンは、なおも自分をつかむ弟の手から後じさり、兄に訴えているかに見えた。

「数行の手紙を書いてくれたね。だけどそれで納得なんかできるものか。答えてくれないか。僕は君の瞳の中に愛情を見たし、声の中に愛情を感じた。君の心の中に愛情が隠されていることはわかっている。君はそれを手にするのが怖いんだ。誰も僕たちを引き裂くことはできない――話してくれ、ジーン。僕の納得がいくように」

ジーンは心を決めたようにネッドから手をふりほどくと、ジェラルドの方へと一歩踏み出し、そして震える唇でゆっくりと、だがはっきりと答えた。自分がこれから言うことが、どのように響くかを恐れているのは明らかだった。「申し上げますわ、本当のことを申し上げましょう。あなたはわたくしの表情に愛情をご覧になりましたわね。わたくしの心に愛情はありますし、それを手にすることをわたくしは怖れてはいません。わたくしに真実を告白させようとするのは酷なことですけれども、でもこれはあなたへの愛情ではないのです。これでご満足でしょうか」

ネッドは悲痛なまなざしでジーンを見すえ、すがるように彼女に手を伸ばした。ジーンはぶたれるのではないかと怖れたのか、突然小さな叫び声をあげてジェラルドにしがみついた。ジーンの振る舞い、怯《おび》えている顔つき、そしてジェラルドが思わず彼女を守ろうとした仕草は、感情のすれ違いのためにすでに頭に血が上っているネッドにとっては耐えきれないものだった。我を忘れた怒りが爆発したネッドは、庭師が置き忘れていた大ぶりの剪定刀を手にした。そしてあやうく兄に致命的な一撃を放つところだった――ジェラルドが自分の腕でネッドの攻撃を防御しなければ。ネッドの手はいったん下がったが、しかし次の一撃がミス・ミュアに向けられるところだった。しかし彼女は思いがけぬほどの勇気と力を発揮して、ネッドから剪定刀を奪い取ると、そばの小さな池に投げ込んでしまった。ジェラルドはどさっと坐り込んだ。彼の腕につけられた深い傷からは血がどくどくと流れ出ていた。その流血の速さは動脈が切れたことを示していた。ネッドは驚愕《きょうがく》し、立ちすくんでいた。攻撃によって怒りが過ぎ去り、良心の呵責《かしゃく》と恥ずかしさに打ちのめされていた。

ジェラルドは弟を見上げると、弱々しく微笑んだ。そして非難も怒りも示すことなく言った。「気にするな、ネッド。許せ、そして忘れろ。家まで手を貸してくれ。誰にも言うんじゃないぞ。まあそんなに大したことないさ」しかしジェラルドの唇は話すにつれて白くなり、身体からは力が抜けていった。エドワードはとっさに兄を支え、ミス・ミュアは怖がっていたことを忘れ、たぐいまれな腕前と勇気を持った娘であることを示した。

「急いで！　ここにジェラルド様を寝かせて。ハンカチをこちらに下さいませ、そして水をお持ち下さい」とジーンは冷静な指示を与えた。おろおろしているネッドは指示にしたがい、ジーンがジェラルドの腕をぎゅっとハンカチで縛り、その下に乗馬用の鞭の持ち手を差し込み、切断された動脈に堅く押し当て、危険をともなう流血を食い止める様子を、息をのんで見守っていた。

「スコット医師がお母様のところにいらっしゃると思います。行ってお連れして下さい」というのが次の指示だった。エドワードは駆けてゆき、自分にまとわりついていた恐怖をなだめるためになにかできることに感謝していた。ネッドは数分間その場を離れていた。待っている間、ジェラルド・コヴェントリーはジーンが自分の傍らにひざまずいているのを見つめていた。彼女は片方の手でジェラルドの顔を拭きながら、もう片方の手で縛った腕をしっかりと押さえていた。彼女の顔は青くなっていたが、かなり冷静で落ち着いており、ジェラルドを見下ろしたときの瞳は不思議な輝きを放っていた。感謝の意を込めながらも驚いているジェラルドの瞳をとらえると、安心させるように微笑むジーンの愛らしさが際だった。彼女はそれまでにジェラルドに対して発したことのない、やさしく穏やかな声で言った。「しゃべってはいけません。もう大丈夫です。助けが来るまでそばにおりますわ」

まもなく助けがやって来た。医師が最初に口にしたのは「急ごしらえで止血帯をほどこしたのはどなたですかな?」ということだった。

「彼女です」とジェラルドがつぶやいた。

「では一命を取り留めたことを彼女に感謝するべきですな。いやはや。見事なできばえだ」老医師はまったく感服し、興味をそそられるといった表情でジーンを見やった。

「たいしたことではございませんわ。さ、傷の様子を診て下さいませ。その間に包帯と塩やワインを取りに行って参ります」

ミス・ミュアはそう言いながら行ってしまった。あっという間に去ってしまったので、彼女を呼び戻すことも呼び止めることも出来なかった。ジーンが戻るまでの短い間に、反省したネッドがことの顚末を説明し、傷があらためられた。

「幸いなことに、治療器具を入れたカバンを持って来ているのだよ」と医師がいい、拷問にでも使用するかのようなギラギラ光る小さな器具を、ベンチの上にずらりと並べた。「ではネッド、ここに来て腕をそっちに向けて押さえていてくれたまえ。わしが動脈を縛るから。おい！　それじゃ全然だめだ。そんなに震えるんじゃない。ではあちらを向いて、腕をしっかり押さえるんだ」

「だめだ！」哀れなネッドはふらふらとして顔も蒼白《そうはく》になってしまった。それは怪我の光景のせいではなく、自分の兄を殺したいと思ったというつらい記憶によるものだった。

「わたくしが押さえますわ」ほっそりとした白い手が、むき出しで血だらけになった腕をしっかりと持った。そこでジェラルドは安堵のため息をつき、スコット医師はそれでいいと力強く頷いて仕事に取りかかった。

処置はすぐに終わり、エドワードが使用人たちにコヴェントリー夫人を気遣うようにと命じに行っている間に、スコット医師は器具を片付けた。ミス・ミュアは塩と水とワインを巧みに使いこなし、そのおかげでジェラルドは、自分の部屋に歩いて戻ることができた。スコット医師に肩を借り、三角巾をその場で作ることができなかったために、ジーンがジェラルドの怪我をした腕を支えていた。部屋に戻ると、ジェラルドは左手を差し出し、端正な瞳に気持ちを込め、短くこう言った。「ミス・ミュア、ありがとう」

手を握りながら、ミス・ミュアの青白い頬が美しく色づいた。そして一言も口にせずに彼女は部屋から出て行った。ルシアと家政婦が大騒ぎをしながらやって来たので、病人の付き添いには事欠くことはなかった。ジェラルドはすぐにうんざりしてしまい、付き添いを全員追い払ってしまった。だが良心の呵責に苛まれているネッドは、兄の部屋にとどまっていた。その様子は若きカインのようであり、彼は追放者の気持ちになっていたのである。

「小僧、ここにおいで。ことの次第を全部話しておくれよ。威張りちらしていて悪かったよ。許してくれ。だが、僕が自分よりもお前の幸せを心から願っていることは信じてほしい」

こうした率直で親密な言葉はふたりの間の溝を埋め、ネッドの心を開かせた。ネッドは自分の恋の道のりを喜んで話し始めた。というのも、恋する若人というものは、親身になって話を聞いてくれる人がいれば、恋を語る楽しさに飽きることなどないものだし、またジェラルドは今まさに親身になっていたのだから。一時間の間、ジェラルドは横たわったまま、じっと弟の恋心が育っていった事情を聞いていた。情熱ゆえにネッドの語りは雄弁で、ジーン・ミュアがどのような人柄かも色彩豊かに語られた。周囲の人たちに対する、彼女の疑いようのない心遣いがしのばれた——裏表なく心を配り、姉のようにベラに接し、コヴェントリー夫人には細やかに気遣いをし、ジーンを嫌っていることを隠さないルシアに対しても慎み深い。なにより、ネッド自身に対して、気さくに相談に乗ってくれ、同情し、そして敬意を持ってくれていたのである。

「彼女のおかげで、僕はちゃんとした男になれたと思う。他の誰よりも、僕に力と勇気を与えてくれたのが彼女なんだ。これまで見てきたどの女性とも違う。彼女は自分のことを哀れんだりしないんだ。賢く、親切で、愛らしい。彼女ははっきりとものを言うし、目をしっかりと見て、鋼のように正直なんだ。僕も頑張ったよ。彼女のことを知って——ああ、ジェラルド、彼女をこんなにも愛しているんだ！」

ここで哀れな弟は顔を手に埋めるとため息をついた。その姿を見た兄は心が痛んだ。

「魂にかけて、ネッド、僕にはお前の気持ちがわかるよ。もし彼女になんの問題もなければ、僕はお前のためになんでもしてやる。だが彼女はシドニーを愛しているのだから、お前にできることは男らしく自分の運命に耐えることだけなんだ」

「シドニーのことは確かなのかい？　他の人の可能性はないだろうか？」とネッドは疑うような目つきで兄を見た。

ジェラルドは弟に自分が知っていることを話し、手紙のことも含めて友人について考えたことを告げた。

エドワードはしばらく面白がっていたが、ふと安心したように正直なところを話した。「兄さんではなく、シドニーでよかったよ。それなら僕も耐えられる」

「僕だって！」とジェラルドは吹き出した。

「そうだよ、兄さんさ。ここのところ僕は、兄さんがジーンを気に懸《か》けているのでは、と思って悩んでいたんだ。いやむしろ、彼女が兄さんを気に懸けているんじゃないかとね」

「焼きもち焼きの愚かな若者め！　僕たちはおたがいに、ほとんど顔を合わしたことも口を利いたこともないんだぜ。どうやって好意を持つというのだね？」

「じゃあ毎晩テラスをうろついていたのはなぜだい？　それに兄さんの影が行ったり来たりし始めると、ジーンがそわそわしてしまうのはなぜだい？」とエドワードがたずねた。

「僕は音楽は好きだが、歌い手とのつきあいには興味はない。だからテラスを歩いていたのさ。彼女がそわそわしたというのはお前の気のせいだろう。ミス・ミュアは、男の影が見えたからといって、それに舞い上がるような女性ではないだろう」ジェラルドは怪我をした方の腕を見た。

「そう言ってくれてありがたいよ。それに、いつも言うように『ミュアお嬢さん』と言わないでくれて。ひょっとしたら僕の気のせいだったのかもしれない。だけど彼女がもう兄さんをからかったりしないから、僕は『若い当主』である兄さんに心を奪われてしまったのかも知れないと妄想してしまったんだ。女性はよくそうなるだろう、兄さん」

「ミス・ミュアはよく僕をからかっていたんだろう？」とジェラルドは言った。しかし弟の言葉の後半部分には注意を払っていなかった。それは確かに正しいことだったのだが。

「そうでもないよ、彼女は育ちがいいからそんなことはしないさ。だけど時々ベラと僕が兄さんのことで冗談を言うと、ジーンがときどき思いがけないことや気の利いたことを言うので、それがおかしくてね。兄さんはからかわれるのに慣れているだろうから気にしないと思うけど、ただの内輪話さ」

「気になんかしないさ、笑いたいだけ笑うがいいさ」とジェラルドは言った。しかし実際には、気になっていた。彼はミス・ミュアが自分のことをなんと言っていたのか知りたくてたまらなかったが、しかしプライドが邪魔をしてたずねることはできなかった。彼は身体をもぞもぞと動かすと、痛みにため息をついた。

「僕が話しすぎてしまったみたいだ。身体に悪いよね。スコット先生は、兄さんは安静にしていなければいけないとおっしゃっていたのに。できれば少し眠るといいよ」

エドワードはベッドから離れたが、部屋にはとどまっていた。他の人と付き添いを代わるつもりはなかったからだ。ジェラルドは眠ろうとしたが、寝つくことができず、まんじりともせず一時間ほど過ごした後、弟を呼んだ。

「ちょっとだけ包帯をゆるめてくれたら、腕も楽になって眠れると思うんだ。頼めるかい、ネッド？」

「さわったりなんかできないよ。スコット先生は明日の朝に先生が来るまで、このままにしておくようにとおっしゃっただろう。それに僕が手を出すと悪くなるだけだよ」

「言っただろう、きつすぎるんだよ。腕が腫れて痛みがひどいんだ。このままだととても我慢できない。スコット先生は急いで処置してくれたから、きつく巻いてしまったんだ。考えればわかるだろう」とジェラルドはじれたように言った。

「モリス夫人を呼ぶよ。彼女ならどうすればいいかわかるだろうから」心配そうな様子のエドワードはドアの方に向かって行った。

「彼女はだめだ、大騒ぎして、あげくおしゃべりで僕を苦しめるだけだ。できるところまで我慢してみるよ。それにもしかしたらスコット先生が今晩来てくれるかも知れない。それも可能だとおっしゃっていたから。夕食を食べておいで、ネッド。なにか必要があればベルを鳴らしてニールを呼ぶから。ひとりになったら眠れるかも知れないしね」

エドワードはしぶしぶ言いつけにしたがった。ジェラルドはひとりになった。だが、怪我をした腕の痛みが耐えきれないほどになり、ほとんど休むこともできなかった。そこでとっさに心を決めて、使用人を呼んだ。

「ニール、コヴェントリー壌の勉強部屋に行き、もしそこにミス・ミュアがいたら、申し訳ないがここまで来てくれないかをたずねてくれ。傷がたいそう痛くてね。この家で怪我のことをよく知る人は、彼女の他にいないと思うから」

たいそう驚いた顔をして、使用人は部屋を出て行った。しばらくしてドアが音もなく開くと、ミス・ミュアが入ってきた。その日は暖かかったため、初めて彼女は簡素な黒い服を着ていなかった。彼女が着ていたのは飾りのついていない白いドレスだったが、しかし金色の髪の毛と、ベルトに差してある芳しいスミレの花束のために、いつも家で見かけていたおとなしい修道女のような女性とは違って見えた。ドレスだけではなく、彼女の表情にも変化があった。やわらかな色合いが頬にさし、瞳は恥ずかしげに微笑み、そして口元は、これまでのようにあらゆる感情をなんとか抑えようときつく結ばれてはいなかった。ミス・ミュアははつらつとした、上品な愛らしさのある女性に見え、彼女の登場によってどんよりとした部屋に突然光が差したように、ジェラルドには思われたのだった。ミス・ミュアはまっすぐにジェラルドのもとに来ると、見ていると心がやわらぐような明るく気遣うまなざしで見つめながら、短く言った。「お呼びいただいて嬉しいですわ。どうすればよろしいですか?」

ジェラルドが説明をし始めると、不満を言い終わらないうちにミス・ミュアは結び目をゆるめだした。それはなにをするべきかを理解しており、そして自分にそれができることを確信している人の態度だった。

「ああ、ほっとしたよ。楽になった!」という言葉がジェラルドから飛び出した。「ネッドは、僕にさわったら血がまた流れて死んでしまうんじゃないかと思ったみたいでね。スコット先生はなんて言うかな?」

「それは存じ上げませんし、気にいたしませんわ。こんなにきつく巻きつけておいて、必要があればゆるめるようにとも言わずにお帰りになるなんて、腕のよくないお医者様だと申し上げますわ。心地よく整えましょう、そうすればお休みになれますわ。それが必要ですものね。そうさせていただいてよろしいでしょうか」

「そうできるならお願いするよ」

包帯を器用に巻き直している間、若き当主はミス・ミュアのことを不思議な気持ちで見ていた。しばらくして彼はたずねた。「こういうことをどうやって習得したんだい?」

「病にかかっていたときにおりました病院で、関心のあることをいろいろ見ておりましたの。具合がよくなると、他の患者さんに歌ったりしていましたのよ」

「僕にも歌ってくれるかい？」病気になった男性が女性の世話になっているときに、無意識に出す頼りなげな口調でそうたずねた。

「夢見るような口調で本を読み上げてさしあげるよりも、歌の方がよろしければそういたしますわ」と、ミス・ミュアは最後の結び目を締めながら答えた。

「だんぜん歌の方がいいね」とジェラルドは毅然として言った。

「熱があるようですわね。額を冷やしてさしあげますわ。そうすればずいぶん楽になるでしょう」彼女は、静かに部屋の中を動きまわったが、その様子は目にも心地よいものだった。水にほんの少しコロンを混ぜ、まるで子どもにするかのように、何気ない仕草でジェラルドの顔を拭いた。彼女の一連の手順は、ジェラルドの心を穏やかにするだけではなく楽しませもした。前回彼が病にかかったときに看病してくれたのは、ビールを飲みながらガミガミとうるさく言う恰幅《かっぷく》のよい女性の看護士だったのを思い浮かべて、今回と比べてしまうジェラルドだった。

「賢くやさしい小さな婦人だ」と考えるジェラルドは、自然な振る舞いをしている彼女を見て、気持ちよさを感じていた。

「さあ、だいぶいつものようになっていらしたわ」とミス・ミュアは作業を終えつつ満足そうに頷いた。彼女はジェラルドの額にかかる前髪を冷たくやわらかな手で整えた。そして近くの大きな椅子に身を沈めると、翌朝に使う包帯をきれいに巻きながら、歌い始めた。ジェラルドは部屋に灯されたろうそくのほのかな明かりのそばで、彼女を見つめながら横たわっていた。ミス・ミュアは鳥のようにのびやかに夢を誘うような低音の子守歌を歌い、それを聴くジェラルドは呪文にかかったように穏やかな気持ちになっていった。しばらくして、子守歌で病人が眠ったかを確かめようとミス・ミュアが顔を上げると、若きジェラルドの目は冴えており、喜び、関心、そして敬愛の念がないまぜになった様子で彼女を見つめていた。

「目を閉じて下さいな、コヴェントリー様」と彼女はたしなめるように首を振り、不思議な微笑みを浮かべた。

ジェラルドは笑って言いつけにしたがったが、時折まぶたの隙間から、天鵞絨《ビロード》張の椅子に坐ったほっそりとした白い姿を密かに見つめてしまうのだった。それを見たミス・ミュアは顔をしかめた。

「聞き分けのない方ですこと。お休みになりませんの？」

「できないよ、歌を聴いていたいから。僕はナイチンゲールが好きなんだ」

「ではもう歌いませんわ。その代わり必ず眠れることをしてさしあげますわ。お手をこちらにどうぞ」

ジェラルドは面食らいながらも手を差し出した。ミス・ミュアの小さな両手を取ると、彼女は天蓋のカーテンの向こう側に坐り、そのまま彫像のように静かに動くこともなかった。ジェラルドは笑みを浮かべ、どちらが最初に疲れるかなと思っていた。しかしまもなく、彼の手を覆っている柔らかな手のひらからほのかな暖かさがなくなっていくと、ジェラルドの心臓は早く脈打ち、息が乱れ、そして頭の中を何千という空想が駆けめぐった。彼はため息をつくと、ミス・ミュアの方を向いて夢見るように「これ気に入ったよ」と言った。そして話しながら、完璧な休息を醸し出す雰囲気の中、自分の周りをぐるりと囲むふわふわの雲の中に沈んでいく気持ちになった。これ以上彼はなにも覚えていなかった。というのも深く夢さえも見ないほどの眠りが彼に落ちてきて、目が覚めたときにはカーテンの隙間から太陽が差し込んでいたのだから。彼の手はベッドの上掛けにぽつんと取り残されており、美しい髪の魔女はいなくなっていた。

第四章　発見

数日の間、ジェラルド・コヴェントリーはおおいに不本意ながら自室から出ることを許されなかった。とはいえ、周りの者たちは皆、できるかぎりのことをして、閉じ込められて飽き飽きしている彼を元気づけようとしていた。コヴェントリー夫人は息子の機嫌を取り、ベラは歌を披露し、ルシアは本を読んで聞かせ、エドワードはあれこれと世話をするといった具合に、家の者は誰もが、若き当主にこれでもかといわんばかりに尽くしていた――ひとりを除いては。ジーン・ミュアは一度もジェラルドを見舞いには来なかったが、彼を楽しませることができるのは彼女だけだったのである。ジェラルドは他の者たちの見舞いにはすぐに飽きてしまい、なにか目新しいことがあればと思うようになった。あの娘の小気味よい性格を思い出し、この手持ちぶさたな状態を明るくしてくれないものかと想像した。しばらく躊躇《ちゅうちょ》したが、ミス・ミュアの話題をなにげなくベラに振ってみたものの、なにも聞き出すことはできなかた。ただ、ベラが言うには、ジーンは元気で、お母様を驚かせるような素敵なことを計画していて、たいそう忙しいの、ということだった。エドワードは、彼女にちっとも会えないと愚痴を言っていたし、ルシアはそもそも彼女の存在には見向きもしないのだった。怪我人であるジェラルドが知り得た情報は、隣の部屋で仕事をしていたふたりのメイドたちが話していた噂話だけであった。それによると、ガヴァネスはコヴェントリー様の部屋に行ったことでミス・ボーフォートに「お叱り」を受けたというのだ。また、彼女はそのことを真摯に受け止め、ふたりの紳士から慎重に距離を取るようにしていると。もっとも、ネッド様は彼女に会いたくてしかたないことがありありと見て取れるけれども。

ジェラルドはこの噂話のことを考えて愉快になっていたが、上の空になっていたために妹の気分を害してしまった。

「ジェラルド兄様、ネッドへの任命が届いたのをご存じ？」

「とても興味深いね。続けて読んでくれ、ベラ」

「馬鹿なお兄様！　わたしが言ったことを聞いていらっしゃらないわね」と、ベラは手にしていた本を下ろし、知らせを繰り返した。

「よかったよ。ネッドを出来るだけ早くここから追い出さなければね――というか、やつはすぐにもここから出て行きたいだろうと思うのだが」上の空だったジェラルドは現実に意識を戻した。

「ご自身で確かめなくてもよくってよ。わたし全部存じておりますわ。わたしが思うに、ネッドがひどく愚かだったのよ。ミス・ミュアの振る舞いは申し分なかったわ。もちろんあり得ないことですけれども、でもふたりがうまくいくといいなと思っていましたわ。恋人同士って見ていて素敵ですもの。お兄様とルシアは冷淡でいらっしゃるから、ちっとも面白くないわ」

「頼むから、ルシアと僕についてくだらないことを言うのはやめておくれ。僕たちは恋人同士なんかじゃないし、これからもそんなことにはならないと思うよ。そういうことにはうんざりしているんだ。お前も母上もそういうことは考えないでほしいな、少なくとも今のところはね」

「まあ、ジェラルド、お母様がそうお考えになっていることはご存じでしょう。お父様がそう望んでいらっしゃったから。それに可哀想なルシアはお兄様のことをたいそう好いておいでよ。わたしたちみんなが満足のいくことをおやめになるなんて、よくおっしゃれますわね」

「僕が満足できないよ。勝手かもしれないけれど、これは大事なことだと思うのだよ。僕はなににも縛られていないし、自分で準備ができるまで結婚に縛られるつもりもない。さ、ネッドのことを話そう」

ベラはたいそう驚き悲しんだが、ジェラルドの言うことにしたがい、エドワードのことを気遣った。彼は賢くも自らの運命を受け入れることにし、数カ月ほど屋敷を離れる準備をした。ネッドが家を出ることで、その週の間ずっと屋敷は慌ただしくなり、皆がネッドのために忙しく過ごしていた――ジーンの他は。彼女を見かけることはめったになかった。毎朝彼女はベラに授業を行ない、午後にはコヴェントリー夫人と外出し、夜はほとんどいつも館に赴いてサー・ジョンに本を読み聞かせるのだった。サー・ジョンは自分の願いが叶ったわけだが、それがどのようにしてなされたのかはよくわからないままだった。

エドワードが屋敷を出る日、彼は階下に降りて来て母親に別れの挨拶をした。そのとき彼はかなり青い顔をしていたが、それは妹の小部屋でミス・ミュアと許される限りの時間を名残惜しんでいたからであった。

「では行くよ。ジーンにやさしくしてあげてくれ」ネッドは妹にキスをしながらささやいた。

「必ずそうしますわ」とベラは涙をいっぱいに浮かべて応えた。

「母上をよろしく。あのことも忘れないでくれ、ルシア」ネッドはいとこの美しい頬に触れながら言った。

「心配しないで。ふたりは近づけさせないわ」ルシアがささやき返した。それをジェラルドは耳にした。

エドワードは兄に手を差し出すと、目をしっかり見すえ、意味ありげに言った。「兄さんを信じているよ」

「もちろんさ、ネッド」

そしてネッドは去って行った。ジェラルドはルシアが言った言葉の意味をあれこれ考えていた。彼はその意味を数日後に理解した。

ネッドがいなくなってしまったので、ミュアお嬢さんも顔を出すだろう、と彼は内心そう思っていた。しかし「ミュアお嬢さん」は姿を見せず、ネッドを避けていたときよりも慎重にジェラルドを避けているようだった。夜に音楽でも聴こうと居間に行くと、ルシアだけしかそこにいない。ベラの部屋のドアをノックすると、いつもドアが開くまでにしばらく時間がかかり、ノックしたときには声が聞こえていたはずのジーンの姿は、部屋のどこにもなかった。図書室に行くと、急いでいる様子の衣ずれの音と、駆けていく足音が聞こえ、ジェラルドが近づいたせいで誰かがその部屋から出て行ったことがわかるのだった。ミス・ミュアは庭園でジェラルドと鉢合わせることのないようぬかりはなく、玄関ホールや朝食室で偶然顔を合わせることがあっても、彼女は目を伏せ、これ以上ないほど短くそっけない挨拶を口にして通り過ぎるのだった。ジェラルドはこうしたことにおおいに苛立った。ミス・ミュアが彼を避ければ避けるほど、ジェラルドは彼女に会いたいという気持ちになった——天の邪鬼というものさ、とジェラルドは言った。それだけのことさ。

彼女の行為は癪《しゃく》に障るものではあったが、同時にジェラルドを楽しませるものでもあった。しだいに彼はこの娘のささやかなる戦略を妨害することに、ものぐさな喜びを感じるようになった。彼の忍耐も底をついてきたので、この奇妙な行動の意味を探ろうと決めた。ジェラルドは図書室のドアのひとつに鍵をかけ、その鍵を持ち去ると、ミス・ミュアがおじに読み聞かせるための本を取りに図書室に入っていくのを待った。彼は、ミス・ミュアがベラに図書室に行くと話しているのをあらかじめ聞いており、そしてミス・ミュアはジェラルドが母親と一緒にいると思い込んでいることを知っていたので、彼女の後をついていく時にはひとりでに笑みが浮かんでいた。ミス・ミュアは椅子の上に立って手を伸ばしているところだった。ジェラルドは話しかける前に彼女の細い腰、愛らしい足もとを見ていた。

「お手伝いしましょうか、ミス・ミュア」

彼女は驚いて何冊かの本を落としてしまった。顔を真っ赤にして、急いで言った。「ありがとうございます。でも大丈夫ですわ、はしごを持って来られますので」

「僕の長い腕を使う方が手間ではないでしょう。今は片腕しか使えませんけれども、のらくらしているのにも飽きたところでしたから、なんなりとお申し付け下さい。どれを取ろうとしていたんですか？」

「わたし——あの——あなたが驚かすので忘れてしまいましたわ」ジーンはこわばった笑いを浮かべ、その場を立ち去ろうとするようにあたりを見回した。

「それは失礼いたしました。思い出されるまでお待ちいたしましょう。そして十日前に施して下さった、魔法のような眠りに感謝を申し上げることをお許し下さい。あまりにも頑なにわたしめを避けていらっしゃったので、お礼を申し上げる機会もなく」

「本当に無礼をはたらくつもりはありませんでしたの、でも——」彼女は言いとどまると、顔を背け、声に苦しさを滲ませながら付け加えた。「わたくしのせいではありませんの。お言いつけにしたがっただけですわ」

「誰の言いつけですか？」とジェラルドは、彼女が逃げられないように立ったまま、問うた。

「おたずねにならないで下さいませ。ジェラルド様に関することについて、命令を出すことができるお立場の方ですわ。わたくしたちには馬鹿げていると映るかもしれませんが、悪意があるわけではないことをご理解下さい。どうかお怒りにならないで、わたくしに倣って笑い飛ばして下さい。この場は失礼いたしますわ、どうか」

ミス・ミュアは振り返ると、涙に濡れた目でジェラルドを見下ろした。唇には笑みが浮かんでいたが、半ば悲しげな、半ば苦しげなその表情は、彼女のいたいけさをありありとあらわしていた。しかめ面をしていたジェラルドの顔がゆるんだが、それでもなお重々しい表情できっぱりとこう言った。「この家で僕と母の他に命令を下す立場にいる者はいない。僕を狂人か害虫であるかのように回避せよと命じたのは、彼女なのか？」

「ああ、おたずねにならないで。誰にも言わないと約束いたしましたの。ジェラルド様はわたくしに約束を破らせることはなさいませんわよね」まだ微笑みを浮かべている彼女は、これ以上の返答を必要としない、どこか楽しんでいるような、悪意のある視線で彼を見つめていた。ルシアだろう、とジェラルドは思った。そのとき彼は自分のいとこが心底嫌になった。ミス・ミュアは降りようとしたが、ジェラルドは彼女を引き留め、微笑みを浮かべながらも真剣な調子で言った。「僕のことをこの家の主人だと思いますか？」

「ええ」ミス・ミュアは落ち着いた控えめな口調で答えた。そこには敬意や丁重さ、信頼が見て取れたが、男性であれば、女性がそうした感情をあらわすとこの上ない喜びを感じるものであった。知らず知らずのうちにジェラルドの顔つきがやわらいだ。そして彼はこれまでとはまったく異なる視線で彼女を見つめた。

「なるほど、では、僕が暴君のように振る舞ったり、あるいは理不尽な要求をしたりしなければ、僕にしたがうことをご承諾下さいますか？」

「そのように務めますわ」

「よし！　では率直にいこう。こうしたことは僕に気に入らないと申し上げたい。誰かの自由や安寧を制限するのはうんざりなんだ。だから君も好きに出入りしてほしいのだ、ルシアの馬鹿げた命令など気にせずに。彼女は君のことを慮《おもんぱか》ってそうしているのだろうが、状況を理解する眼識もないし機転も利かないんだ。約束してくれますか？」

「いいえ」

「なぜだい？」

「今までの通りがよいのです」

「だが、さっき君だって馬鹿げている、と言ったじゃないか」

「ええ、そう思われますわ、でも――」彼女は言いよどんだ。困惑している様子だった。

ジェラルド・コヴェントリーは我慢できなくなり、急いで付け加えた。「君たち女ってのは謎めきすぎて、とうてい理解できないよ！　とにかく、僕は君を安心させようと最善は尽くしたわけだが、もし君がこのままの生活の方をよしとするなら、どうぞお続け下さい」

「こちらの方がよいとは思っておりません。わたくしだってつらいですわ。わたくしは自分らしくありたいですし、自由にしたいと思いますし、自分自身に自信を持ちたいと思います。でもどなたかの平穏を妨げてしまうのはよくないことですし、それにしたがおうと務めているのです。ベラにはここに残るとお約束いたしましたが、ミス・ボーフォートやジェラルド様ともめ事を起こすことになるならば、お暇《いとま》をいただく方がよろしいでしょう」

ミス・ミュアはまくし立てると、忽然《こつぜん》と炎が浮かび上がった瞳を向けて立っていた。思いがけない激しさと気迫のある顔つきと声音が、ジェラルドをたじろがせた。彼女は怒り傷ついており、不遜な態度をとっていたが、以前のようなおとなしい彼女の痕跡がどこにも見当たらないこの変わりようは、いっそう彼女を魅力的にするのだった。コヴェントリーに衝撃が走った。彼女が憤然として、ジェラルドに横にどくような手振りをしながらこう言ったとき、彼の驚きはいっそう大きくなった。「本を寄こしておどき下さい。わたくしはもう行きますから」

ジェラルドはそれにしたがい、手も貸そうとしたものの、ミス・ミュアはそれを断って軽やかにはしごを降りてドアの方に向かって行った。そこで彼女は振り返ると、いまだ瞳に火を灯し、頬を紅潮させていた。そしてなおも怒りを抑えきれない声でたたみかけるように言った。「このような口の利き方をすることが許されないことくらい承知しています。できるかぎり自分を抑えておりますが、けれどこれ以上我慢できないときには、本当のわたくしが飛び出してあらゆることに挑むのです。わたくしは冷静沈着な機械でいることにはあきあきしました。わたくしに好意を寄せてくれることが耐えられないのですわ。わたくしは愛など欲しくないのです。ただ静かに放っておいてほしいのです。なぜわたくしが煩わされているのかわかりません。わたくしには美貌も、財産も地位もない。それなのに愚かで子供じみた殿方は皆、わたくしがなんの下心もなく心温まるようなことに興味を示すと、わたくしに惨めな思いをさせるのです。それがわたくしの不幸なのです。わたくしのことをお好きなようにお考えになるとよいでしょう。でもいずれはお気をつけになることね。心ならずもあなたを傷つけることもあるかもしれませんわ」

激しい口調でそう言ってのけると、ミス・ミュアは警告をするような身振りとともに、急いで部屋を出て行った。残されたジェラルドは突然の雷雨が屋敷を通り過ぎたように感じていた。しばらく彼はミス・ミュアが残していった椅子に坐り込み、物思いに耽っていた。そして、すっくと立ち上がると妹のところに行き、いつもの気のいいものぐさな口調でたずねた。「ベラ、ミス・ミュアを気遣ってほしいとネッドがお前に言ってなかったかい？」

「そうよ、だからそうしているのだけれど、でもミス・ミュアは最近かなりおかしいの」

「おかしいって！　どういうことだい？」

「だって、彼女ったら彫像のように静かでよそよそしいか、そうでなければ落ち着きがなくなって妙なの。

夜に泣いたりしているのよ。それにミス・ミュアは、わたしに聞こえていないだろうと思っているときに、寂しそうなため息をついているの。なにかがおかしいのよ」

「ネッドのことで悩んでいるのかもしれないね」とジェラルドが言った。

「あら、それはないわ。ネッドが出て行ってしまって安心しているわ。どうやら彼女は、誰かのことがとても好きなのだけれども、相手は彼女のことを好きではないのだと思うわ。それってシドニー様のことかしら？」

「ミス・ミュアはシドニーのことを『爵位のある愚か者』と呼んでいたけれどもね。でもそれはなんでもないことかもしれない。シドニーのことをミス・ミュアに訊いてみたことはあるかい？」ジェラルドは、好奇心を持っていることに恥じ入りながらも、深読みをしないベラに質問するという誘惑に逆らうことはできなかった。

「あるわ。だけどそのとき彼女は痛ましい顔つきでわたしを見て、本当に気の毒な調子でこう言ったの。『わたくしの小さなお友達、わたくしが通り過ぎて来た景色に、あなたが絶対に足を踏み入れませんように。一生涯あなたの安寧が乱されませんように』。その後、わたしなにも言えなかったわ。わたしはミス・ミュアのことが好きですし、彼女には幸せになってほしいと思っていますわ。でもどうしたらいいのかしら。なにかご提案はおありになる？」

「お前に言おうと思っていたのは、もうネッドもいないのだから、もっと我々のところにお前が彼女を来させてくれないかということなんだ。ひとりでぶらぶらしているのはつまらないに違いない。僕は確かにつまらない。彼女は愉快な人だし、僕も彼女の音楽はたいそう楽しんでいるよ。母上にしても、賑やかな夕べを過ごすのはいいことじゃないかな。だからここでお前も奮起して、一家の幸せのためにできることをやってくれないか」

「それはまったく素晴らしいことだと思うし、わたしも一度ならずそう言ってみたのだけれど、でもルシアがわたしの計画を台無しにしちゃうのよ。ルシアは、あなたもネッドのようになってしまうのではないかと思っているの。くだらないとは思うけれど」

「ルシアは――いや、馬鹿だと言うのはよしておこう。ルシアがそうありたいと思えば充分に分別はあるのだから。とにかく母上が喜ぶように事を整えてくれるとありがたい。そうすればルシアもしたがう他はないからね」とジョージは腹立たしげに言った。

「やってみるわ。だけどミス・ミュアはおじ様のところに本を読んでさしあげに行くでしょう。おじ様が痛風を患われるようになってから、遅くまであちらにいらっしゃるので、ミス・ミュアに夜にお会いすることがほとんどなくなってしまったの。ほら、今出かけるところよ。ミス・ミュアは若い方だけではなくお年を召した方も魅了してしまうのよね、よく尽くすお人柄だから」

ジェラルドはミス・ミュアのほっそりとした黒い影が、大きな門を通って消えてくのを目で追っていた。

そしてベラの何気ない言葉のせいで、不安を駆り立てるような妄想が頭から離れなかった。彼はその場を歩きながら離れると、自分を探していたいとこをかわして、館に向かった。そのとき彼は自分にこう言い聞かせていた。「館で何が起こっているか確かめてみよう。その手のことが起こったこともある。おじはしごく単純な人物だし、もしあの娘が野心家ならば彼をどうにでもしてしまえるだろう」、と。

そこに召使いが追いかけてきて、ジェラルドに一通の手紙を手渡した。ジェラルドはそれをあらためることなく、ポケットに突っ込んだ。館に着いたジェラルドは、そっとおじの書斎へと向かった。ドアが半開きになっていたので覗き込むと、見ているだけでも心地よくなるような、穏やかで物静かな光景が目に入ってきた。サー・ジョンは安楽椅子にもたれ、片足をクッションの上に乗せていた。普段通り行き届いた服装をしており、痛風であるということだったが、端正で若々しい落ち着いた紳士ぶりだった。彼は微笑みながら読み上げられる本に耳を傾けており、その両の目は満足そうにジーン・ミュアを見つめていた。彼女はサー・ジョンのそばに腰掛け、歌うような声で本を読んでいた。日差しが彼女の髪の毛に輝き、やわらかなバラ色の頬を照らしていた。ミス・ミュアは巧みに本を読み上げていたが、しかしジェラルドは彼女の心はここにあらずだと思った。というのも、サー・ジョンが話しかけたのでミス・ミュアが読むのを休止したとき、彼女の瞳はぼんやりとしており、疲れを我慢しているかのように手で頭を抑えていたからである。

可哀想な娘だ！　彼女にあらぬ疑いをかけてしまった。彼女はこの老人を虜にしようなど思ってもおらず、ただ親切心から彼を楽しませようとしただけだったのだ。彼女は疲れている。この仕事を終わらせてあげなくては。そう考えたジェラルドはノックもせずに部屋に入って行った。

サー・ジョンはジェラルドの非礼を、礼節をもって甘んじて受け入れた。ミス・ミュアの顔からはどのような感情もまったくうかがい知ることはできなかった。

「母からよろしくと。ごきげんはいかがでしょうか」

「気楽にしているよ。でも退屈している。だから今晩娘たちをここに連れてきて、年寄りを喜ばせてはくれぬか。キング夫人が古い衣装やら飾りやらを出してきたので、ベラにあげると約束したのだよ。今晩は集まって楽しくやろうじゃないか、ネッドがいたときのように」

「たいへん結構です、おじ上。こちらにお連れしましょう。ネッドのやつが出て行ってからそういったことはご無沙汰でしたし、ちょっとしたお楽しみがあるのは気晴らしにもなりましょう。もうお戻りになりますか、ミス・ミュア？」とジェラルドはたずねた。

「いや、ミス・ミュアにはここにいて、お茶をいれてもらったり準備をしてもらったりせねばならなん。ミス・ミュア、もう本は読まなくてよろしい。絵を見るなりなんなり好きなことをしておいで」とサー・ジョンが言った。忠実な娘を思わせるミス・ミュアは、ここから離れるのを喜んでいるかのように、その言葉にしたがった。

「あれはまったく感じのよい娘だよ、ジェラルド」ミス・ミュアが部屋から出て行くとサー・ジョンが話し始めた。「なかなかに興味深い娘だよ。あの娘自身もそうだが、彼女の母親もな」

「彼女の母親ですって！　母親についてなにかご存じなのですか？」

「あの娘の母親はレディ・グレイス・ハワードだよ。二十年前にスコットランドの牧師と駆け落ちしたという。一族は彼女を勘当してしまい、彼女はひっそりとした生活を送り亡くなったために、身寄りのなくなった娘を小さなフランスの下宿に残していったということの他は、ほとんどなにもわからないのだ。彼女がその娘なのだよ。よく出来た娘だ。お前がこのことを知らなかったとは驚きだが」

「僕もびっくりしていますよ。だが話さないというのは彼女らしい。彼女は他にはいないような誇り高い人ですからね。レディ・ハワードの娘か！　たしかにそれは発見ですね」この事実によって、ジェラルドは妹のガヴァネスへの興味をいっそうかき立てられた。名門出身のイギリス人がそうであるように、ジェラルドは地位やよき血筋というものを認めることもしかることながら、その価値を高く評価していたからである。

「この可哀想な若い娘はそのために苦労をしてきたようだが、勇敢な心を持っているので、どこででもやっていけるだろう」とサー・ジョンは感心して言った。

「ネッドはこのことを知っていたのでしょうか」とジェラルドは唐突にたずねた。

「いや、昨日彼女が話してくれたのだ。わしが『貴族名鑑』をちょっと調べていたとき、ハワード家の話になってな。彼女は思わず我を忘れてレディ・グレイスをお母様と呼んだのだよ。それですべて話してもらったというわけだ。ずっとひとりぼっちだった彼女も、誰かに打ち明けることができて喜んでおった」

「シドニーのこともネッドのことも拒んだのはこれで合点がいく。彼女は自分がふたりと同等の地位にあることを知っていて、生まれついて持っている地位に飛びつくつもりはないんだ。いや、彼女は金目当てでも野心家でもないというわけだ」

「なんだって？」とサー・ジョンがたずねたが、ジェラルドはおじに聞かせるというよりも、自分に向かって話していた。

「レディ・シドニーはこのことはご存じなのでしょうか？」とジェラルドが言った。

「いや、ジーンが言うには、彼女は憐れまれたくなかったのでレディ・シドニーにはなにも言わなかったと。息子の方は知っていたと思うが、しかしこれはなかなか話しづらいことだから、わしからはなにも質問はしておらん」

「居所が見つかったらすぐにシドニーに手紙を書いてみます。僕たちは親しくしてきたから、ここで思い切ってミス・ミュアのことをたずねてみても大丈夫でしょう。そして彼女の話が本当かどうか確かめてみます」

「お前は彼女の話を疑っているのかというのかね？」とサー・ジョンは怒りもあらわに言った。

「これは失礼しました、おじ上。しかし僕は直感としてあの若い女性を信用しかねていることを申し上げねばなりますまい。間違ったことと自分でも思います。しかし振り払うことができないのです」

「わざわざ口にして不愉快にさせないでくれ、頼むから。わしには人を見抜く力があるし、これまでの経験もある。わしはあの可哀想なミス・ミュアを、心から見上げた人だと思っている。彼女が気に食わないというのは、最近彼女がふさぎ込んでいるからではないかね、どうだ、ジェラルド?」サー・ジョンは疑わしげに甥を見つめた。

怒りの嵐が起こりそうな気配をそらそうと、ジェラルドはそそくさと顔を背けた。「今はこのことを話し合う時間もそのつもりもないのです、おじ上。ですが、もうご機嫌を損ねぬよう肝に銘じます。おじ上の言付けはベラに伝えましょう。では一時間ほどしましたらまた参ります」

ジェラルドは庭園を通り屋敷に戻りながら考えていた。愛すべき老紳士も可哀想なネッドと同じようにあの娘の虜になりつつある。いったいあの娘はどんな手を使っているのか。レディ・ハワードの娘というが、我々には話さなかった。それが腑《ふ》に落ちない。

第五章　彼女のやり口

屋敷に戻ると若き友人たちの一団が来ており、館で楽しい集いがあるという知らせを喜んでいた。一時間後に、陽気な人々が大広間に列をなして入っていくと、素晴らしい夜のための準備はすっかり整えられていた。

館が若人であふれることほど嬉しいことはないと思っているサー・ジョンは、本領を発揮した。数人が選ばれると、幕が引かれ、まもなく最初の活人画劇〔絵画に出てくる人物や情景を再現するパフォーマンス〕が始まった。テントの影で、日焼けをして黒い髭《ひげ》をたくわえた男性が虎の毛皮の上に横たわって眠っている。彼の周りに置かれているのは東洋風の武器と衣服だ。テーブルの上の古ぼけた銀のランプが、ほんのりとした明かりを灯している。豪奢な皿には果物が置かれており、半ば空になったゴブレットに残っているワインが赤く光っている。そこで眠っている人物の上に、かがみ込んでいる女性の姿があった。野蛮な輝きのある衣装を身にまとっている。三日月刀を抱えた腕には刺繍《ししゅう》のほどこされた袖がかかり、それを片方の手が裏返しにまくっている。緋色のサンダルを履いたすらりとした足が、白いチュニックの下からのぞいていた。彼女の髪は金の飾りでまとめられ、首と腕には宝石が輝いていた。彼女は、しっかりと、だが素早く、肩越しにテントの入口を見やった。その視線が真に迫っていたために、観客は通り過ぎる足音を実際に耳にしたかのように、一瞬息をのんだ。

「あれは誰かしら？」とルシアがささやいた。今まで見たことがない顔だったからだ。

「ジーン・ミュアさ」と答えたジェラルドは、すっかり魅了された様子だった。

「まさか！　彼女は小柄だし髪も金髪よ」とルシアが言い始めたが、いとこが彼女を黙らせた。「静かに！見ているところなのだから」

ありえないことに思われたが、ジェラルドは正しかった。それはまさしくジーン・ミュアその人だった。彼女は肌を薄黒く塗り、眉毛の色を濃くし、自分の金髪の上に乱れた黒髪を被せていた。そして目には迫真の表情を浮かべており、キラリと光る南国の瞳に勝るとも劣らない激しさを映し出すほど、黒々と見開いていた。憎しみ――しかも底知れず冷酷なそれが――睨みつける彼女の美しい顔にありありと浮かんでいた。まなざしには闘志が宿り、武器をたずさえ、落ち着きをなくしながらも握りしめている細い手には力がみなぎり、女の不屈の意志がうかがわれた――虎の毛皮に半ば隠された小さな足がしっかりと踏みしめる様子からさえも。

「彼女、素晴らしくありませんこと？」とベラが小声でささやいた。

「その時が来たら剣を巧みに使いこなしそう」と誰かが感嘆の声をあげた。

「眠れ、ホロフェルネス〔アッシリアの将軍。ユディトに誘惑され、酒に酔って寝込んだところ、首を斬り落とされる〕よ。彼の運命は決まった」と別の誰かが続いた。

「あの頬ひげがあると、シドニーに似ているな」

「彼女、本当に相手を憎んでいるかのようですわね」

「ひょっとしたら本当にそうなのかもしれない」

　この最後の言葉を口にしたのはジェラルドだった。その前のふたりの会話からジーンの見事な変身の理由がわかった。だが、これは完全な作り事とは思えなかった。激しい嫌悪と、憎い相手を自分の支配に置くという野蛮な喜びがない交ぜとなっているこの場面は、単なる演技にしてはあまりに完璧すぎたからである。ジーン・ミュアの経歴を部分的に知るジェラルドは、なにがしかの真実を垣間見たような気がしていた。しかし、彼女の不可思議な顔つきが意味するところの考えが半分もまとまらないうちに幕が下りてしまい、真実はただちらりと見えただけになってしまった。

「なんて恐ろしい！　終わってホッとしたわ」とルシアが冷たく言い放った。

「最高だ、アンコール！　アンコール！」とジェラルドは夢中になって声をあげた。

　だが場面はこれで終わり、どれほどの喝采でも女優をふたたび舞台に戻らせることはなかった。その後ふたつみっつ即興劇が続いたが――優美なものや陽気なものがあった――、そのいずれにもジーンの登場はなかった。どの劇も、単純な役にこそ発揮される真の才能が醸し出す魅力を欠いていた。

「コヴェントリー、君の番だよ」という声がした。皆が驚いたことにジェラルドはそれに応じた——これまでずっとハンサムな俳優が必要だといわれても、力を貸すことを拒んできたというのに。

「どんな役を台無しにすればいいんだい？」と控え室に入りながらたずねた。そこでは気持ちを高ぶらせた若い殿方たちが、衣装を身につけ、役の雰囲気を出そうとしていた。

「逃亡中の王党派さ。この衣装をつけてくれ。質問なんかしている時間はないぞ。ミス・ミュアがどうすればいいか教えてくれる。彼女がこの即興劇に出るから、君のことなんか誰も気にしないさ」その場を取り仕切っている人物が、豪華だが古びた衣装をジェラルドに投げてよこし、まだあどけなさの残る自分の顔に口ひげを描く作業を再開した。

急ごしらえの身支度の結果、ジェラルドは勇敢な騎士となった。彼が女性陣の前に登場すると、いっせいに称賛のまなざしが彼に向けられた。

「こちらに来て位置について。ジーンは舞台でもう準備できているわ」ベラはジェラルドの前を駆けぬけると、ガヴァネスに大きな声で話しかけた。「ほら、お兄様よ、素敵でしょう。ちょうどよくないかしら？」

十七世紀のこぎれいな清教徒風の衣装を身につけた円頂党（十七世紀清教徒革命時のイングランドで議会を支持していた人々。王党派と対立していた）の娘に扮したミス・ミュアは、舞台装置の茂みを整えていたが、ふと振り返ると、輝くばかりの衣装を着た人物が彼女の方に近づいてくるのを見て、持っていた緑の小枝を落としてしまった。

「あなたが！」と困惑した様子で声をあげたミス・ミュアは、ベラに向かって小声でささやいた。「よりによってなぜあの方に？　あの方はやめて下さいとお願いしたはずでしょう」

「今いる方の中で端正な殿方というと、お兄様だけなのですもの。それにその気になれば、お兄様は最高の俳優なのよ。ふだんはこういうことはなさらないから、せいぜい役立てて下さいな」そう言うとベラは「当世風の結婚」の演目に出演に向けて、髪粉をほどこすためにその場を立ち去った。

「呼ばれましたので参りました。他の殿方がよろしかったでしょうか」半ば不安げな、半ば興味のありそうな顔つきが小さなボンネットの下に見えて、ジェラルドは戸惑った。

「今からでは無理でしょう」そう言いながら、ミス・ミュアの表情はいやいやながらも仕方ないといった表情に変わった。「ここにひざまずいて下さいな。半分ほど茂みに隠れるように。帽子を下に置いて、それから——失礼——これでは逃亡者にしてはエレガントすぎますわ」

ジェラルドがミス・ミュアの前にひざまずくと、彼女はジェラルドの髪をぐしゃぐしゃにし、レースの襟元をひっぱった。そして手袋と剣を向こうに投げやると、肩にだらりとかかるようにマントの首元をゆるめた。

「これでよくなりましたわ。お顔が青くて上出来ですわ——いえ、台無しになさらないで。わたくしたちはこちらのお館に飾られている絵を再現するのです。これ以上は説明の必要もありませんわね。では、円頂党の皆さん、位置について、開幕のベルを鳴らして下さい」

笑いながら、ジェラルドは彼女にしたがった。その絵とは、二人の恋人を描いたものだった。若き王党派の男性がひざまずき、一方の手を娘の腰にまわしており、娘は自分の小さな外套で騎士を隠そうとしている。彼女は恐怖に打ち震えながら、彼の頭を自分の胸にかき抱き、後ろから追っ手が迫るのを見つめている。ジェラルドの手がジーンに触れたとき、彼女は一瞬たじろいで少し身を縮めた。彼女は顔を深く赤らめると、ジェラルドの手前に視線を落とした。やがてベルが鳴ると、さっと気持ちを切り替えて自分の演じる役柄に入り込んだ。片方の手で外套を持ってジェラルドを半ば隠し、もう片方の手で胸元に結んだモスリンのネッカチーフの上に彼の頭をもたせかけた。振り返ったジーンの瞳には恐怖の色がありありと浮かんでいたので、助けに行かなくては、と思う勇敢なる若き観客がひとりならず出てくるほどだった。この活人画はほんの一瞬のことだった。しかしその瞬間に、ジェラルドはまた新たな感覚を経験した。これまで多くの女性たちがジェラルドに微笑みかけてきたが、彼はそうしたことには関心もなく、冷淡で、のんきなままだった。そして女性が持つ力というもの、女性がその力の使い方を知っているということ、しかもそれは男性の幸も不幸も左右するということに、まったくと言ってよいほど気づいてはいなかったのだった。今、柔らかな腕に抱《いだ》かれ、ほっそりとした腰に手を置き、自分の頬に乙女の鼓動を感じながらひざまずいていると、ジェラルドはこれまでの人生で初めて、女性というものの名状しがい魔力を思い知らされたのだった。そしてこの活人画を完成させるべく、情熱的な恋人を見つめた。ジェラルドの顔がこれまでになかったような、もっともその絵にふさわしい表情になった時に、幕が降りた。そして割れるようなアンコールの呼び声で、ジェラルドはミス・ミュアが自分の手から逃れようとしていることに気づいた。それは気づかぬうちに押し寄せる痛みとなっていった。ジェラルドはいささか動揺して立ち上がったが、これまでになかったような表情を見せた。

「もう一度！　もう一度！」とサー・ジョンが声をあげていた。円頂党の人々を演じた若者達は、新たな姿勢でもう一度再現してほしいという喝采を聞いて、再演を望んでいた。

「衣ずれの音で居場所がわかってしまって、僕たちは勇敢な娘に向かって発砲し、彼女は横たわって絶命する。それだと劇的じゃないかい？　やってみよう、ミス・ミュア」とひとりがいった。そして長く息をすると、ジーンは同意した。

幕が上がった。ジェラルド扮する恋人は、先ほどと同じように膝をついたまま、彼を捕らえようとする者たちが自分の肩をつかんでいるのにも気づいていない。なぜなら彼の足元で娘が今にも息絶えんとしていたからだ。彼女の頭は今や恋人の胸元にあり、その瞳はじっと恋人の目を見つめていた。彼女のまなざしには恐怖による狼狽はもはや見られず、ただ死でさえも支配できない愛の力がありありと浮かんでいた。愛おしむような瞳は、ジェラルドがこれまでに感じたことのない、ぞくぞくするような快感をもたらした。そして、先ほどのジーンのように、ジェラルドの鼓動は早鐘を打っていた。ジーンはジェラルドの手が震えているのを感じ、頬に赤みがさしているのを見て、ついに彼の心に触れたことを確信した。勝利を感じながら立ち上がった彼女だったが、それと悟られぬように苦心した。周りにいた人々は、ジェラルドが繊細な演技をしたのだと考えていたし、ジェラルド自身もそう思おうとした。だがルシアはきっと歯を食いしばると、ふたつ目の活人画劇の幕が降りるや、このような穏やかならぬ出し物を必ずや終わらせようと舞台裏へと急いだ。何人かの出演者たちが、舞台上の恋人たちに賛辞を送っていた。ジーンは愉快そうにしていたが、一方ジェラルドは自分でも気づかぬうちに、単に虚栄心を満たしたというよりも、もっと底知れぬなにかに気持ちが高ぶっていることをうかがわせた。

ルシアが近づくと、ジェラルドはいつもの無関心な様子になったものの、瞳の中に残る炎――めったに見られるものではない――を消すことはできなかったし、その表情からあらゆる情感の痕跡を拭い去ることはできなかった。ルシアはそのことを見て取り、心に鋭い痛みを感じた。

「お手伝いしようと思って来たのよ。お疲れになったでしょう、ミス・ミュア。これで終わりになさったら?」

「ええ、感謝いたしますわ。残りをお任せして、客席から楽しむことができれば嬉しく思います」

ジーンは可愛らしく微笑むと、その場を立ち去った。するとジェラルドもそれに続こうとしたので、ルシアは慌てた。

「あなたはまだよ、ジェラルド。ここにいて」と彼女は声をあげた。

「僕の役目は終わったよ——今夜はもう悲劇はたくさんさ」そう言うとルシアが頼み込んだり、ああしろこうしろという隙も与えずに行ってしまった。

もうどうしようもなかった。ルシアはここに残って自分の役目を果たさなければならない。さもなければ周囲に彼女が嫉妬にかられていたことがわかってしまうだろう。しばらくの間は我慢していたが、しかしジェラルドが今まで自分が坐っていた席に寄りかかり、そこに坐っているガヴァネスと喋っているのを目の当りにして、いてもたってもいられなくなり、小間使いの少女にミス・ミュア宛ての言付けを持って行かせた。

「失礼いたします、ミス・ボーフォートがお呼びです。赤毛の方が他にいらっしゃらないので、エリザベス女王に扮していただきたいと。お越しいただけますか？」小間使いの娘は、自分が言った言葉に見えない棘《とげ》があることにはまったく気づかずにそうささやいた。

「ええ喜んで。そうは言っても、女王にふさわしい風格も美しさもありませんけれども」ジーンはこの侮辱に憤りながらも、涼しげな顔でそう言って立ち上がった。

「エセックス伯は入り用かな？　僕は衣装を身につけているから」と、ジェラルドはドアのところまでついていき、声をかけてもらいたい素振りを見せた。

「いいえ、ジェ、ジェラルド様はいらしていただかなくてもよいとミス・ボーフォートがおっしゃっていました。

おふたりがご一緒にならないようにと」と、小間使いの娘が言い切った。

ジーンはジェラルドに意味ありげなまなざしを向けると、肩をすくめて、不可思議な微笑みを浮かべて行ってしまった。ジェラルドは様子が気になり落ち着かない気持ちで、ホールを行ったり来たりしていた。そのため、若い人々が食事のためにがやがやと出てくるまで、他のことはすべて頭から消えてしまっていた。

「素敵なチャーリー王子様、わたくしを下まで連れて行って下さいな。そして一時間前にそうなさったように、見事に恋人を演じて下さらない？　わたしお兄様がこんなに情熱的な方とは思いませんでしたわ」ベラはそう言うと、ジェラルドには不本意なことに、兄の腕を取り引っ張っていった。

「ふざけるのはよしてくれよ、ベラ。どこにいるんだろう――ルシアは？」

ジーンの名前を口にするのがはばかられ、代わりにルシアの名前を出してしまったのはなぜなのか、ジェラルドは自分でもわからなかった。しかしジーンのことを話すのが、突然気恥ずかしくなってしまったのだ。

ジーンの姿はどこにも見えなかったが、居所を聞くことはしなかった。いとこのルシアは時代がかった衣装をつけ、可愛らしい姿で階段を下りて来た。だがジェラルドは彼女を見ることもしなかった。そして、陽気な歓声が上がったとき、ミス・ミュアがどうしているかを見にその場を立ち去った。

ジェラルドはミス・ミュアが誰もいない居間にいるのを見つけた。そして話しかける前に、しばらく彼女を見つめていた――彼女の態度や顔つきのなにかに彼はハッとした。ミス・ミュアは、少し前まで王座として使われていた大きな椅子に、疲れたようにもたれかかっていた。彼女は、王冠を外し、髪をぜんぶ肩まで下ろしていたものの、まだ王族のドレスを身につけたままだった。演じきった興奮のために彼女は輝いていた。豪華なドレスはミス・ミュアにこの上なく似合っており、贅沢にも休息をむさぼっている雰囲気は、おとなしいガヴァネスをひとりの魅力的な女性に変身させた。慣れた様子で天鵞絨《ビロード》のクッションに寄りかかり、まるで生まれたときから身につけていたかのように、身を飾っている宝石を無造作にもてあそんでいた。彼女の身のこなしは屈託のない優雅さに満ちており、顔に浮かぶ表情は半ば誇り高く、半ば物思いに沈むようだった――ほろ苦い思いを抱いているかのように。

いまここにいるジーンを見れば、生まれよい人であることがわかるだろう。哀れな娘よ、人に頼らなければならぬとは、彼女のような心を持つ人にとって、どれほどの人生の重荷であったことか！　ジェラルドは声をかける前に、もう少しだけ彼女を見つめた。

「なにか食事をお持ちしましょうか、ミス・ミュア？」

「食事ですって！」と、彼女は驚いて声をあげた。「誰が身体のことなど考えられましょう、魂が――」そこで彼女は言葉を止め、眉をひそめると、かすかに笑った。「いいえ、結構ですわ。わたくしが求めているのは助言だけですの。でも今さらどなたかにお願いするわけにもまいりません」

「それはどうして？」

「なぜって、そうする権利がないからです」

「誰だって助けを求める権利はある。弱い立場の人が強い立場の人に求めるならなおさらだ。僕ではどうでしょう。微力ではあるが、必ず精一杯力になるつもりです」

「あら、お忘れになっているのね。このドレスや、ここにある見事な借り物の宝石、賑やかな夕べの気ままさや、あなたが演じたロマンスの役柄が、現実を見えなくさせているのですわ。しばしの間、わたしは雇われ人ではなくなり、対等に扱って下さるのですね」

それは本当だった。ジェラルドは実際に忘れていたのだ。やさしく咎めるようなまなざしがジェラルドに向けられると、ジェラルドが抱いていた不信感は、ジーンが新たに見せる魅力に溶かされていった。ジェラルドは真剣な声と顔つきで応えた。「僕があなたを対等に扱うのは、あなたがまさに対等な人物であるからです。わたしがお助けしたいと申し上げたのは、妹のガヴァネスに対してというだけではなく、レディ・ハワードのご息女に対してということも含んでいます」

「どなたがそれを？」とジーンは坐ったまま背筋を伸ばしてたずねた。

「おじ上からです。彼をお咎めにならないで下さい。だめだとおっしゃるならこれ以上はもう言いますまい。僕にこのことを知られるのはお気に召さないことでしたか」

「ええ」

「なぜでしょう」

「憐れまれたくないからですわ！」そう言うとミス・ミュアは半ば挑むような態度を見せながら、目を光らせた。

「では、翳りのない人生に降りかかった過酷な運命を憐れむのではなく、逆境に勇敢に立ち向かい、それを目の当たりにし、称賛する人たちの尊敬を勝ち得ることで困難を乗り越えてきた姿を高く評価する、というのではいかがでしょう」

ミス・ミュアは顔を背け片手をあげると口早に応えた。

「ちがいます、そういうことではないのです！　ご親切になさらないで。今やわたくしたちの間に唯一残された壁が壊れてしまいますもの。これまで同様わたくしにそっけなく接して下さいませ。わたくしが何者かということもお忘れになり、わたくしの生き方を邪魔しないで下さい――誰にも知られず、憐れまれず、愛されないという生き方を！」

最後の言葉が口にされたとき、ミス・ミュアの声は弱く消え入りそうだった。そして彼女は手に顔を埋めた。ミス・ミュアの言葉を聞いたとき、なにかがジェラルドの心をざわつかせ、思わずぶっきらぼうにこう言ってしまった。「あなたは僕を恐れる必要などまったくないんだ。ルシアは僕を冷淡な人間だと言っているのでしょうけれども」

「だとしたら、ルシア様のおっしゃっていることは間違っていますわ。わたくしは人の性格を読む能力を持っていますので、ルシア様よりもジェラルド様のことがよくわかっているのです。わたくしが見るに――」そこで彼女は突然口をつぐんだ。

「なんでしょう？　その能力が本当か聞かせてもらいましょう」ジェラルドは熱心に言った。

くるりと振り返ると、ミス・ミュアはじっとジェラルドを見つめた。その射ぬくようなまなざしにジェラルドが身を縮めると、彼女はゆっくりと話し出した。「氷の下に炎が見えます。その炎が火山とならぬよう気をつけなければいけません」

しばしの間、ジェラルドは黙ったまま坐り、この娘の洞察力に思いをめぐらしていた――というのも、ジェラルドの心の中に温かな性質――そのやさしい感情を吐露するにはジェラルドはプライドが高すぎた――が隠れていることや、鼓舞するような力強い声が揺り起こすまで眠っている野心があることを見抜いたのは、彼女が初めてだったからだ。遠慮のない――容赦のないと言ってもいいほどの――やり方でミス・ミュアがジェラルドを自分から遠ざけようとしている姿は、ますます彼女を魅力的にした。その態度にはうぬぼれも傲慢さもなかった。ただこの先の不安を予見して、過去の苦い経験から率直であろうとする態度だけがあった。突然、ジェラルドは言いつのった。

「まさにその通りだ！　僕は見た目通りの人間ではない。無精でなにものにも興味などないといった僕の態度は、本当の自分を隠すための仮面に他ならない。僕だって人生で目指すものがあれば、ネッドと同じくらい情熱を持ち、精力的で野心的になることもできるんだ。だが目標などない。それゆえにあなたがかつてそう言ったように、憐れみ見下げる存在になっているというわけさ」

「そんなこと申し上げていませんわ！」とジーンは憤然として声をあげた。

「この通りの言葉ではなかったかもしれないがね。でもあなたはそういう目で見ていたし、そう思っていただろう、もっと穏やかな言い方だったにしても。僕には似合いの話だ。しかしいつまでもこのままではないつもりだ。僕は怠けて面目をつぶすような状態から目を覚ましつつある。一人前の男になれるようなことをしたいと思っている。なぜ逃げるのですか？　僕が胸の内をさらけだしたのがお気に障ったのですね。許して下さい。こんなことをするのは初めてでしたが、同時にこれが最後でしょう」

「いいえ、それは違うのです！　打ち明けて下さったことはあまりにも光栄なことと思っておりますわ。ですが、ジェラルド様が望んでいらっしゃることや目指されることを、わ、わ、わたくしにお話しになるのはご賢明でご誠実なことでしょうか？　ミス・ボーフォートが最初にご存じになるべきではないでしょうか」

　ジェラルドはさっと身を引くと、ひどく苛立った様子を見せた。その名前が出てきたことで、今しがた新たに感じた興奮の中で喜んで忘れようとしていた様々なことがらが、思い出されたからだった。それはルシアの愛情、エドワードの別れ際の言葉、自分が示してきたよそよそしい態度（なぜか今はすっかり捨て去り、ふたたびそうした態度を取ることは困難になっている）などだった。ジェラルドがなにかを言おうとしたとき、立ち去ろうとしたジーンのドレスからぽとりと落ちた手紙――半ば開いていた――が目に入ってきた。ジェラルドはなにげなくその手紙を拾いミス・ミュアに渡そうとしたところ、シドニーの筆跡だとわかった。ジーンは手紙をジェラルドからひったくると、唇を青くして声をあげた。「中を読まれましたか？　なにかご覧になりました？　おっしゃって下さい、おっしゃって！」

「名誉にかけて申しますが、なにも読んでいません――ただ『あなたへの愛ゆえに、どうかわたしの言葉を信じて下さい』という一文の他には。これだけです。僕も紳士たるものですから。だが僕は筆跡でわかりますし、手紙の主旨も察しがつく。シドニーの友人のひとりとして、できることならお助けしたいと心から思っています。助言を求めたいというのはこのことですか？」

「その通りですわ」

「ではお助けしても？」

「無理ですわ、すべてのことをご存じなければ。けれども、お話しするのはたいそうつらいことなのです！」

「では、僕がこうではないかと思っていることをお話ししましょう。そうすればあなたは苦労して説明しなくても済む。よろしいですか？」コヴェントリーは彼女からの答えを待ち望んだ。まだ彼は彼女の魔力にかかったままだった。

ミス・ミュアは手紙をしっかりと持ったまま、ジェラルドについてくるように手招きをした。滑るように彼の前に立つと、人目につかない場所へと導いた。そこは私室でもあり音楽室でもあるところだった。ミス・ミュアは立ち止まり、疑わしそうに佇んでいたが、やがて顔を上げ信頼を込めた瞳でジェラルドを見ると、心を決めたように言った。「よろしいですわ。おかしなことのように思えますけれども、わたくしが話すことができる方はジェラルド様だけです。あなたはシドニーのこともご存じですし、わたくしが対等な身分であることもおわかりになって、手を差し伸べて下さいました。それをお受けしますわ。でも、ああ、どうかわたくしが女らしくないとは思わないで下さいませね。わたくしがどれほど孤独で年端もゆかぬ者であるか、そしてどれほどジェラルド様のご誠実さやご同情にすがっているかをお忘れにならないで！」

「好きなようにお話しなさい。僕はもちろんあなたの友なのですから」と言うと、ジェラルドはミス・ミュアの横にすわり、これほどまでに自分を信用して打ち明けてくれた、柔らかな瞳をした娘のことだけを考えていた。

ジーンは口早に話し始めた。「シドニーがわたくしを好いていましたけれど、わたくしはお断りして彼のもとを去ったのはご存じでしょう。でもご存じないのは、彼の執念深さのせいでわたくしがほとんどおかしくなりそうだった、ということです。彼はわたくしを脅して、唯一の財産であるわたくしの名誉を奪うと言いましたの。それでどうしようもなくなって、自分で命を絶とうと思ったのです。ええ、狂気の沙汰でした。

けれども、控えめに申し上げても重荷であり、シドニーからの迫害のもとでは苦役となってしまった我が人生を終わらせたいと思っていたのです。驚愕されたことでしょうけれども、申し上げていることはまぎれもない真実なのです。レディ・シドニーもお認めになりますわ。病院の看護士だって、わたくしが運ばれたのは熱のせいではなかったと言うことでしょう。身体の傷は癒えても、誇り高き女性のみが感じる恥ずかしさと不面目のために、今でも心は痛み、燃えるような思いです」

ジーン・ミュアはそこで口を閉じた。坐っている彼女の瞳は光をたたえ、頬は紅潮していた。両の手は胸元にぎゅっと押しつけられ、以前に受けた辱めによって新たな士気が呼び起こされたかのようだった。ジェラルドはなにも言わなかった。驚きと怒り、にわかには信じがたいという気持ち、そしてミス・ミュアへの敬愛の念が心の中で入り混じり、言葉を発することを忘れてしまっていたからだった。ジーンは続けた。「わたくしの常軌を逸した行動で、シドニーはわたくしがどうあっても嫌だと思っていることがわかったようです。彼はわたくしのもとを去りましたので、顔を合わせないことで、シドニーの嵐のような愛は治まるものと思っていました。けれどもそれは間違いでした。わたくしは新たに送られてくる懇願や、ふたたび始まったわたくしを追い詰める行為に怖れながら毎日を過ごしています。レディ・シドニーは、わたくしの居場所は洩らさないと約束をして下さいましたが、シドニーは見つけ出し、手紙を書いてきたのです。わたくしがあなたに託したレディ・シドニー宅への手紙は、シドニーへの返信で、わたしの平穏を乱さないでいただきたいというお願いをしたためたものでした。ジェラルド様はその手紙を届けられませんでしたけれど、それでよかったと思いましたの。沈黙によって彼の望みは消えてしまうだろうと考えたのです。でもすべては無駄に終わりました。この手紙はこれまでにないほど情熱的な内容で、自分は決してあきらめないと誓うと言うのです――わたくしが他の殿方にわたくしを守る権利を与えない限りは、と。そうすることもできますわ――そうしてしまいたいという気持ちにかられますが、そんな酷なことはできないと抗っています。わたくしは自由を愛しているのです。この男の命令に身を投じることは望んでいないのです。どうすればよいでしょうか。どうしたらわたくしは自分を自由にできるのでしょう。どうか友となり、わたくしを助けて下さい！」

涙が頬をつたい、すすり泣く彼女は言葉につまった。ミス・ミュアはジェラルドの方を向くと、悲しみと不安、そして祈るような気持ちが混ざり、どうしてよいかわからないといった様子で、すがるように両手を合わせた。ジェラルドは、この雄弁に語る瞳に応じ、穏便に答えることは困難だと気づいた。彼はこうしたもめ事を経験したことはなかったし、どのように自分の役回りを演じればよいのかわからなかったのである。この馬鹿げた衣装とあのロマンチックなたわごとのせいで、まるで今の自分が自分ではないように感じてしまう、とジェラルドは思った。彼は、薄暗い部屋や真夏の暑さとかぐわしさ、「ロマンチックなたわごと」の記憶、そしてなにより、苦しんでいる美しい女性の存在が彼に及ぼしている危険な力には、およそ気づいてはいなかった。いつもは自分を見失わないジェラルドではなくなり、ミス・ミュアの説明の中でもっとも印象に残った言葉を繰り返すのが精一杯だった。

「あなたにはそれができると。そしてそうしたい気持ちにかられると。つまりネッドがあなたをお守りする人物であるということですか？」

「それはちがいます」と、やさしい声で返事があった。

「では誰なのです？」

「おたずねにならないで。善良で立派なお方ですわ。わたくしのことを思って下さり、その人生をわたくしに捧げて下さる方です。結婚しましたら幸せになるであろうお方でしたけれど、今は——」

ミス・ミュアの声は吐息となり、うつむいた彼女の顔の周りに髪がかかり、輝くヴェールで顔が隠れたようになった。

「今はなぜだめなのですか？　あなたを苦しめていることを速やかに終わらせることができる、確実な方法なのですよね？　なぜ無理なのですか？」

思わずジェラルドはミス・ミュアの方に身体を傾け、痛いほどに憐れむように——いや、心を込めて——話しながら、彼女の小さな手を取るとぎゅっと握りしめた。ヴェールの向こうから深いため息が聞こえ、短い答えがあった。「それはできないのです」

「でもなぜなのです、ジーン？」

彼女は突然髪をさっとひるがえすと、手を振りはらい、荒々しい声をあげた。「なぜって、わたくしがその人を愛していないからです！　なぜそのようなことをお訊きになってわたしを苦しめるのですか？　わたくしは行き詰まっており、道が見えないと申し上げているのです。善良な男性をだまし、自由と真実を犠牲にして平穏を得るべきでしょうか？　あるいは、シドニーに立ち向かい、怯えながら生活を送るべきでしょうか？　シドニーがわたくしの命を脅かすのであれば、わたくしは恐れることはありません。ですが、彼はわたくしが命よりも大切に思っているもの——名誉を——脅かすのです。いいですか、たった一言で名誉を汚すことができるのです。あざけるように笑ったり、思わせぶりに肩をすくめたりするのはどんな一撃よりも効果的です。わたくしは女性で、友もおらず、貧しいので、シドニーの発言に翻弄されるのです。ああ、死んでいた方がよかったのですわ、そうすれば今経験しているような悲惨な苦しみから、逃れられていたでしょうに！」

彼女は立ち上がると、頭の上で手を握りしめ、絶望したように小部屋を通り抜けて行った。彼女は泣いてはいなかったが、涙を浮かべるよりももっと悲嘆に暮れた表情を浮かべていた。突如ロマンスの世界に足を踏み入れてしまったと感じながら、ジェラルドはしかし、自分に与えられた役割に強い歓喜をも見出していた。彼はその役に喜んで身を投じ、助けをこれほどまでに必要としている娘を慰めるために全力を尽くした。彼女のもとに行き、ネッドがかつてそうしていたように、懸命に話しかけた。「ミス・ミュア——いや、ジーンとお呼びしましょう、もしその方があなたを慰められるなら——、いいですか、もし僕が追い払うことができるのであれば、今後いかなる危害もあなたには及びません。あなたは不必要なまでに警戒されています。憤りになられているでしょうが、しかし、誓って申し上げるが、シドニーのことを誤解されていると思うのです。彼は粗暴なやつです、それは承知しています。しかし彼は高潔な男ですので、心ない言葉や理不尽な行ないであなたを傷つけることはいたしますまい。あなたの心を和らげるためになにかしたとしても、脅しではなかったでしょう。僕が彼に会いましょう。あるいは手紙を書いてもいい。彼は僕の友人です。僕の言うことを聞いてくれるはずです。そのことは確信しています」

「確信できることなどなにもありませんわ。シドニーのような男が恋をして、その恋路を邪魔されたとき、彼の強情な心を制御できるものはありません。どうかあの人に会ったり手紙を出したりなさらないとお約束になって。シドニーのことは恐れていますし軽蔑もしておりますけれども、ジェラルド様に——あるいは弟君に——害が及ぶようなことがあるくらいなら、シドニーにしたがいます。お約束下さいますわね、ジェラルド様？」

彼はたじろいだ。ミス・ミュアが彼の腕にしがみつき、懸命に訴えかけるような表情で嘘偽りのない願いを口にしていた。ジェラルドはそれに抗うことはできなかった。

「約束しましょう。でもその代わり、僕がどのようにあなたをお助けできるのかを教えると約束して下さい。

そして、ジーン、二度と友がいないなどと言わないで下さい」

「なんとおやさしいのでしょう！　神のご加護がありますように。けれどジェラルド様の友情をお受けするわけにはまいりません。彼女がお許しになりませんし、彼女の安らぎを損ねる権利はわたくしにはないのです」

「誰が許さないのだって？」とジェラルドは言葉を荒げた。

「ミス・ボーフォートですわ」

「ミス・ボーフォートなんか縛り首だ！」とジェラルドは叫んだ。その気勢に思わずジーンは耳にも心地よい笑い声をあげた。ジェラルドも笑いだし、一瞬彼らの間にあった最後の壁が取り払われ、本当の友であるかのように、立ったままお互いを見つめ合っていた。ジーンの笑い声が突然やんだ。唇は微笑んでおり、涙がまだ頬をつたっていたが、なにかを知らせるような身振りをした。ジェラルドは聞き耳を立てた。すると呼び声や笑い声とともに足音が聞こえ、人々がふたりを探しに来たことがわかった。

「先ほどの笑い声で私たちの居場所がわかってしまいましたのね。ここにいらっしゃって皆さまをお迎えになって。わたくしは失礼します」そう言うとジーンは芝生の方へと飛び出していった。ジェラルドもそれに続いた。多くの人の目にさらされ、質問の山に応じることを思うと尻込みしてしまい、臆病者のようにその場を逃げてしまったのだ。ジーンの軽やかな足音を頼りについていくと、彼女が薔薇の茂みの向こうで一息ついているところに追いついた。

「意気地のない騎士だこと！　あなたはあそこに残って、わたくしが避難するのを援護して下さらなくては！　なんてこと、皆がこちらにやって来ますわ！　隠れて、隠れて！」賑やかな追跡者たちが近づいて来ると、ジーンは半ば怖がり、半ば楽しげに、はあはあと息をついた。

「ひざまずいて。月が出てきました。あなたの衣装の刺繍がきらめいて、ここにいるのがわかってしまいますわ」とバラの茂みに身を縮めながらジーンがささやいた。

「あなたの腕と髪が見えてしまうと居場所がわかってしまいますよ。歌にもあるように『どうぞわがマントの下に』」そう言うとジェラルドは天鵞絨のマントをジーンの白い肩と金色の髪の上に掛けようとした。

「わたくしたちは舞台の役を現実の中で演じているのですわ。このことを話したらベラは大喜びするでしょうね」騒ぎが遠ざかると、ジーンが言った。

「ベラに話してはいけませんよ」とジェラルドがささやいた。

「なぜいけませんの？」ジーンは自分の顔のすぐそばにあるジェラルドを、あどけなく見上げながらそうたずねた。

「なぜかわかりませんか？」

「プライドが高くていらっしゃるので、笑われるのがお嫌なのね」

「そうではありませんよ。僕は馬鹿げた噂で、あなたにまた嫌な思いをさせたくないのです。そうでなくともあなたはもう充分に苦しまれている。僕は今あなたの友なのですから、それを証明するために全力を尽くすのです」

「ご親切な、なんとご親切な！　感謝のしようもありませんわ」とジーンがつぶやいた。そして彼女は、ふたりを覆っているマントの下でふとジェラルドに身を寄せた。

しばらくの間どちらも話すことはなかった。その静けさの中で、ふたりの心臓の鼓動が早まっているのが聞こえた。その音を紛らわすために、ジェラルドがそっと言った。「怖いのですか？」

「いいえ、心地よいですわ」と同じようにそっと彼女が答えた。そして唐突に続けた。「それにしてもなぜ隠れているのかしら？　もう恐れるようなことはありませんわ。もう遅いですし、行かなければ。わたくしのドレスのすそを踏んでいらっしゃるわ。お立ちになって」

「なぜそんなに急ぐのですか？　この追いかけっことかくれんぼのおかげで今宵は魅力的になりましたよ。まだ立ち上がりませんよ。バラを一輪いかがですか？」

「いいえ、いりませんわ。もう行かなくては、ジェラルド様。どうしてもですわ。もうたっぷり馬鹿げたことはいたしましたわ。自分をお忘れにならないで」

ジーンは頭ごなしにそう言うと、マントをはねのけ、ジェラルドを押しのけた。ジェラルドはすぐに立ち上がると、心地よい夢から突然覚めた人のようにこう言った。「たしかに我を忘れていたな」

ここで人々の声が前よりもずっと近くに聞こえてきた。屋敷に続く回廊を指さして、ジェラルドはいつもの冷静で落ち着いた調子で言った。「あの道を行きたまえ。あなたが退出したことは僕が言いつくろいましょう」そう言って向きを変えると、ジェラルドは賑やかな追跡者たち方へと向かって行った。

半時間後にパーティが終わると、ミス・ミュアは人々のもとにやって来た。いつもの落ち着いたドレスを身にまとっていたが、いつもよりも青ざめて弱々しく、また淋しそうだった。ジェラルドは、彼女を見つめることも話しかけることもしなかったが、彼女の様子に気づいていた。ルシアもまたミス・ミュアの姿を見てとり、危険な娘がいつものふさわしい立場に収まっているのを見てほっとしていた。ルシアにとってはその夜はつらいものだったからだ。ルシアは庭園を通り抜けるときにいとこの腕を取ったものの、ジェラルドはむっつりした気分になっており、ルシアが会話を試みようとしてもことごとく空振りに終わってしまった。ミス・ミュアは夕闇のなか、誰に聞かすでもなくそっと歌いながら、彼らの後をひとりで歩いていた。ジェラルドはそのとぎれとぎれの歌を聴くために黙っているのだろうか？　ルシアはそう考えると、ミス・ミュアに対する嫌悪がたちまち憎しみへと深まっていくのを感じた。

若い友人たちが帰ってしまうと、家族はお互いにおやすみを言い交わした。ジーンが驚いたことに、これまで一度としてそのようなことをしたことがなかったジェラルドが手を差し出し、ルシアが一部始終を見つめているのも構わず、握手をしながらささやいた。「まだ助言をさしあげていませんが」と。

「ありがとうございます。でももう必要ございません。自分で決めましたわ」

「どのように決めたかおうかがいしても？」

「敵に立ち向かうということです」

「よろしい！　でもなぜ急にそう決心なさったのですか？」

「友を見つけたからですわ」そう言うと、感謝の意を込めたまなざしとともに、彼女は立ち去った。

第六章　警戒

「差し出がましいようですが、ジェラルド様、昨晩お手紙をお受け取りになられましたか？」これが翌朝部屋を出た「若様」が、最初に受けた挨拶だった。

「なんの手紙のことだい、ディーン？　覚えがないのだが」とジェラルドは答えて立ち止まった。召使いの様子にどこか違和感を感じたのだった。

「ジェラルド様がお館に出かけられたすぐ後に届きました。ベンソンがジェラルド様を追いかけたのでございます、『急啓』と記してありましたので。お受け取りになりませんでしたか？」と不安げにメイドがたずねた。

「たしかに。だが、今言われるまですっかり忘れていたよ。別の上着に入れたはずだ、なくしていなければ。昨晩の馬鹿げた仮装劇のせいで、他のことがぜんぶ頭から抜け落ちてしまったよ」召使いに、というより自分に言い聞かせるようにして、ジェラルドは手紙を探しに部屋に戻った。

　ディーンはそのままそこに残り、忙しそうにホールの窓のカーテンを整えたりしながら、その場にまったくそぐわない好奇心をもってこそこそと様子を見守っていた。

「そこにはないわ、思った通りよ！」ジェラルドがいらいらしながらあちこちのポケットに手を突っ込んでいるのを見て、ディーンがつぶやいた。ところが、彼女がそう言うや、驚きの表情が顔に浮かんだ――手紙が見つかったのだ。

「そこにはないと思っていたのに！　わけがわからないわ。でも彼女は計り知れない人だし、あるいはわたしがすっかりだまされたのかも」ディーンは困惑しつつ、納得もしていないといった様子で頭を振った。

　ジェラルド・コヴェントリーは手紙の宛先を見ると、満足そうな声を洩らし、その場に立ったまま封を開けた。


　親愛なるCへ。

　僕はバーデンに行くつもりだ。君も一緒に来るといい。そうすれば危険から逃れることができるだろう。もし君がJ．M．に惚れ込んでしまったとしたら（彼女がいる場所に君がいる限りそれは逃れられないことだろうが）、僕が君の頭を吹き飛ばしてしまうという、馬鹿げてはいるが困ったことを招くことになるだろう。

敬具
F．R．シドニー

「こいつはどうかしている！」とジェラルドが吐き出すように言った。手紙を見つめながら、怒りに顔が赤く染まっていった。「いったい全体、やつはこの手紙でなにが言いたいのか？　一緒に来いだって？　お断りだ！　脅しのつもりだとしたら、笑い飛ばしてやる。可哀想なジーン！　頭の固い愚か者が彼女を苦しめようとやっきになっているようだ。おや、ディーン。どうしてまだここに？」ジェラルドは、突然召使いがここにいたことに気づき、問いただした。

「なんでもございません。ただ、お手紙を見つけられたかどうかをお確かめしようと思いまして。それではこれで失礼いたします」

そう言うとディーンは下がろうとしたが、ジェラルドは疑わしげな目つきでたずねた。「なぜ手紙がなくなってしまったと考えたんだ？　今日はやけに僕の個人的なことに興味を持つのだね」

「まあ、そんなことはございません。ちょっと気になったものですから。ベンソンは忘れっぽいですし、ジェラルド様に届けるよう申したのはわたしなのです――お出かけになるところをたまたま見かけましたので。それで責任を感じておりました。急いでお届けするよう記されておりましたし、大切なお手紙だと思いました。それでおたずねしたのでございます」

「結構。ではもう下がりなさい、ディーン。心配することはなにもないから」

「それはどうでしょうか」召使いはうやうやしくお辞儀をしながらつぶやいた。そしてあたかも手紙が見つかってはいないかのような様子で出て行った。

　ディーンはミス・ボーフォート付きの召使いで、堂々とした中年女性だった。鋭い目つきをしており、どこか厳めしい雰囲気をかもしていた。長く一家に仕えていたため、彼女は忠実であり、贔屓《ひいき》にされる召使いが受けるあらゆる特権を享受していた。彼女はミス・ボーフォートを大切に思っており、それは嫉妬深い愛情とも言えるほどだった。ディーンは母親さながらにミス・ボーフォートの世話を怠ることはなく、他の人々から邪魔が入ろうものならば、どんなことでも憤るのだった。最初のうちは、ディーンはミス・ミュアのことを哀れに思い好意を持っていたが、それが不信に変わり、コヴェントリー様のいとこへの無関心がひどくなったことが原因で、今や心の底からミス・ミュアのことを嫌っていた。ディーンはルシアがどれほどジェラルド・コヴェントリーを愛しているかを知っていたし、彼女してみれば、ルシアにふさわしい男性など誰もいないわけなのだが、彼女のためにもコヴェントリーには敬意を払い、彼を好きになろうとしていた。しかし、ここのところの彼の態度の変わりようには、ルシアと同様にディーンも心穏やかではいられなかった。ディーンは苦々しげにジーンを見張っていたが、愛想のよいジーンは、今のところそれに煩わされるどころか、楽しんでいるようだった。というのも、ディーンのイギリス的な機転は鈍く、ガヴァネスの巧妙な頭の回転にはかなうものではなかったからである。ディーンはルシアの着替えを手伝いながらこのことを話し始めたが、機嫌が悪かったルシアは、その件については噂話をしないようたいそう厳しく言いつけたので、時機を待つことを余儀なくされたのだった。

　それではその後のあの女がどんな様子か見てみよう。もっともあの女の顔つきからはたいしたことはわかりゃしないだろうけど——嘘の平気な浮気娘だもの、とディーンは考えながら階下に降りて行き、黒々とした眉を寄せて歩いていた。

「おはようございます、ディーン夫人。昨晩は浮かれ騒ぎがございましたけれども、何ともございませんでしたでしょうか。わたくしたちは芝居をいたしましたけれど、ディーン夫人はお仕事がおありでしたでしょう」ディーンの後ろから朗らかな声が聞こえてきた。振り返ると、ディーンの目の前にミス・ミュアがいた。さわやかに微笑みながら、ガヴァネスは真心を込めた素振りで会釈をしたが、それはどんな人の心も溶かしてしまうものだった。だが、ディーン夫人は違った。

「まったく問題ありません、お気遣いどうも」とディーンは冷たく返した。自分の言葉がどう響いているかを見定めるかのように、鋭い目でガヴァネスを見つめていた。「お若い皆さんが食事を取られている頃に、ゆっくり休むことができましたからね。メイドたちが片付けをしている間は『小控え室』に坐っておりました」

「そうですわね、あなたの姿を見かけましたわ。お風邪を召したのではと心配しておりましたの。お元気そうでなによりですわ。ミス・ボーフォートのお具合はいかがですか？　昨晩はなんとなく調子を崩されているようでしたので」ジーンは細い手首の周りにある小さなフリルを直しながら静かに応えた。ジーンのこともなげな質問は、ディーンがほのめかしたこと——自分はジェラルドとミス・ミュアが話していたのを見ることができる場所にいたのだということ——への返球だった。

「少しお疲れになったようでしたけれど、あのような夕べの後ですから、レディであれば誰しもそうなるものです。芝居を演じることに慣れている方々ならば平気だということもあるかもしれませんね。おふざけを楽しむような方もいらっしゃるでしょうが、ミス・ボーフォートはそういう方ではございません」

　特定の言葉を強調しながら話したディーンの返答は、本人の狙い通りの無礼さが響いていた。けれどもジーンは笑うだけだった。そしてジェラルドの足音がふたりの背後に聞こえると、階下へと駆け下りて行った。そのときジーンは穏やかな、しかし不敵な視線を向けながらこう言ったのだった。「今は感謝の言葉はこれくらいにいたしますわ。ジェラルド様がわたしに朝のご挨拶をなさって、ミス・ボーフォートのお具合がますます悪くなってはいけませんものね」

　ジーンが立ち去る姿を怒りに満ちた表情で見ていたディーンの瞳がぎらりと光った。そして歩を進めると険しい顔つきでつぶやいた。「時機を待つのです。いつか必ず彼女の尻尾をつかまえてみせる」

「昨夜の馬鹿げた出来事」からすっかり醒めてはいたものの、自分に会ったらジーンがどんな様子になるか知りたいと思いながら、ジェラルドはいつものように覇気のない無関心な様子で、ぶらぶらと朝食室に入って行った。いとこや妹、そしてガヴァネスたちは、彼が席につき受け取った手紙を取り出すと挨拶をしたが、それに対して面倒くささそうにうなずき、もごもごとつぶやくことが、ジェラルドからのありがたい返事であった。

「ネッドから便りがありまして？」と、ジェラルドがまだ手にしている手紙を見ながらベラがたずねた。

「いや」とジェラルドは短く答えた。

「ではそれはどなたから？　お兄様、なんだか悪い知らせを受け取ったようなお顔ですわよ」

それに対して返事はなかったが、兄の腕ごしに覗き込んだベラは、印章を目にするとがっかりした声をあげた。「それはシドニー家の印だわ。一気に興味がなくなりましたわ。殿方の手紙のやりとりって面白くないのですもの」

ミス・ミュアは黙ってエドワードの犬に餌を与えていたが、シドニーの名を耳にすると上を見上げ、ジェラルドと目が合った。その瞳は苦痛に満ちており、ジェラルドは彼女を気の毒に思った。ジェラルドは、なぜ自分がミス・ミュアの込み入った問題に手を貸さなければいけないのかと自問自答を繰り返していたものの、ルシアが唇の端でほくそ笑んでいるのを見て、唐突にルシアに向けて不満をぶちまけた。「ディーンが出過ぎた真似をしているのを知っているか？　彼女は自分が年長者で君がいろいろ大目に見ているからといって、自分の立場を忘れているようだ」

「ディーンがなにをしたというの」とルシアは冷たく言った。

「僕の個人的なことがらに首をつっ込んで、ベンソンを使ってまで探っているのだよ」

ここでジェラルドは手紙のことと、ディーンが明らかに関心を示していることを話した。

「哀れなディーン。あなたが忘れてしまった手紙のことを思い出させてあげたのに、感謝の言葉ももらえないなんて。次からは手紙のことなんて、それがどうなろうと放っておくでしょうね。ひょっとしたらその方がいいかもしれないわね、手紙のせいであなたがこんなに不機嫌になるのであればね、ジェラルド」

ルシアの話し方は穏やかだったが、立ち上がって部屋を出て行く彼女の頬には怒りの色が浮かんでいた。ジェラルドはたいそう腹立たしそうだった。彼はジーンの顔にかすかな微笑みと、半ば憐れむような、半ば皮肉めいた表情を見て、それがいとこの当てこすりよりもさらに彼をいらつかせた。ぎこちない静けさを破ったのはベラだった。彼女はため息をついて言った。「可哀想なネッド！　ネッド兄様からのお便りがまた来ればいいのに、とどんなにか思うわ。わたしたちの誰かに宛てて手紙が来たと思ったのよ。ディーンが昨日言っていたのよ。玄関ホールのテーブルに、ネッドの筆跡の手紙があるを見たと」

「手紙を詮索するのに異様にこだわっているみたいだな。そんなことは許さないぞ。その手紙は誰宛だったんだい、ベラ？」

「それは言わなかったし、言えなかったのかも。でもとにかくとても不機嫌で、お兄様にたずねてごらんなさいと言われたわ」

「それは妙だな！　僕はなにも受け取っていない」とジェラルドが言った。

「でもわたくし何日か前に一通受け取りましたわ。お読みいただけますか？　わたくしからの返事も？」ジーンはそう言うと二通の手紙を差し出した。

「そんなことはしない。ネッドが君の目以外に触れることを想定しないで書いた手紙を読むなど、恥ずべきことだ。君はある一面ではあまりにも几帳面だが、別のときにはそれほどではないのですね、ミス・ミュア」

そしてジェラルドは厳かに決断をしたといった風情で二通の手紙を返したが、そこには興味と驚きが透けて見えた。

「おっしゃる通りですわ。エドワード様の手紙は人目から隠されるべきです。そこには可哀想なお方がわたくしへのありのままの気持ちをつづっておられます。でもわたくしからの手紙は、お読み下さいませ。そうすればジェラルド様と約束したことをいかにわたくしが守っているかがおわかりになるでしょう。ジェラルド様、お願いでございます。そうお願いする権利がわたくしにはあると思います」

ミス・ミュアは切々と語り、乞い願う表情を見せたために、ジェラルドは拒むことができなかった。そして窓際へ行って手紙を読んだ。その手紙は、若き恋人からの情熱的な訴えへの明白な返答となっており、非の打ち所のない巧みなものだった。手紙を読みながら、ジェラルドは考えずにはいられなかった——もしこの娘が自分が愛していない男性に向けてこうした手紙を書くというのであれば、愛している男性に向けて書く手紙にはどんな力と情熱が込められるのであろうか、と。そしてこの疑問は、冷静沈着な反論や節度をわきまえた非難、親身な助言、そして友愛に満ちた配慮が行ごとにしたためられた手紙を読み進める間中、彼の脳裏に繰り返し沸き起こるのだった。ジーンがすでに打ち明けたことが、言葉や言いまわしのそこここに表れていた。ジェラルドは立ちすくんだまま、手紙を読むことも忘れ、ジーンが愛している男は誰なのだろうと考えていた。

ベラの声でジェラルドは我に返った。ベラはやさしく、しかし半ば拗《す》ねるように言った。「そんなに悲しそうな顔をなさらないで、ジーン。ネッドは必ず乗り越えるわ。前におっしゃっていたでしょう、女性は愛のために死ぬこともあるけれども、男性は愛のためには死ぬことはないと。わたしがネッドからいただいた手紙の中で、彼はあなたについてとても素敵なことを書いていたの。そしてわたしに、どうか自分のためにも、あなたに親切にしておくれと書いてあったわ。だからわたし心からそうしているつもりよ。もっとも、相手があなたでなければ、わたしの大切な兄をこんなにも不幸せにした人として憎んでいたと思うわ」

「ベラ、あなたは本当にやさしい方ね。わたくしがいることであなたが苦しまないように、出て行ってしまおうかと思うこともあるのですけれど、そしてこんなことを言うと愚かで危ういとは思うのですけれど、そうする勇気がないのです。ここではとても幸せにしておりますので」そう語りながら、ジーンは愛おしげに擦り寄っている犬の方に頭を低く垂れた。

ベラがその唇から彼女を慰めようとする言葉を発しようとする前に、ジェラルドがふたりのところにやって来た。彼の顔や態度からは無気力な様子がすっかり取り払われ、ジーンの手紙を彼女の目の前に置くと、感情のない普段どおりの声で――だがその下に圧《お》し殺した思いが透けて見えるような声で――語りかけた。

「まさに女性らしく、かつ情緒に満ちた手紙です。だが、この手紙は鎮めるべき炎をさらに大きくしてしまうだけではないかと危惧しています。僕は今、これまでにないほど弟を気の毒に思います」

「ではお出ししてもよろしいですか？」とジーンは、ジェラルドの判断に頼り切っているかのように、まっすぐに彼を見つめた。

「ええ。自分を犠牲にするこれほど甘美な言葉を、彼から奪うような度胸は僕にはありません。僕がこの手紙を出しておきましょうか？」

「ありがとうございます。少しお待ちになって」感謝のまなざしをむけると、ジーンは目を伏せた。小さな小袋を取り出すと、ペニーを探し出し、紙片で包んだ。そして取引をしているといったなんとも可愛らしい様子で、ジェラルドに手紙と硬貨を渡したので、思わず笑いが洩れてしまった。

「なるほど、わたしに一ペニーも借りは作らない、ということですね？　なんとも誇り高き人だ、ミス・ミュア」

「その通りですわ。それが家系の欠点です」ミス・ミュアは意味ありげなまなざしでジェラルドを見つめ、彼はミス・ミュアがどういう人物かを思い出した。彼はミス・ミュアの気持ちを理解し、もし自分が同じ立場になったら、同じ事をするだろうとわかっていたので、いっそう彼女を好ましく思うのだった。これはちょっとした事ではあったが、効果を狙ってなされたとするならば、それだけの価値は立派にあった。ミス・ミュアにしてみれば、このことでジェラルドの性格を素早く見抜くことができ、ジェラルドに対して、彼が心から共感できるプライドがミス・ミュアにあることを知らしめることができたわけである。ジェラルドはミス・ミュアのそばに立ち、彼女がエドワードからの手紙をポットの下にあるアルコールランプの炎で燃やしているのを目にした。

「なぜそんなことを？」と思わずたずねた。

「忘れてしまうことがわたくしの義務ですわ」とだけミス・ミュアが答えた。

「義務になったらいつも忘れてしまえるのですか？」

「そうできたらと思いますわ！　それができてしまえばと！」

自分の意志に反して言葉が流れ出てきてしまったように、彼女は感情をぶちまけた。そして急いで立ち上がると、そこにとどまっているのを怖れたかのように、庭園へと飛び出して行った。

「お気の毒に、ジーンはなにか理由があって気落ちしているのね。でもどうしてだかはわからないの。夕べも彼女が一輪のバラを前にして泣いていたのを見たのよ。そして今は心が傷ついたみたいにして飛び出してしまわれたでしょう。授業がなくなったのは嬉しいけど」

「どんなバラだった？」ベラの話しが一段落ついたとき、コヴェントリーは自分への手紙ごしにたずねた。

「白い綺麗なバラだったわ。お館のバラじゃないかと思うわ。ここにはない種類のバラよ。ジーンは昔結婚しようとした人がいて、でもそのお相手がいなくなって、白い花嫁のバラを見るとそのことを思い出して悲しくなるんじゃないかしら」

ジェラルドはなにも答えなかったが、バラの木立の影に隠れた騒動のことを思い出し、顔がほころぶのを感じた。あのとき彼はジーンに花を渡し、ジーンは拒んだが最後には受け取ったのだった。ほどなく、ベラが驚いたことに、ジェラルドはシドニーからの手紙を投げ出し、細かく破いてしまった。そして馬の準備をするようベルを力一杯鳴らしたので、ベラはすっかり面食らってしまった。

「まあ、ジェラルド、いったいどうなさったの？　ネッドの落ち着きのなさが、いきなりお兄様に取り憑いてしまったようよ。なにをするおつもり？」

ジェラルドは端正な顔に、これまでほとんど見たこともないような表情を浮かべてベラを振り返った。そして思いもしない答えが返ってきた。「仕事に行くのさ」

「急にお兄様の目が覚めたのはどういうことかしら」とベラはますますわけがわからないといった様子だった。

「お前のおかげさ」と言うと、ジェラルドは妹を自分に引き寄せた。

「わたしが！　いつ？　どうやって？」

「以前、男にあっては見目麗しさよりも活力がある方がよい、と言っていたのを覚えているかい？　怠け者には敬意は持てないと？」

「そんなに分別のあることの半分も言ったことはありませんけれど。ジーンがそのようなことを言ったことがあったと思うけれど、忘れてしまったわ。少なくとも、なにもしないでいることに飽きたっていうことなの、ジェラルド？」

「そうだね、ネッドが困ったことになるまで、僕はネッドへの義務をおろそかにしてきた。今僕はそのことで自分を責めている。他にもなおざりにしてきたことをやるには、まだ遅すぎはしないだろう。だから本気になって取り組んでみようと思うのだ。このことは誰にも言わないでくれよ。それに笑ったりしないでおくれ、僕は真面目に言っているのだからね、ベラ」

「もちろんわかっているわ。真面目に取り組む姿を尊敬するし、愛おしく思っていますわ、愛するわたしのお兄様」ベラは兄の首に腕をまわし、心からのキスをしながらはずんだ声をあげた。「それで最初になにをなさるおつもり？」とベラがたずねた。ジェラルドは自分の肩にもたせかけた頭のキラキラした髪を撫で、思案深げに立っていた。彼は先ほど表れた新しい表情を、まだそのままはっきりと顔に浮かべていた。

「全領地の視察に出かけ、本来領主が行なうべき事に顔を出してみるよ。ベントに任せきりにしないでね。ベントについてはいろいろな不満を耳にしてはいたのだが、億劫だったので調べることをしていなかった。おじ上に相談し、父上が存命中に関わっていたあらゆることに携わるように頑張るよ。それは価値のある抱負だろう、ベラ？」

「おお、ジェラルド、お母様にお知らせしなくては。きっとお喜びになるわ。お母様はお兄様のことをとても大切に思っていらっしゃるのだから、お兄様がこうした事をおっしゃっていたとお聞きになり、愛しいお父様にこんなにも似てきたことをご覧になれば、イギリス中のお医者様に診ていただくよりもずっとお元気になられるわ」

「僕の決断にそれだけの価値があることが証明されるまでお待ちよ。僕がなにごとかを本当に成し遂げたとき、それがどんなものだったかを話して母上を驚かせよう」

「もちろんルシアにはお話しになるのでしょう？」

「いや、そのつもりは毛頭ないよ。これは僕たちだけのちょっとした秘密だ。だから僕がいいと言うまで、誰にも話さないでおくれよ」

「でもジーンにはすぐにわかってしまうわよ。なにが起こっているかすべてお見通しよ、頭の回転が早いし賢いわ。ジーンにわかってしまうのはいいの？」

「ジーンがかくも才能豊かな人なら、隠しおおせるとは思えないな。なにができるかは彼女しだいというところだ、僕は気にしないよ。では僕は出かけるよ」妹にキスをすると、思いがけない笑顔を顔に浮かべ、ジェラルドは馬に乗り急いで去って行った。その様子に馬丁はただ驚いて、主人の後ろ姿を見つめていた。

夕食の時間になるまでジェラルドの姿は見えなかった。さっそうと馬に乗りあわただしい朝を過ごしたことで、ジェラルドの気分は高揚していたために、帰宅した際には普段通りの振る舞いができず、これまでまったく興味を持っていなかったと思われていた話題をあれこれと熱っぽく語り、一度ならず家族を驚かせた。ルシアは驚き、母親は喜び、そしてベラはその秘密を説明したくてたまらず、かろうじて口をつぐんでいた。そんな中でジーンは冷静にその様子を受け止め、「結構ですわ、でもすぐに飽きてしまわれるでしょうよ」とでも言いたげな雰囲気でジェラルドを眺めていた。その態度にジェラルドは自分で認めるよりも苛立ちを覚え、その予言が正しくないことを証明しようとやっきになった。

「シドニー様からのお手紙にお返事は出されたの？」夕食後に居間で思い思いに過ごしているときにベラがたずねた。

「いや」とジェラルドは答えた。彼は美しいいとこのそばでくつろぐ代わりに、せわしない足取りで部屋を行ったり来たりしていた。

「おうかがいしたのは、ネッドがわたしによこした最後の手紙で、シドニー様宛の言付けを送ってきたことを思い出したからなの。ネッドはお兄様ならシドニー様のご滞在先をご存じだろうと思ったのね。それがこれなの、馬のことかなにかが書いてあるわ。シドニー様にお返事を書いたら、これも一緒に入れて下さらない」そう言うとベラは近くの書き物机の上に手紙を置いた。

「すぐに返事を送って終わりにしてしまおう」とジェラルドはつぶやき、椅子に坐り数行を書き殴ると、封をして手紙を送った。そしてまた部屋をうろつき始め、行ったり来たりを繰り返しながら、そこにいる三人の女性たちが、三者三様の表情を浮かべているのを眺めていた。ルシアは離れたところに坐り、本に没頭しているふりをしていた。横柄なまでに落ち着いた様子でいる彼女の整った顔は、厳めしいと言ってもよかった。彼女は内心傷ついていたが、それを認めるにはプライドが高すぎたのだった。ベラはソファーに横たわってうとうとしていた。バラ色の頬のベラは、我知らず子供のような愛らしさをかもしていた。ミス・ミュアは片隅の奥まったところにある窓際で、ひとり掛けの椅子に坐り、たおやかに刺繍枠に向かって精を出していたが、それは見ていても心地よいものだった。このところ、ベラが気前よくプレゼントしていたために、ミス・ミュアは色のついた服を着るようになっていた。水色のモスリンのリボンは、ミス・ミュアのやわらかくカールした髪に垂れ、白い肌と金色の髪によく合っていた。以前のきつく結ばれた三つ編姿はなくなり、ミス・ミュアの形のよい頭部の周りのしっかりとした巻き毛からもれた、ふんわりとした後れ毛がそここにかかっていた。華奢な足先が片方見えており、拗ねたようなちょっとした動作がときおり袖をゆらし、そこから丸く白い腕がのぞいていた。ネッドの大きな猟犬がそばに横たわっていた。木漏れ日が彼女をキラキラと照らし、器用な手で葉と花の形を刺繍しながらひとり微笑むその姿は、このうえなく女性らしく人を惹きつける、魅力的な絵画の様相を呈していた――この光景を見るのを好まないという殿方は、ほとんどいないだろう。

彼女のそばにはもう一脚椅子があった。ジェラルドは部屋を行ったり来たりしながら、そこに坐りたいと強く感じていた。あれこれ考えることに疲れてしまったし、ミス・ミュアの顔の表情がころころ変わるのを見て楽しみたい、多彩に響く彼女の声を聞いていたい、自分でもわからないままにこんなにも強く惹きつけられる魔力を見極めたい、と思っていた。一度とならず、ジェラルドはこの気まぐれを満足させるためにミス・ミュアの方に向かったが、そのたびにルシアがそこにいることでためらわれてしまった。犬に声をかけるとか、窓からの眺めを見るとかといった足を止める口実の後は、ふたたび部屋を歩き始めるのだった。いとこの顔つきにはどこか非難めいた表情があったが、ここ最近の彼女の態度には彼を寄せつけないものがあったので、ジェラルドはこれまでのような親密な関係に戻りたいとは考えていなかった。彼は、自分は束縛されていると思っていないことを示したかったので、距離を保っていた。それはこの男性に対するふたりの女性が持つ力をめぐるひそかな戦いであった。ふたりは直感的にそれを感じており、どちらもが勝利を狙っていた。ルシアは何度かざっくばらんに打ち解けた様子で話そうとしたが、しかし彼女の態度にはぎこちなさが残っていた。ジェラルドは礼儀正しく受け答えはしたものの、ふたたび口を閉ざしてしまうのだった。ジーンはなにも話さなかったが、愛らしい絵のような自分で演出することで、言葉を使わずとも目や耳に訴えかけていた。周りに人がいることを忘れてしまったかのように、とぎれとぎれにそっと歌をうたったり、ときおり半ばなにかを求めているような、半ば楽しげな風情で、はにかんだなまなざしを向けることがあったが、こうした様子は、しとやかな姿や甘やかな声よりもずっと蠱惑《こわく》的だった。こうしてミス・ミュアが充分にルシアを打ちのめし、ジェラルドを魅了してしまうと、彼女はライバルであるルシアが驚くようなやり方で、自身の優位を静かに主張したのである（ミス・ミュアの出自の秘密についてルシアはなにも知るところではなかったが、ジェラルドがミス・ミュアに惹かれたのはその秘密がおおいに関わっていた）。ミス・ミュアは自分の膝から刺繍のシルク糸の玉が落ちるにまかせると、部屋を歩いているジェラルドの方にそれが転がっていくのを見つめていた。ジェラルドはそれをつかんでミス・ミュアのところに持ってきたが、その素早さはささいな手伝いに優美な雰囲気を加えるものだった。ミス・ミュアは糸玉を受け取ると、ジェラルドの心を虜にしてしまうまっすぐな口調で言った。「お疲れになったことでしょう。けれども運動が必要ならば、その体力を他の目的にお使いなさいな。お母様のバスケットにあるシルクの糸玉を整理なすったら。もつれてしまっているのですけれど、もしあなたが整理して下さったことがわかれば――弟君がそうされていたように――、お母様はお喜びになりますわ」

「糸巻きするヘラクレスか」とジェラルドは楽しげに言い、ずっと坐りたいと思っていた椅子に腰掛けた。ジーンはジェラルドの膝上にバスケットを置いた。ジェラルドが与えられた仕事にひるんだように、中身をしげしげと見ていると、ジーンは自分の椅子に身体をもたせかけ、耳にも心地よい小さな鐘の音のような笑い声をあげるのだった。ルシアは驚きのあまり言葉を失って坐っていた――あのプライドの高い無精ないとこが、ガヴァネスの言うことにしたがい、しかも心底楽しそうにしているだなんて。十分もすると、彼女は完全に忘れ去られていた――まるで何マイルも離れたところにいるかのように。ジーンはこれまでになく機知にあふれ陽気な気分だったようで、「若き主人」であるジェラルドを自分と対等な人であるかのように扱い、これまでのおどおどした態度はすっかりなくなっていた。とはいえ、ジェラルドが我知らず彼女の澄んだ瞳――悲劇のまねごとをしたときにときにジェラルドをあんなにも愛しげに見つめたあの瞳――を覗き込んだときには、ジーンはときに目を伏せ、顔色も変わり、チクリとした皮肉を言うこともあった。ジェラルドはあのときのことを忘れることはできなかったし、ふたりともそのことをほのめかすこともなかったが、前の晩の記憶はふたりの脳裏を去ることはなく、今この瞬間にも秘密めいた色合いをほどこしていた。ルシアは精一杯の間この状況を我慢していたが、やがて侮辱された姫のように部屋を後にした。ベラはすっかり眠り込んでいた。そしてジェラルドは、どこからこうなったのかは定かではないものの、ミス・ミュアのこれまでの身の上を聞いていた。痛ましい物語ではあったが、その巧みな語り口に、ほどなくジェラルドはすっかり心を奪われてしまった。糸玉の入ったバスケットはジェラルドの膝からずり落ちても気づかれもせず、犬は向こうに追いやられてしまった。ジェラルドは身を乗り出し、娘が落ち着いた声でこれまでの短い人生の中で経験したありとあらゆる苦難、孤独、そして悲しみを語るのを熱心に聞き入った。胸に迫る出来事を話している最中に、ミス・ミュアはなにかに気づいたように話しをやめ、前方をじっと見つめた。真剣な面持ちだったが、それが激しく蔑みへと変わっていった。彼女はジェラルドの方を見つめると、彼の後ろの窓を指さしながら言った。「わたくしたちは見張られています」

「誰に？」

「静かに、なにもおっしゃらないで。このままやり過ごしましょう。こういうことには慣れています」

「でも僕は慣れていないし、それに屈するつもりもない。いったい誰だったんですか、ジーン？」熱を帯びた口調でジェラルドが応じた。

ミス・ミュアは意味ありげに、バラ色のリボンの飾り結びを見て微笑んだ。それは小さな突風にあおられテラスにそって二人の方に吹き寄せられてきた。眉をひそめた彼のジェラルドの顔が暗くなった。彼は幅広の窓から飛び出し、通り過ぎる庭の隅々に目を走らせながら、あっという間に視界から消えていった。ジーンはその姿を見ながら静かに笑い、はためいているリボンに目をやって独りごちた。「偶然のことだったけれどついていたわね。とっさに愉快なことを思いついたわ。そうよ、親愛なるディーン夫人、密偵ごっこはあなただけでなくあなたの女主人にとっても、やっかいなことにしかならないとわかるでしょうよ。事前通告なんかないわ。自分がやったことのツケを払わなければならないわね。あなたのようなご立派な人を傷つけるのは気が進まないけれども」

ほどなくしてジェラルドが戻って来るのが聞こえた。ジーンは息をのんで、ジェラルドがなんと言うかを待っていた。というのも彼はひとりではなかったからだ。

「あくまでも自分がしたことで、お前の女主人は関係ないと言い張るのであれば、それで済ませよう。もっとも僕はまだ疑わしいと思っているがね。ミス・ボーフォートに、書斎でしばし面会したいと僕が言っていると伝えるんだ。では行きなさい、ディーン。この家にいたいのであれば、先々のことに注意することだ」

召使いが下がり、ジェラルドは容赦のない怒りに満ちた顔をしていた。

「なにも言わなければよかったと思いますわ。でも驚いてしまって、つい口走ってしまいました。あなたはお怒りになるし、ミス・ルシアには新たな面倒事を作ってしまいました。ミス・ルシアをお許しになるように、わたしもお許し下さい。そしてもうお忘れ下さい。こうした監視に耐えることは学んでおりましたし、ミス・ルシアの理由のない嫉妬はお気の毒に思います」ジーンは自分を責めるように言った。

「恥ずべき行為は許しますが、忘れることはできませんし、やめさせるつもりです。前にもお話しした通り、僕はいとこの許婚ではないのです。ですが、他の人々と同じようにあなたは僕が彼女の許婚だと思い込んでいるようですね。これまで僕はそんなことは気にしていなかったので誤解を解いてきませんでしたが、今こそ僕が疑いなく自由であることを証明しましょう」

最後の言葉を話し終えると、ジェラルドはジーンを見たが、そのまなざしに彼女は思いがけなく反応した。青ざめ、針仕事を膝の上に落とした。そしてジェラルドを見上げた。その瞳はなにかを切望するような、そしてなにかを問いたげだったが、彼女が顔をそむけて心からの悲しみをたたえた口調でつぶやいたとき、胸の内の苦しさと憐れみがないまぜになったまなざしへとゆっくりと変わっていった。「お気の毒なルシア、誰が彼女を慰めるのでしょう？」

しばらくの間、運命を決める判断が心に重くのしかかっているかのように、ジェラルドはなにも言わず佇んでいた。ルシアに気を取られているジーンの同情のため息がジェラルドの耳に届いたとき、彼は心の中でその吐息を反芻《はんすう》し、自分の決意を半ば後悔しかけた。そのとき彼は目の前にいる娘に目をやった。他人を心から思いやる彼女があまりにも寂しげに見え、ジェラルドの気持ちは彼女に傾いていった。唐突にジェラルドの瞳に火が灯り、冷たく厳めしい顔つきが急に温かみを帯びた。そして落ち着いた声で話していたジェラルドが突如として口ごもり、ひどく低い声で――それでいてひどく思い詰めたように――語りかけた。「ジーン、僕は彼女を愛そうとしてきたが、できなかった。彼女に嘘をつくべきだったろうか、そして家族を喜ばせるために自分がみじめになるべきだったろうか？」

「ルシア様は美しく善良で、心からあなたを慕っています。彼女にまったく望みはないのでしょうか？」とジーンがたずねた。まだ顔は青ざめていたが、たいそう落ち着いていた。もっとも、片手を胸元にあて、心臓の早い鼓動を鎮めようと――あるいは隠そうと――しているかのようではあったが。

「まったくない」とジェラルドは答えた。

「けれども、愛することを学ぶことはできますか？　あなたは強い意志をお持ちですし、多くの男性は難しいこととは思わないでしょう」

「それはできない。なぜなら僕の意志よりももっと強いなにかが僕を支配しているのだから」

「それはなんですの？」とジーンの黒い瞳が、彼を見すえた。まったく邪気のない問いかけだった。

ジェラルドは坐り込むと、急いで言葉をついだ。「まだあなたには話せない」

「お許し下さい！　おたずねするべきではありませんでしたわ。こういうことでわたくしにご相談になるのはおよしになって。助言などできるような者ではありません。ただ言えることは、心に決めた方がいらっしゃらない空っぽの心を持つ殿方であれば誰しもが、あなたのいとこのような、あれほど美しい女性なら喜んで迎えるでしょうということですわ」

「僕の心は空っぽじゃない」とジェラルドが口を開いた。ミス・ミュアに一歩近づくと、真剣な声で話した。

「ジーン、あなたに話さなければ。聞いてくれ。僕はいとこを愛することはできない。なぜなら僕はあなたを愛しているからです」

「およしになって！」ジーンはたしなめるような身振りをしながら立ち上がった。「他の方にあなたを結びつけるようなお約束があるうちは、お話しをうかがうわけにはまいりません。思い出して下さい、お母様の願いを、ルシア様の望みを、エドワード様の最後の言葉を、あなたの誇り高さを、そしてわたくしのつつましい定めを。コヴェントリー様、あなたはご自分をお忘れになっています。お話になる前によくお考えになり、ご自身の行動の対価をお計りなさいませ。そして移り気な感情や偽りの誓いでわたくしを侮辱なさるまえに、わたくしが誰なのかを思い出して下さいませ」

「僕はもう考えたし、対価をはかりました。この国のどんな身分ある女性に対してもそうするように、謹んでそして心からあなたに求婚したいと誓います。あなたは僕が誇り高いと言いましたね。身分が同じ人を愛するのに僕が躊躇するとでも？　あなたはご自身は卑しい運命だと言いましたね。ですが貧しさは恥ではないし、それに耐えようとする勇気はそうした生活を美しいものにします。あなたに話す前に、ルシアとのことに片をつけるべきでしたが、自分を抑えられなかったのです。母はあなたを好いていますし、僕が幸せならば彼女も幸せでしょう。エドワードは僕を許してくれるはずだ。僕もできるかぎりのことをしたのだし、そうはいっても愛を抑えることはできないのだから。教えてほしい、ジーン。僕に望みはあるのですか？」

ジェラルドはジーンの手を取り、追い立てられるように話していた。燃えるような表情を見せ、心を込めた口調で話しかけたが、答えは返ってこなかった。というのも、ジーンが乙女の恥じらいとおずおずとした愛をありありと物語る顔つきをジェラルドに向けたとき、ディーンの上品ぶった姿が戸口に現れ、厳めしい声がその場の静寂を破ったのだった。「ミス・ボーフォートがお待ちです」

「いらっしゃって、今すぐに。後生ですから、ジェラルド」とジーンはささやいた。ジェラルドは彼女の声以外は聞こえず、彼女の顔以外は見えないとでもいうように突っ立っていた。

ジェラルドの頭をジーンが引き寄せたとき、彼女の頬が彼の頬に触れた。するとディーンの目の前であったにもかかわらず、ジェラルドはそこに情熱的なキスをし、ささやき返した。「僕の可愛いジーン！　あなたのためなら僕はなんにだってなれる」

「ミス・ボーフォートがお待ちです。お出でになるとお伝えしてよろしいですか？」そう問うたディーンの顔は憤りに青ざめ、むっつりとしていた。

「行くよ、行くよ、今行く。庭園で待っていてくれないか、ジーン」ジェラルドは急ぎ向かったが、話し合いをするという気分ではなく、早く終わってほしいと思っていた。

扉がジェラルドの後ろで閉まると、ディーンはミス・ミュアへと歩み寄り、怒りに震えながら彼女の腕に重々しく手をかけると、声をひそめて言った。「こうなると思っていましたよ、この狡猾な女め。あなたの狙いなどお見通しでした。台無しにしてやろうと精一杯のことをしたけれども、あなたはあまりにもすばしっこい。あなたはジェラルド様を手に入れたと思っているのでしょう？　それは間違いですよ。わたしの名前がヘスター・ディーンであるのと同じくらい確実に、あなたの狙いを邪魔してやります。あるいはサー・ジョンがそうなさるでしょう」

「手をおどけなさい。ふさわしい敬意をもってわたくしに接しなさい。さもなければこの家にいられなくなるわよ。わたくしが誰だか知っているの？」ジーンはお高くとまった態度で立ち上がった。その様子はジーンの言葉よりも強烈な印象をディーンに与えた。「わたくしはレディ・ハワードの娘よ。だからわたくしがそう選べば、ミスター・コヴェントリーの妻になることだってできるのよ」

ディーンは驚いて後ずさりしたが、しかし完全に信じたわけではなかった。だが、用心深い女性でもあり、よく訓練された使用人でもある彼女は、敬意を払う範囲を踏み越えることや、行き過ぎることを警戒していたし、自分のみならず女主人もやっかいごとに巻き込まれるのを怖れていた。したがって、ジーンへの疑いはまだ晴れていなかったし、彼女のことはこれまで以上に嫌っていたけれども、ディーンは自分を抑えたのだった。ディーンはお辞儀をすると、いつもどおりの敬意をもった態度を取り、おとなしくこう言った。「失礼いたしました。もしそのことを存じ上げていたならば、もちろん先ほどとは異なる態度を取るべきでございました。しかしながら、通常ガヴァネスは家の中で好ましからざる行為を取ることがあまりにも多くございますので、信用できないのも致し方ないのです。お節介を焼くのも、差し出がましいことをするのも望んではございませんが、けれどわたしはルシア様をお慕い申し上げておりますので、当然のことながらルシア様をお支えいたします。それにジェラルド様は紳士のようにはお振る舞いにはなってこられなかったと言わねばなりません」

「好きなように考えていればよくってよ、ディーン。でももしここに残りたいと思うなら、余計なことは言わない方がよいと忠告しておくわ。わたくしはまだジェラルド様からの申し出を受けてはいませんけれども、もし彼が家族の決めた婚約を破棄することを選ぶのであれば、彼にはそうする権利があると思いますわ。ミス・ボーフォートはジェラルド様の意志に反してまで彼と結婚したいと思うことはないでしょうね、だってジェラルド様は彼女の不幸せな愛を哀れに思っていらっしゃるのだから」そう言うと穏やかな微笑みを浮かべて、ミス・ミュアは歩き去った。

第七章　最後のチャンス

「彼女はきっとサー・ジョンに話すはずね、そうでしょう？　先手を打ってことを急がなければ。危なくなる前にすべて確実にしておいた方がいいわ。ディーン、あたしからすればあんたは相手にもならない人だけれど、それでも苛立たしい人ではあるわ」

館に向かうミス・ミュアはこんなことを考えていた。書斎まで来ると、しばし立ち止まった。話し声がかすかに聞こえてきたのだ。はっきりとした言葉は聞こえず、ドアの前に立っている時間もほんのわずかだった。ディーンの重々しい足音が後ろから聞こえてきた。振り返ったジーンは、ドアの前に椅子を引き寄せ、ディーンに手招きをした。「ここに坐って見張りをしていて下さらない。わたくしはミス・ベラのところへ参りますので、居眠りをしていてもよろしくてよ」

「ありがとうございます。ミス・ルシアをお待ちいたします。おつらい時間が終わりましたら、わたしのことを必要とされるかもしれませんので」と言うと、ディーンは毅然とした表情で椅子に腰掛けた。

ジーンは笑い声をあげ、その場を離れようとした。だが彼女の目はにわかに沸いてきた悪意でギラリと光っていた。そして肩ごしに振り返ると、古参の忠実な使用人に、これから災いが降りかかる予兆を示すような形相で見やった。

「ネッドからの手紙を受け取ったわ、これはあなたへのちょっとした言付けよ」ジーンがベラの私室に入っていくと、ベラが大きな声で言った。「わたしへの手紙はだいぶおかしいの、急いで書いたみたいで、目新しい知らせはなにも言ってこないの。ただシドニーと会ったということだけ。あなたへの手紙はましだといいけれど。そうでなければぜんぜん面白くないわ」

シドニーの名前がベラの唇から発せられると、ミス・ミュアの顔色がさっと失われた。彼女は震えながらベラの手から手紙を受け取った。ミス・ミュアの唇は白くなったが、落ち着いた様子で返事をした。「ありがとうございます。お忙しいでしょうから、外に出て芝生の上でこの手紙を読みますわ」ベラが話しかける間もなく、彼女は立ち去ってしまった。

誰にも邪魔をされない片隅へと急ぐと、ジーンは封を破って書き殴られた短い手紙を読んだ。

シドニーに会った。全部話してくれたよ。信じがたいことではあるが、疑う余地はない。否定のしようもない証拠を彼は見つけている。君を非難するつもりもないし、本当のことを言ってほしいとも、償ってほしいとも思わない。君をかつて愛したことを忘れることはできないから。三日の猶予をあげるから、他の家を見つけてほしい。三日経ったら僕は家に帰って、家族に君がどんな人物なのかを告げる。頼むからすぐに出て行ってくれ。君が面目をつぶされるのを見るというつらい思いをさせないでほしい。

ミス・ミュアは時間をかけて、しっかりとこの手紙を二度繰り返して読んだ。そして微動だにせず坐りながら、眉をひそめて考え込んだ。しばらくして彼女は長い息を吐くと、手紙を破り捨てて立ち上がった。館へとゆっくりと進みながら、心の中でつぶやいた。「三日ですって、たった三日で！　こんなに短い時間でやり遂げられる？　やらなければ、あたしの才気と意志で出来るならば。だってこれが最後のチャンスですもの。もし失敗したとしても、昔の生活になんか戻るものですか。すべてを終わらせてやるわ」

なにか心に刺さるようなことを思い出したのか、ミス・ミュアは歯を食いしばり、両手をぎゅっと握りしめながら、夕暮れの中を進んでいった。館ではサー・ジョンが彼女を温かく迎えるために待っていた。

「おや、疲れているようだね。今夜は本を読み上げてくれなくとも大丈夫だよ。本のことは忘れてゆっくり休みなさい」サー・ジョンは、ミス・ミュアのくたびれた様子を見てやさしく言った。

「感謝いたしますわ、サー。疲れてはおりますけれども、お読みしたいと思っております。さもなければ、わたくしがお暇をいただく前に、本を読み終わらないでしょうから」

「出て行くというのかね！　どこへ行くつもりなのかね？」ミス・ミュアが腰を下ろすのを不安げに見やりながらサー・ジョンが質した。

「おいおいお話しいたしますわ」そう言うと彼女は本を広げ、しばらくの間読み上げていた。

しかし彼女のいつもの陽気さは消え去っていた。本を読むミス・ミュアの声にはまったく精気が感じられず、聞いているサー・ジョンの顔つきからもまったく興味が失われていた。ほどなくして、サー・ジョンは突然声をあげた。「おやめ、おやめ！　気になってしまって聞いちゃおれん！　いったいどうしたのかね？　友人であるわしに話しておくれ。わしが慰めてあげよう」

温かい言葉にほだされたように、ジーンは本を置くと顔をおおってあまりにもつらそうにすすり泣いたので、サー・ジョンは慌ててしまった――ふだんから陽気に微笑んでいる人がこんなふうに泣き崩れてしまうと、心を打つ度合もいや増すばかりなのだから。なだめようとしてサー・ジョンの口調はますますやさしくなり、心配する気持ちは父親以上のものになっていった。そして彼の心は泣きくれている娘への憐憫《れんびん》といとおしさに溢れていた。ミス・ミュアが次第に落ち着きを取り戻すと、サー・ジョンは正直に打ち明けてほしい、その悩みがなんであれ――あるいは過ちがなんであれ――相談にも乗るし手助けも約束する、と告げた。

「なんとご親切で、寛大な方なのでしょう！　わたくしのたったひとりのお友達のもとを去ることなど、どうしてできましょう？」ジーンはため息をつくと、涙を拭いて感謝のこもった瞳でサー・ジョンを見上げた。「ではこの年寄りを少しは気にかけて下さっているのですな？」サー・ジョンは真剣な面持ちで応えた。彼が握っている手に知らず知らずのうちに力が入った。

ジーンは顔をそむけると、かすかに聞こえる声で言った。「サー・ジョンほどにわたくしにご親切にして下さった方は、これまでいらっしゃいませんでした。お示しできる以上にサー・ジョンをお慕いするこの気持ちを抑えられましょうか」

サー・ジョンはときに耳が遠くなることがあったが、このときははっきりと聞き取り、喜びを露わにした。ここのところサー・ジョンは思慮深くなり、服装にもいつにもまして気を遣うようになっていた。ことに年若い女性が訪れるときには、ことのほか恭《うやうや》しくなり、快活になるのだった。またジーンが本を読むのをやめて質問をすると、サー・ジョンは内容を聴いていなかったことを白状せねばならなかったことが一度ならずとあった。もっとも、ジーンはよくわかっていたのだが、彼の視線は彼女に注がれていたのである。ジーンの出自が明らかになって以来、サー・ジョンは親切になり、あれこれとしたちょっとした振る舞いの中に、彼がジーンのことを気にかけ、好意を持っていることが示されていた。今、ジーンが屋敷を去ることを話すと、サー・ジョンは狼狽してしまい、古い館に寂しさが降りかかってくるようだった。いつものジーンらしからぬ動揺ぶりをおかしいと感じたサー・ジョンは、好奇心をかきたてられた。ジーンが涙をいっぱいにためた目をして自分の傍らの椅子に坐り、心になにか悩み事を抱えているものの、それがなにか言おうともしない――今ほど彼女に心を惹かれることはなかった。

「いい子だから全部話しておくれ。できることなら君の友人に手助けをさせてくれないか」以前は自分のことを「父親」だとか「年寄り」と言っていたサー・ジョンだったが、ここのところつねに自分を彼女の「友達」だと話すようになっていた。

「お話しいたしますわ。わたくしには他にどなたもいらっしゃらないのですから。わたくしがここを失礼しなければならないのは、コヴェントリー様が意気地もなく、わたくしを愛してしまったからなのです」

「なんと、ジェラルドが？」

「そうなのです。今日そのことをわたくしに打ち明けられました。そしてルシア様とのことを終わらせるために、わたくしを置いて行ってしまいました。それでわたくしはサー・ジョンのところに来たのです、ジェラルド様のお母様のお望みとお心づもりが台無しになることのないように、彼を止めるのにお力添えをいただこうと」

サー・ジョンは立ち上がると部屋を歩き回った。しかしジーンが言葉を止めると、彼女の方に近づき、これまでとは異なる顔つきでたずねた。「ではジェラルドのことは愛していないと？　そんなことがありえるのか？」

「ええ、わたくしはジェラルド様を愛してはおりません」とジーンは即答した。

「だが、どんな女性でもたいていは魅力的だと思う男だぞ。ジーン、君がそう思わないのはどういうわけだね？」

「お慕い申し上げている方が他にいるからです」と、かろうじて聞こえる声で返事があった。

サー・ジョンはふたたび腰を下ろした。その姿は、熱心に謎に取り組む男の雰囲気を醸していた――もしそんなことができるものならば。

「あの息子どもの愚かな振る舞いのせいで思い悩むのは間違っておるよ、小さな娘さん。ネッドは出て行ったが、ジェラルドはきっとそんなふうにはならないだろうと思っておった。だが今度はやつの番ときた。どうしたものか、ジェラルドをどこかにやってしまうことはできないのだから」

「それは違いますわ、出て行かなければいけないのはわたくしなのです。けれどこの安心できる居心地のよい場所を離れ、広く冷酷な世界へとさまよい出るのは、たいそうつらいことに思われるのです。サー・ジョンはわたくしに大変親切にして下さいましたし、お別れするのは心が張り裂ける思いです」

ジーンの言葉はすすり泣く声に消えていき、彼女はふたたび両手に顔を埋めた。サー・ジョンはしばし彼女を見つめていたが、その年のいった端正な顔つきから、彼が心から彼女を気遣っていることがわかった。そしてゆっくりと言った。「ジーン、この孤独な年寄りの娘としてここに残ってはくれないだろうか」

「できませんわ」思いがけない答えが返ってきた。

「いったいそれはなぜだね？」驚いた様子のサー・ジョンがたずねた。しかし彼はその答えに怒っているというよりも、喜んでいるようだった。

「わたくしはサー・ジョンのご息女になることはできないでしょう。たとえもしなったとしても、賢明なことではございませんわ。わたくしのような娘の養父になるにしてはサー・ジョンは年齢がいっていないと噂をされることでしょう。サー・ジョン、わたくしは年端もいかぬ娘ですが、世間のことはよく存じておりますし、このような計画は実際にはきっとうまくいかないと思うのです。けれども、心から感謝しておりますわ」

「どこへ行くつもりなのかね？」とサー・ジョンは一呼吸置いてからたずねた。

「ロンドンへ。わたくしが誰も傷つけることのないような働き口を探しますわ」

「別の家を探すのは大変ではないだろうか？」

「そうでしょうね。悪気がなかったとはいえ、たいそうな問題をこのご家庭で引き起こしてしまったのですから、コヴェントリー夫人に口を利いていただくようお願いすることはできません。レディ・シドニーもいらっしゃいませんので、友達はひとりもおりません」

「このジョン・コヴェントリー以外は、な。わしが全部手配しよう。いつ出発するつもりかね？」

「明日です」

「そんなに早くに！」そういった年配の男性の声からは、隠そうとはしているものの、手配に手間がかかることがうかがい知れた。

ジーンはたいそう落ち着いてきたが、それは絶望から来る静けさだった。彼女は最初に流した涙で、自分が待ち望んでいる言葉を引き出せるのではないかと思っていた。しかし、その言葉は出てこなかった。彼女は最後のチャンスが手をすり抜けていくのではないかと怖れていた。この老人は彼女を憎からず思っているのか？　もしそうなら、なぜそう言わないのか？　一瞬ごとに自分に有利になることはないかと、どんなものであれ望みがあることを示すヒントを油断なく探っていた。期待が持てるような言葉、まなざし、あるいは振る舞い。ジーンは、全神経をこれ以上ないほど集中させていた。

「ジーン、ひとつ質問をしてもよいかね？」とサー・ジョンが言った。

「どんなことでも」

「君が愛しているという男は――その人は君を助けてくれるのか？」

「もしご存じであれば助けてくれるでしょう。けれども彼は知ってはいけないのです」

「彼がもしなにを知っていたら、というのかね？　君が今困っていることかね？」

「いいえ、わたしが彼を愛しているということです」

「では、その人はそのことを知っているのか？」

「いいえ、まさか！　これからも知ることは決してないでしょう」

「なぜだね？」

「それはわたくしが彼への愛を認めるには、プライドが高すぎるからですわ」

「その人は君を愛しているのかね？」

「わかりません――そんなことは望んでおりませんわ」とジーンがつぶやいた。

「なにかしてあげられることはあるかね？　本当だ、わしは君が安心して居心地よく過ごしているところを見たいと思っている。なにもできることはないのか？」

「ございません、ございませんわ」

「その人の名前を教えてもらえないだろうか？」

「だめです！　いけませんわ！　もう失礼しなくては。そのご質問には耐えられないのです！」苦悩に満ちたジーンの表情は、サー・ジョンにこれ以上の質問はしないように告げていた。

「すまなかった。わしにできることをしよう。ここで静かに休んでおいで。わしの親しい友人に手紙を書こう。彼が君に家を見つけてくれるだろう――君がここを出て行った後にな」

サー・ジョンが奥の書斎へと入って行ったとき、ジーンはすべての望みが絶たれたというまなざしで彼を見つめていた。両手を固く握りしめ、心の中で自分に語りかけた。ここでこそ必要というという時に、あたしの能力はどれもこれも失われてしまったの？　無垢《むく》な娘の節度を踏み越えることなく、彼にわかってもらうにはどうしたらいい？　彼は察しが悪くて、気弱で、鈍くて、気づいたりはしないだろう。時間はあっという間に過ぎていく。彼の目を開かせるためになにをするべきなのか？

ジーンは部屋を見渡し、生命を持たぬ品々の中で助けになるものはないかと探った。するとすぐにある物が見つかった。彼女が坐っていたソファのすぐ後ろに、サー・ジョンの精巧な細密画が掛かっていたのだ。最初のうち、ジーンはその絵を見ながら、そこに描かれた穏やかでつややかな顔立ちと、開け放したドア越しに見える、珍しく取り乱して蒼白になった実物の顔を見比べていた。年老いたサー・ジョンは書き物机に向かい手紙を書こうとしていたが、部屋に残してきた娘の姿に何度かひそかに視線を送っていた。無意識のうちになにかを感じたのか、ジーンはその絵の他はすべて忘れてしまったかのように見つめ続けていた。突然、抗えない衝動にしたがうかのように、ジーンは絵を外すと、愛おしそうにそれをじっと見つめた。そして、これからする行為を隠すように巻き毛を顔の周りでゆすると、唇にその絵を押しつけた。さらに耐えられない悲しさの中、どうしようもない発作が起こって泣いてしまった。自分の泣き声に驚いたジーンは、やましいことでもしたかのように、絵をもとに戻そうとしたものの、手から滑り落ちてしまった。彼女は小さな声をあげて顔を隠した――サー・ジョンが彼女の前に立っていたのだ。サー・ジョンの顔に浮かんだ表情をジーンが見誤るはずはなかった。

「ジーン、なぜこんなことを？」とたずねたその声は、気がはやっているようでもあり、またうろたえてもいるようだった。

ジーンは恥ずかしさに打ちひしがれたように低く沈み込み、なにも答えなかった。サー・ジョンは下を向いた頭に手をやり、自分もかがみ込んで小さな声で告げた。「教えておくれ、その人の名は、ジョン・コヴェントリーなのかね？」

それでも返事はなかったが、息をのむ音が、彼の言葉が的中していることを物語っていた。

「ジーン、わしは戻って手紙を書くべきだろうか、あるいはここにとどまって、この年老いた男が、単に娘という以上にあなたを思っていると告げてもよいだろうか」

ジーンは黙ったままだったが、長い髪の下から小さな手がすっと差し出された――サー・ジョンをここにとどめようとするかのように。彼はとぎれがちに驚きの声をあげ、その手を取ると自分の腕の中に彼女を引き上げた。そして白髪交じりの頭を彼女の美しい頭の上にのせ、幸せのあまり言葉を失った。つかの間、ジーン・ミュアはこの成功にひたった。だがなにか災難でも起こって台無しにされるのを怖れ、急いで万全の体勢を整えようとした。おずおずした顔つきを巧みに作りだし、はっきりとは告白せずとも伝わっている愛情を込めた目つきで、サー・ジョンを見上げた。そしてそっと告げた。「これ以上うまく隠すことができず、お許し下さい。なにも告げずにここを立ち去ろうと思っておりましたが、サー・ジョンがあまりにもご親切にして下さるので、別れが余計につらくなってしまいました。なぜそのような穏やかならぬことをおたずねになるのでしょう？　なぜそのように見つめられるのでしょう——なさるべきなのはわたくしに暇を出すというお手紙を書くことですのに」

「ジーン、お前がわしを思ってくれているなど、どうしてそんなことを夢見られよう。お前はわしがやっとの思いで言った申し出を拒んだというのに？　わしのような年老いた男のために、お前に求愛する若者たちを寄せつけないでいるのだという絵空事を、おこがましくも思い描いてもいいのかね？」サー・ジョンはジーンをそっと撫でながら言った。

「お年を召してなんかいませんわ、わたくしにとっては。あなたはわたくしが心からお慕いし、ご尊敬申し上げるすべてですわ！」ジーンは心から自分を責めているという雰囲気を出しながら口をはさんだ。この寛大で高潔な紳士は愛情と住む場所を彼女に与えたのだった——その意図にはまったく気づくことなく。「おこがましいのはわたくしの方ですわ。畏れ多くも雲の上の方をお慕い申し上げるなんて。けれども、ここを出て行かなくてはならないと感じるまで、どれほどあなたがわたくしにとって大切な方なのか気づいていなかったのです。この幸せをお受けするべきではございません。そのような価値のある者ではございません。わたくしのような財産もなく、取り柄もなく卑しい者を迎え入れたがゆえに、世間はサー・ジョンにとやかく言うでしょう。そのときご自分の寛大さを後悔なさることになるでしょう」

「口をお閉じ、可愛い人よ。世間のくだらない噂話など、わしはまったく気にすることはない。もしお前がここで幸せならば、外野は好きなだけ弁舌を振るうがいい。わしはお前の太陽のようなきらめきを楽しむのに忙しくて、わしについて周りが言っていることなど、一切気にする暇もなくなるだろう。だが、ジーン、本当にわしを愛しているのかね？　わしなどよりも優れた若者たちを冷たくあしらった心を、わしが勝ち取ったというのは信じられんことだ」

「愛しいサー・ジョン、これだけは確かなのです。わたくしは心からあなたを愛しております。よき妻になるために最善を尽くしますわ。至らぬところも多くございますけれども、感謝の念を持っていることをお示しいたします」

サー・ジョンがジーンの立たされた局面を知っていたならば、彼女が突然炎のような情熱を口にしたわけを了解したであろう。彼女の顔に浮かぶ強い感謝の気持ちや、身をかがめ多くを与えてくれた寛大な手に口づけをする、真に迫った謙虚さの理由も。そうしてしばらく、ジーンは誰にも邪魔されずに満ち足りた時間を楽しみ、またサー・ジョンが喜ぶにまかせていた。けれどもほどなく、彼女を襲う不安や脅威を感じさせる危険がジーンを現実に引き戻し、今しがた手に入れた、彼女の企みに気づかぬ心を持つ人物から、もっと多くのものを搾り取ることを余儀なくした。

「もう手紙は必要ないだろう」とサー・ジョンは言った。ふたりは並んで腰掛けており、夏の月夜が部屋全体を照らしていた。「終《つい》の棲家《すみか》を見つけたのだ。願わくば、幸せな家だということが明らかにならんことを」

「まだわたくしのものではございませんわ。それに、なぜかそうならないだろうという妙な胸騒ぎがするのです」

「それはなぜだい、お前」

「なぜなら、わたくしを目の敵にしている人がおり、わたくしの幸せを壊そうとし、わたくしの悪口をあなたに吹き込もうとし、そしてこの一年にわたくしが味わった苦しみをもう一度口にさせようとして、楽園からわたくしを追い出そうとしているのです」

「それは以前わしに話してくれたあの頭のおかしいシドニーのことなのかね？」

「その通りです。哀れなジーンにこのような幸運が舞い込んだことを耳にしたら、シドニーは急いでそれを台無しにしようとするでしょう。彼が足を運ぶ先々で、わたくしは友から見放されるのです。シドニーには力があり、その力を使ってわたくしを破滅させようとするのです。シドニーが来る前に、どうかわたくしがここから離れ、身を隠すことをお許し下さい。あなたのご信頼を受けたのに、愛し守って下さるどころか、あなたがわたくしに疑いをお持ちになるようになり、背を向けてしまわれるのを見るのは耐えられません」

「可哀想な子よ、血迷ったことを。安心しなさい。もう誰もお前を傷つけることはできないし、そうしようとするものもいないだろう。わしがお前を見捨てるなど、わしが考えているようになれば、すぐにわしがどうこうできることではなくなるだろう」

「それはどういうことですの、サー・ジョン？」とジーンがたずねた。幸先よく事が進みそうなのを見て、ジーンはかなりの安堵の様子を見せた。

「そうしてよければ、お前をいますぐにもわしの妻にするつもりだ。そうすればジェラルドがお前を好いていようとお前は自由だし、シドニーが追ってこようと危険はない。お前には安心できる家を、そしてわしにはこの心と手でお前を愛しみ、守る権利をもたらすというわけだ。そうしてもよいかね」

「もちろんですわ。でも、ああ、忘れないで下さいませね、わたくしにはあなたしか友がいないということを。いつまでもわたくしにご誠実でいて下さると約束して下さいませ――どんな不幸や過ちや愚かな行ないがあったとしても、わたくしを信じ、信頼し、守り、愛して下さると。わたくしはどこまでも鋼のように誠実でおりますし、あなたにふさわしい幸せな暮らしをもたらしますわ。どうかお約束になって、そして最後までこの約束をお守り下さい」

ジーンの厳かな態度にサー・ジョンの心が動かされた。誠に高潔で正直なサー・ジョンは他人の欺瞞を疑うこともなく、ジーンの言葉の中に、愛らしい娘がありのままに見せた感情を見て取るだけだった。そして彼女が差し出した手を両手で包み、ジーンが乞うたことすべてを約束し、最後までその約束を守ったのだった。彼女は一瞬押し黙り、自分を探しているかのように、色味の失せたぼんやりとした表情を浮かべていたが、次の瞬間、信じ切った顔をしたサー・ジョンを凜《りん》として見上げると、彼女はその後の歳月も忠実に振舞うことを約束した。

「いつにしようか、愛する人よ。お前に任せよう。ただ早くしてほしいというだけだ。さもなくば誰か陽気な若者が現れて、わしからお前を奪っていってしまうからな」サー・ジョンは、ジーンの顔にいつの間にか浮かんでいた暗い表情を追い払ってしまおうと、冗談めかして言った。

「秘密を守っていただけるかしら？」とジーンが言った。にっこりとサー・ジョンを見上げ、いつもの魅力的な彼女が戻っていた。

「言ってごらん」

「ええ。エドワードが三日後に帰ってくるのですが、彼が到着する前にわたくしは出て行っていなければいけませんの。このことは誰にもおっしゃらないで。エドワードはみんなを驚かせたいと思っているようなのです。あなたがわたくしを愛しているならば、近くご結婚をなさるということを誰にもおっしゃらないでいただきたいのです。本当にわたくしがあなたの妻になるまで、わたくしへのお気持ちは口になさらないで下さい。きっと騒ぎがおこり、諫《いさ》められ、なんだかんだと言われ、非難を受けることになり、わたくしは疲弊してしまい、試練から逃れるためにあなたのもとから逃げてしまうでしょう。もし望めるのであれば、明日にでもどこか静かな場所に行き、あなたが来て下さるのを待ちますわ。こうしたことには明るくありませんので、どれほど早く結婚できるのかわからないのです。数週間は無理かと思うのですけれど」

「そうしたければ明日にでも結婚できる。特別な許可があれば、好きな時に好きな場所で結婚できるのだよ。お前のよりもわしの計画の方がうまくいくだろう。ちょっとお聞き。もし実行できそうならそう言っておくれ。明日わしは街に行き、結婚許可をもらい、わしの友人であるポール・フェアファックス牧師にわしと一緒に来てもらうことにしよう。明日の晩、お前はいつものようにここを訪れ、長年奉公している口の堅い使用人に証人になってもらって、わしをイングランドで最高に幸福な男にしておくれ。こんな段取りはどうだろう、わしの愛しいレディ・コヴェントリー？」

　その計画はジーンの目的に見合うものだった――彼女が求めていた頂点がその称号だったのだ。ジーン・ミュアはありがたくも恐いものなどなくなったという感覚で満たされ、その深い充足感に心からの涙を浮かべた。そして彼女は、喜んで賛同した――それは、ここ数カ月間口にした言葉の中で、もっとも嘘偽りのない言葉だった。

「吹き荒れる嵐が収まるまで、外国かスコットランドにでも新婚旅行に行こう」とサー・ジョンが言った。この慌ただしい結婚が知られれば、ありとあらゆる親類縁者が驚愕するか、もしくは機嫌を損ねるであろうことをよく心得ていたサー・ジョンもまた、ジーンと同様に、周囲の反応から身を隠したいと感じていたのだった。

「スコットランドがいいわ、ぜひ。わたくし、父の家を見たいと長らく思っていたのです」大陸でシドニーに会うことを怖れたジーンが言った。

ふたりはもうしばらく話し、さまざまな段取りをつけた。サー・ジョンは結婚をたいそう急ごうとしていたので、ジーンはただ彼が提案することにうなずく他はなにもすることはなかった。もしサー・ジョンが街に出かけたら、エドワードに出くわし、彼の説明を聞いて信じてしまうかも知れなかった。そうなるとすべては水の泡になってしまう。だが、素早く何にも邪魔されずに結婚を執り行なうためには、この程度の危険は仕方がない。ふたりが出会わないようにすることが、唯一ジーンが気にかけていたことであった。ふたりが庭園を通っていたとき――サー・ジョンはジーンを屋敷まで送るといってきかなかった――彼女はサー・ジョンの腕にしがみつきながらこう話した。

「愛する友、サー・ジョン、ひとつだけお忘れにならないで。そうでないとたいそう不愉快な思いをすることになり、わたくしたちの計画がきれいさっぱりご破算になってしまうでしょう。とにかく甥御様たちにお会いにならないで。あなたはとても正直なので、すぐ顔に出てしまいます。ふたりともわたくしを愛していて、どちらも激しい気性の持ち主です。このことがわかってしまったら荒れ狂うでしょう。そうした危険は犯してはいけません――無礼を承知で申し上げているのですけれども。ですから、わたくしたちが安全になるまで、ふたりの甥御様を避けて下さい――ことにエドワード様を。彼はお兄様が自分を不当に扱ってきたと、そして自分が果たせなかったことをあなたがうまくやってしまったと感じることでしょう。それが彼を怒りに駆り立てるでしょう。たいへんな惨状になるのではと心配しています。一日二日、ふたりには会わないとお約束下さいな。ふたりの言うことを聞かず、会うこともせず、手紙を書いたり受け取ったりもしないと。こんなこと馬鹿げているとはわたくしも思いますわ。でもわたくしにはあなたしかいないのです。あなたを失ってしまうのではないかという妙な予感がつきまとっているのです」

心細そうに懇願するジーンにほだされたサー・ジョンは、彼女の涙を笑い飛ばしながらも、約束をした。奇妙な要求だったが、恋は善良な紳士を盲目にしてしまった。誰にも知られていないふたりの関係の新鮮なときめきは、サー・ジョンを魅了しつつも、判断を鈍らせた。三人の若く情熱的な恋人たちを出し抜いたということが、口にする以上にサー・ジョンの虚栄心を満足させていた。庭園の門でジーンと別れると、サー・ジョンはふたたび少年に戻ったかのような気持ちで家に向かい、愛の詩を口ずさみながらゆっくりと歩いていた。彼は夜露を気にすることもなく、自分が五十五歳であるということもすっかり忘れていた。ジーンの腕が肩に置かれてから、年齢のことは彼の肩に重くのしかかる問題ではまったくなくなった。ジーンは屋敷へと急ぐと、ジェラルドに会わないようにしようと思っていたが、彼はジーンを待ち構えており、対峙せざるをえなくなった。

「こんなに長い間出かけて、気をもませるなんていったいどういうことだ」と責めるようにジェラルドが言った。彼はジーンの手を取ると、帽子のつばの影にかかった顔を一目見ようとした。「ここに来てグロット〈庭園洞窟〉で休むといい。話したいことが山ほどあるし、あなたの話を聞いて楽しみたい」

「今はおよし下さいませ。とても疲れているので、屋敷に帰って休ませていただきたいのです。明日話しましょう。ここは湿っていて底冷えがしますわ。わたくし、いろいろ心配事があって頭痛がしますの」ジーンは疲れ切ったように、だがどこか拗ねたように言った。ジェラルドは、ジーンは彼が自分を追いかけてこなかったことに腹を立てているのだと思い、しきりに思いやりを見せながら急いで言った。

「可哀想な僕のジーン、確かにあなたには休息が必要だ。僕たちの間にいて、疲労困憊《こんぱい》させてしまったね。なのに、あなたは愚痴ひとつ言わない。屋敷に連れて帰ろうと迎えに来るべきだった。しかしルシアが僕を引き止めたんだ。解放されたときには、おじ上が抜け駆けをして君と一緒にいるところを目にしたのだ。もしおじ上がそんなにも献身的ならば、僕はあの年老いた紳士に嫉妬してしまうところだ。ジーン、行ってしまう前にひとつだけ教えてくれないか。僕はもう空気のように自由だ。そしてなんでも好きに話す権利がある。あなたは僕を愛しているかい？　僕はあなたの心を射止めた幸せな男なのだろうか？　そうなんだろうと思っている。あなたの隠し事の出来ない顔がそう言っていると信じているし、哀れなネッドと破天荒なシドニーが手に入れられなかったものを僕が手にしたと思いたいんだ」

「お答えする前に、ルシア様とのお話がどうだったのか教えて下さいませ。わたくしには知る権利があると思います」とジーンが言った。

ジェラルドはためらった。ルシアの悲しみようを思い出すと、不憫《ふびん》に思う気持ちと良心の呵責が心の中に渦巻いた。ジーンはライバルが受けた屈辱を聞こうと身を乗り出した。ジェラルドが口ごもると、ジーンは眉をしかめ、そして包み込むような微笑みをたたえて顔を上げた。彼の腕に手をかけると、恥ずかしそうに、そして愛おしそうに、絶妙な抑揚をつけて彼の名前を呼んだ。「お願いですから教えて下さいな、ジェラルド！」

そのまなざし、その感触、口調――ジェラルドは抗うことができなかった。ジーンの小さな手を取ると、負担の大きい努めを果たすかのように口早に言った。「ルシアに言ったんだ、僕は彼女を愛していないし、そうすることもできないと。母上の希望にしたがっていただけなのだと。僕たちの間でなにも言葉は交わされなかったけれど、暗黙のうちに彼女と一緒になるんだろうと感じていた。だが僕は今自由を求めたんだ。お互いがともに望んだ別れではないことは残念に思っているが」

「それで彼女は――ルシア様はなんとおっしゃったの？　どうやってそれに耐えると？」ジーンはたずねた
――ジェラルドのその告白でどれほど深くルシアの心が傷つけられたのかを、自身の女の心に感じながら。

「かわいそうなルシア！　耐えがたいことだったろうが、プライドが最後まで彼女を支えていたよ。彼女は僕と将来の約束はしていないことを認めたよ。僕のこれまでの振る舞いが、そういう誓いをしているように見えたと言い張ることもまったくせずに、僕のことを本当に心から愛してくれる人――彼女がそうだったように――を見つけられるよう祈っていると言ってくれたよ。ジーン、なんだか自分が悪党になった気分だ。だけど、僕はルシアに愛を誓ったことはないし、本当の意味で彼女を愛したこともなかった。だからそうしたければ彼女のもとを去ってもまったく差し支えないと思う」

「ルシア様はわたくしのことをおっしゃっていましたか？」

「ああ」

「なんとおっしゃっていましたの？」

「話さなければいけないだろうか？」

「ええ、すべてお話しになって下さいませ。わたくしはルシア様に嫌われているのも承知しています。でも気にしておりません――わたくしでもあなたが心をお寄せになる方ならどなたでも憎んでしまうでしょうから」

「妬《や》いているのかい？」

「あなたに、ですか？　ジェラルド」ジーンは澄んだ瞳でジェラルドを見上げた。そこには愛の光のように見える輝きがあった。

「もう僕はあなたの虜になっている。どういう仕掛けなんだい？　これまで女性の言いなりになったことなんかなかったんだ。ジーン、あなたは魔女なんじゃないか。スコットランドは奇妙で不気味な生き物の故郷だろう。愛らしい姿になって、哀れで意気地のない魂をもつ人間をひどく悩ませるんだ。あなたも人をだます美しき魔物なのでは？」

「お褒めの言葉いたみいりますわ」と娘は笑った。「わたくしは魔女ですわ。いつかわたくしの化けの皮がはがれさって、本当のわたくしをご覧になることでしょう。年老いた醜い、下劣で堕落したわたくしを。手遅れにならないようにご用心なさることね。ご注意申し上げましたわよ。危険を承知でわたくしを慕って下さいませ」

ジェラルドはふと黙り込み、不安げなまなざしでジーンを見つめた。自分を虜にしてはいるが、幸せを感じさせることのない、ある種の魅力をはっきりと感じていた。熱に浮かされるようでいて、悦楽をもたらす高揚した気持ちがジェラルドに取り憑いていた。どうにでもなれという気分だった――どんなことでもいい、向こう見ずなこと――情熱がもたらすこれまでにない経験――をして、これまでの過去を記憶から消し去りたいという気持ちになっていた。ジーンはつかの間、もの欲しげで寂しそうな顔でジェラルドを見やった。するとなんともいえない笑顔が浮かんだ。彼女は悪意に満ちたあざけりを感じさせる口調で話し出した――その声にはいたましい真実がもたらす棘がひそんでいた。ジェラルドはいささか面食らった顔つきをした。彼はジーンの謎めいた顔から、ぼんやりと明かりの灯った窓へと視線を移した。カーテンの向こうでは、痛みにうずく心を隠し、愛情深き女性が、愛ゆえにすべての罪が許される者のために祈るように、ジェラルドのために心をこめて祈っていた。ジェラルドは心が咎め、ジーンを見つめると一瞬、嫌悪の感情におそわれた。ジーンはそれを見てとり、憤りを感じたものの、どこかほっとしていることにも気づいていた。今や自分の身の安全はほぼ確かなものになっていたので、悪ふざけをしようという気もなく、むしろ自分がこれまでしてきたことをなかったことにし、波風を立てずにいたいと思っていたのである。ジェラルドに忠誠心を思い出させるために、彼女はため息をついて歩み寄り、いたわるように——けれどそっけなく——言った。

「ジェラルド様、お答えする前に、おたずねしたことをお話しになってはいただけませんこと?」

「ルシアがあなたのことをなんと言っていたか、かい? その、こう言っていたんだ。『ミス・ミュアに気をつけて。わたくしたち、理由などなにもなかったけれど、反射的に彼女は信用できないと思ったわね。わたくしは直感を信じているの。そしてわたくしの直感はまったく変わっていないのよ。だって彼女はわたくしをたぶらかそうとはしなかったから。彼女の手練手管は見事なものよ。感じるのよ。彼女が誘導したように見える出来事がどんな効果をもたらしたかということ以外は、説明したり証拠を出したりはできないけれど。ミス・ミュアは、それまで幸せだったこの一家に悲しみと不和をもたらしたわ。わたくしたちはみんな変わってしまった。それはあの娘の仕業よ。彼女はわたくしをこれ以上痛めつけることはできないわ。彼女が潰そうとしているのはあなたよ、もし彼女にできるなら。だから手遅れにならぬよう彼女に気をつけて

――さもなければ、やみくもにのぼせ上がっていることをひどく悔やむことになるわ！』とね」

「それでどうお答えになったの？」ジェラルドが気の進まない様子で最後の言葉を言い終わると、ジーンがたずねた。

「こう話したよ。我にもなくあなたを愛してしまったと。そしてどんな反対があってもあなたを妻にするつもりだとね。さあ、ジーン、答えを聞かせてくれ」

「三日、考える時間をいただきたいの。おやすみなさい」ジェラルドからすっと身を引くと、ジーンは屋敷の中に消えていった。残されたジェラルドは夜中に良心の呵責と不安、そして不信感――ジーンが巧みに消し去るためにそこにいなければ、ふたたび抱いていただろう――に苛まれながらさまよい歩いていた。

第八章　不安

次の日は一日中、ジーン・ミュアは言いようのないほどの張り詰めた不安を抱いていた。それは、毎時間ごとに危機が近づいているのではないか、毎時間ごとに敗北がもたらされるのではないか、という不安だった。というのも、どんなに巧妙な手練手管であっても、思いがけない出来事に邪魔されてしまうことはよくあるからだ。彼女はサー・ジョンが彼女の罠《わな》にかかったかどうかを確かめたいと思っていたが、その日は使用人の行き来もなく、様子をうかがうために人を使いに出す口実も思いつかなかった。ふだんとは違う行動で疑念を抱かせてはいけないので、夕方まで出かけたりすることのない自分が出向くことも憚《はばか》られた。たとえ危険を承知で出かけようと決心したとしても、その時間もなかった。というのも、コヴェントリー夫人が、よくあることだが、ひどくいらいらしており、ミス・ミュアでなければ相手が務まらなかったのである。ルシアも具合が悪く、ミス・ミュアが指示を出さなければいけなかったし、ベラは勉強にやる気を出していたので、手伝わなくてはならなかった。ジェラルドは屋敷の周りを数時間ほどうろうろしていたが、ジーンは彼に真実をほのめかす手掛かりが伝わることを懸念して、彼をサー・ジョンの屋敷には行かせなかった。ジーンが現れなかったので、ジェラルドは馬に乗って別のことを片付けに行ってしまった。その日は間のびした退屈な日となった。夜になり、彼女は遅めの夕食のために着替えをしながら鏡の前に立ったが、気持ちの高ぶりというものが、顔の表情に色をあたえ、まばゆさもたらすことにまったく気づいていなかった。その日の夜に執り行われる予定の結婚式のことを思い出し、飾り気のない白いドレスを身につけ、胸元と頭にそれぞれ白い薔薇をあしらった。普段通りに見えるようにと考えていたのとはうらはらに、ミス・ミュアが客間に入って行くと、ベラがまっ先にこう言った。「まあ、ジーン、まるで花嫁のようだわ。ヴェールと手袋があれば完璧ね！」

「ささやかなものをひとつ忘れているよ、ベラ」とジェラルドが言った。ミス・ミュアを見つめる瞳は輝いていた。

「それはなにかしら？」と妹が訊いた。

「新郎さ」

ベラは、この言葉をどう受け止めるかジーンの顔をうかがったが、彼女はまったく動じた様子もなく、いつもの思いがけない笑みを浮かべ、こう言った。「しかるべき時が来ましたら、そのささやかなものは見つかるでしょう。ところでミス・ボーフォートは夕食にいらっしゃれないほど具合がお悪いのでしょうか？」

「お夕食は失礼したいのですって。それであなたに代わりを務めていただきたいのだそうよ」

なにも知らないベラがそう伝えると、ジーンはジェラルドを見た。彼は目をそらし、居心地悪そうにしていた。

少しばかり自分を責める気持ちがあるのはいいことだわ、大打撃を受けた後に感じる後悔の心構えになるものね、とジーンは心の中でつぶやいた。彼女は夕食の間ことのほか明るく振る舞った。一方でジェラルドはぽっかりと空いているルシアの席を、何度か寂しげに見ていた。夕食が終わり、皆がテーブルを離れると、ミス・ミュアはベラをコヴェントリー夫人のもとに行かせた。ジェラルドが食後のワインに時間をかけないことを知っていた彼女は、館へと急いだ。ドアのところに手持ちぶさたの様子の召使いがいたので、落ち着き払った様子を取り繕おうとやっきになりながらも、焦りの色を隠せない口調でたずねた。「サー・ジョンはご在宅ですか？」

「いいえ、ジーン様。ご主人様は先ほど町へお出かけになりました」

「先ほど？　というのは、いつですか？」と彼女は声をあげた。ジーンはサー・ジョンが出発したという時間の遅さに驚いて、在宅していないという返事を聞いたときの安堵感が吹き飛んでしまった。

「ご主人様は一時間半前に、最終列車に乗って行かれました」

「今朝早くお出かけになるとばかり思っておりましたが。今晩にはお戻りになるとうかがっておりましたのに」

「そのおつもりでいらしたと思います。ですがご来客のために予定が遅れたのでございます。執事がご用のために参りましたし、ご訪問にいらした方々も多く、そのためサー・ジョンは夜までお出かけになることが出来なかったのでございます。たいそうお疲れになっていましたので、お出かけになるにはよろしくないお具合でいらしたのですが」

「ご体調をくずされそうということですか？　そのようなご様子でしたか？」ジーンは声を上げながら、サー・ジョンが死んでしまったら彼女の努力が無になってしまうという恐怖に背筋が凍った。

「そうでございますね、おわかりと思いますが、どんなことでもお急ぎになるということは、卒中の恐れのある年配の男性にはよろしくございません。サー・ジョンは一日中ご心配事がおありだったようで、落ち着かれないご様子でした。従者もお連れいただきたかったのですが、頑としてお聞き入れいただけませんでした。そしてたいそう色めき立ったご様子で、馬車でお出かけになったのです。心配しております――あのようにお急ぎになられるというのは、なにかよろしくないことがあったのかと思いますので」

「いつお戻りになるのかしら、ラルフ」

「可能なら明日の昼になるかと。夜には確実にお戻りです。訪問者がいればそうお伝えするようにと申しつかっております」

「なにか伝言などはありませんでしたか？　コヴェントリー嬢やご家族の他の方へのお言付けなどは？」

「いえ、ございませんでした」

「そうですか、ありがとうございます」ジーンは歩いて屋敷に戻ると落ち着かぬ夜を過ごし、ふたたび始まった気がかりな状況と対峙した。

午前は永遠に続くかに思われた。ようやく正午になり、涼を求めるふうを装ってグロットにいたが、館の庭園への門が見通せる坂を盗み見ていた。たっぷり二時間見張っていたものの、誰もやって来なかった。ジーンがそこから目をそらしたとき、馬に乗った人物が勢いよく門を駆け抜け、館へと向かって行った。ジーンはなりふり構わず、なにか知らせがあったのかをどうしても聞かなくてはという思いで、乗り手のもとに駆け寄った。なにか悪い知らせがあったのだと彼女は確信していた。馬に乗っていたのは、駅からやって来た若い男性で、ジーンの姿が目に入ると、馬勒《ばろく》を引いた。気が動顚《どうてん》し、どうすべきかわからないといった様子だった。

「なにかありましたか？」と息を切らしたジーンがたずねた。

「クロイドンの向こう側でひどい列車事故があったのです。半時間前に電信がありました」と、その男は真っ赤な顔を拭いながら答えた。

「正午の列車ですか？　サー・ジョンがお乗りになっていたのでしょうか？　教えて下さい、早く！」

「事故があったのはその列車です。ですがサー・ジョンがお乗りになっていたのかどうかはわかっていません。車掌が命を落としており、なにもかも混乱しているので確かな情報がまったくないのです。死者と怪我人を救出する作業が進められています。サー・ジョンもその中にいるかもしれないと聞いたので、コヴェントリー様に現場に行かれたいかをうかがいに来たのです。列車があと十五分で出ます。コヴェントリー様はどちらでしょうか？　お館にいるとうかがっていたのですが」

「ではそちらに行って下さい、早く！　そしてそこに彼がいるなら見つけて下さい。わたしはお屋敷へ走って行ってコヴェントリー様を探してまいります。時間がありません、早く行って！」ジーンは振り返ると、鹿のように走って戻った。馬に乗った男性は知らせを館に運ぶために進んでいった。

ジェラルドは館にいた。そして狼狽している館と屋敷の人々を後にして直ちに出発した。ジーンは、心から離れないとてつもない不安に気づかれるのを怖れて、部屋にこもったまま、なんの知らせもないまま時間が過ぎていく間、計り知れないほどの苦しみにもだえていた。日暮れ時になって、突然屋敷で悲鳴があがり、ジーンはなにごとかと階下へと急いだ。ベラが手紙を手にして玄関ホールに立っており、彼女の近くには動揺した様子の召使いたちがいた。

「どうしました？」青ざめてはいるが、落ち着いた様子でミス・ミュアが問うた。もっともジェラルドの筆跡が見えたとき、心臓が止まるかと思われたのではあるが。ベラはジーンに手紙を渡すと、もたらされた大切な知らせを今一度聞こうとすすり泣くのをこらえた。

ベラへ

おじ上は無事だ。正午の列車には乗らなかったそうだ。だがネッドが確かに乗っていた、と言う人が何人かいた。まだネッドの形跡は見つかっていないが、橋の残骸の下を流れる川に遺体が何体もある。ネッドがその中にいるかもしれず、可哀想なあいつを見つけるために全力を尽くしている。街にあるあいつの行きつけの場所にひとつ残らず人をやってみたが、ここのところ目撃されていないということだ。だからネッドが列車に乗っていたというのは誤報で、所属師団と一緒に無事でいてくれるといいのだが。確実なことがわかるまで、母上には内緒にしておいてくれ。お前に宛てて手紙を書いているのは、ルシアの具合がよくないからだ。ミス・ミュアがお前を慰め、支えてくれるだろう。望みを捨てずにいよう。

敬具　G・C

ミス・ミュアが手紙を読んでいるところを見ていた者は、彼女の顔に浮かんだなんともいえない表情にお や、と思ったことだろう——サー・ジョンが安全であったということがわかって浮かび上がった喜びの表情が、命を落としたかも知れないという哀れなエドワードの運命を知っても、ひどい悲しみの表情に変わることはなかったからである。

昼に浮かんだ微笑みは消えたものの声はしっかりとしており、伏せた瞳には、なにか勝利に似た形容しがたい感情が浮かんでいた。それも不思議ではなかった。もしこの知らせが本当ならば、ジーンに迫っていた危険がしばらくは遠ざけられたということであり、それほど必死に急がなくとも、結婚は果たされるだろうと思われたからだ。この突然起こった悲しい出来事によって、ジーンが密かに願っていたことが、どういうわけか達成されてしまったようだった。不意を突かれる出来事ではあったが、彼女はそれで怯んでしまうことなく、むしろ運命が彼女の企みを応援していると思い、奮い立った。彼女はベラを慰め、召使いたちを落ち着かせると、息詰まるような夜中、コヴェントリー夫人の耳に噂が入らないようにした。

明け方に憔悴《しょうすい》しきったジェラルドが帰宅したが、行方不明となったネッドの消息はわからないままだった。彼は師団の本部に電報を送り、返事を受け取ったのだが、それによればエドワードは事故の前日にロンドンに行き、師団に戻る前に一時帰宅するつもりでいたという。彼がロンドンの駅にいたことは証言が取れたが、正午の列車に乗ったのか乗らなかったのかは依然として不明だった。事故現場の捜索は続いており、遺体はまだ見つかってはいないものの、いずれ見つかるかもしれなかった。

「サー・ジョンはお昼にお戻りに?」バラ色に染まる静かな明け方に三人が一緒に坐ったとき、ジーンは万が一の希望をもってたずねた。

「いや、たった今街から戻ってきたガワーから聞いたのだが、おじ上は具合がよくなかったそうだ。それで街での用事をまだ終えていないらしい。橋は夜になるまで通れないだろうから、それまで待つように伝えたよ。それじゃあ、僕は一時間ほど休まなくては。一晩中働き通しでもう力がまったく残っていないんだ。なにか知らせが来たらすぐに呼んでくれ」

そう言うとジェラルドは自室へ行き、ベラは彼の世話をするためについて行った。ジーンは休むこともできず、屋敷の中や外をうろうろと歩き回っていた。午前もだいぶ経ったとき、知らせが届いた。ジーンは心の中で邪《よこしま》な願いを抱きながら、その知らせを受け取ろうと出て行った。

「あの方は見つかったの？」ジーンは静かにたずねたが、知らせを持ってきた男性は言いよどんだ。

「はい、そうです」

「確かなの？」

「その通りです。とはいえ、コヴェントリー様がご覧になるまで確実なことは言えません」

「生きているの？」ジーンはこの問いを口にしながら白い唇を震わせた。

「いいえ、それはありえません、あの石の下敷きになり水に沈んでしまっては。お気の毒な若い殿方はずぶ濡れになり、押しつぶされ、ずたずたになっており、誰もあの方だとはわからなかったのです――制服と、指輪をはめた白い手でわかったのです」

ジーンは真っ青になって坐り込んだ。知らせを持ってきた男性は、哀れにもぼろぼろになった遺体がどう見つかったかを説明した。彼が話し終わると、ジェラルドが現れた。そして後悔と、不面目さと悲哀がないまぜになった視線を投げかけると、弟を見つけ家に連れ帰るために出かけて行った。ジーンは罪を感じている者のように庭園へとよろめきながら歩いて行った。そのとき彼女は、勇敢な若き命が潰えてしまい、女性であれば自然と沸き起こる憐れみの情と闘う満足感を何とか隠そうとしていた。

「喜ぶはずのところでどうして涙を無駄に流したり、悲しんだりしているふりをしなきゃいけないのかしら?」テラスを行ったり来たりしながらジーンはつぶやいた。「あの子は痛みから解放されたし、あたしは危険から解き放たれたのよ」

彼女はそれ以上先には進まなかった。なぜなら、ひとりごちながら振り返ったとき、彼女に面と向かって立っていたのは、エドワードだったのだ！　着衣にも身体にもなんの危険のあともなく、それどころか今までどおり強くたくましい様子で、彼はジーンを見つめたまま立っていた。その顔にはさげすみと同情の色が浮かんでいた。石になってしまったかのように、ジーンは瞳を大きく開き、息をのみ、頬は青ざめたまま、じっと動かなかった。エドワードはなにも言わず、静かに彼女を見つめていた。ようやくジーンは、触れることで本当にエドワードであることを確認するかのように、震える手を伸ばした。すると彼はさっと身を引いた——あたかもその行為が、言葉と同じくらい状況を説明するとでもいうかのように。ジーンはゆっくりと口を開いた。「お亡くなりになったと知らされましたわ」

「そしてあなたは喜んでそれを信じたのですね。あれは僕の同僚の若きコートニーです。そのつもりはなかったでしょうが、あなたがた皆をあざむき、命を落としました。もし僕が昨日彼を見送った後アスコットへと行かなければ、僕が死んでいたことでしょう」

「アスコットですって?」とジーンが鸚鵡《おうむ》返しに応え、さっと身を縮めた。エドワードは彼女を見すえ、厳しく冷たい声で言った。

「そうです。あの土地をご存じですね。あそこに行ってあなたに関する聞き込みをして、充分満足しました。なぜまだここにいるのですか?」

「まだ三日の約束は終わっていません。お約束は守っていただかなければ。夜になる前にここを立ち去りますわ。それまではお静かになさっていて下さい、あなたがお約束を守るだけの誇りをお持ちならば」

「もちろん持ち合わせています」エドワードは懐中時計を取り出すとそれをしまい、冷酷な正確さでこう言った。「今は二時ですね。ロンドン行きの列車は六時半に出ます。通用口に馬車を待たせておきます。ご忠告申し上げるのを許していただけるならば、それに合わせてここを出られるがよいでしょう。夕食が終わったらすぐに僕は皆に話すつもりですから」エドワードは一礼すると、さまざまな思いが入り乱れて息も絶え絶えになっているジーンを残して、屋敷に入って行った。

しばらくの間、ジーンは身じろぎもしなかった。しかし女性ならではの持ち前の気力は、最後の望みが絶たれるまで、絶望を許さなかった。今や望みも薄くなったものの、彼女はまだあらゆることをものともせずに、このゲームに勝つことを心に決め、粘り強くしがみついていた。背筋をしゃんと伸ばすと、彼女は自室へと戻り、数少ない貴重品をまとめると、きちんと身支度を調え、坐って待っていた。階下から嬉しそうなざわめきが聞こえた。見るとジェラルドが急いで戻って来ており、おしゃべりな召使いから、見つかった遺体は若きコートニーのものだったことを聞いていた。エドワードと同じ制服を身につけており、エドワードからもらった指輪をしていたので、変わり果ててしまった遺体がエドワード・コヴェントリーのものと思われてしまったのだった。召使いの他はジーンの近くに来る者はいなかった。一度ジーンを呼ぶベラの声が聞こえたが、何者かが彼女を制したのか、呼び声はそれから聞こえなくなった。五時に封筒がジーンのもとに届いた。エドワードの筆跡で宛名が書かれており、中には一年分以上の給金が記された小切手が同封されていた。なんの言葉も添えられていなかったが、その寛大さはジーンの心を打った。ジーン・ミュアにもかつて正直な心根だったころの名残があり、欺瞞に満ちた性格ではあるものの、それでもやはり高貴さを敬い、美徳さを尊ぶところがあった。手紙の上に、心から恥じ入った涙が落ち、心は純粋な感謝の念で満たされていた。もしその他のあらゆることが失敗に終わっても、彼女は一文無しで世間――貧困に一切の同情を示さない場所――に追い出されるわけではないのだと思いながら。

時計が六時を打つと、馬車がやって来る音が聞こえてきた。彼女は馬車に乗るために階下に降りて行った。使用人が彼女のトランクを乗せ、「ジェームズ、駅まで行ってくれ」と指示を出した。そしてジーンは誰にも会わず、誰とも話さず、まったく誰からも見られることなく去って行った。疲労感がどっと彼女にのしかかってきた。彼女は横たわってなにもかも忘れてしまいたいと思っていた。しかしまだ最後のチャンスは残されていた。それが失敗に終わるまで、彼女は絶対に諦めないと思った。馬車を降りると、ジーンは駅で腰を下ろし、ロンドンからやって来た六時十五分着の列車を見つめていた。というのも、もしその夜に来ることがあれば、サー・ジョンがその列車に乗っているはずだったからだ。彼女は、エドワードがすでにサー・ジョンに会って、すべてを話していたらどうしようという恐れを頭から追い払えなかった。サー・ジョンの嘘のつけない顔を見れば、その瞬間に真実がわかるだろう。もし彼がすべてを知っていれば、もう望みは絶たれ、彼女はひとりでここを去るだろう。もしサー・ジョンがなにも知らなければ、まだ結婚するチャンスはある。そしていったん彼の妻になってしまえば、安心することができるはずだ——サー・ジョンの名にかけて、彼はジーンの楯となり庇護してくれることになるだろう。

列車へと急ぎ近寄ると、サー・ジョンが降りてきた。しかしジーンの心はすっかりしぼんでいた。厳めしい顔は血色も悪く、疲れ切っており、黒い服を着た恰幅のよい紳士の腕に体をまかせていた。フェアファックス牧師様だわ、もし秘密がばれているのなら、なぜ彼は来たのかしら？　とジーンは考えた。そしておずおずとふたりの前に進みでると、サー・ジョンの顔つきをおそるおそる見た。サー・ジョンは彼女を見ると、友人の腕を放し、若者のように情熱的な様子で前に飛び出すと、ジーンの手を取り、輝くばかりの顔つきで、弾んだ声をあげた。「わしの可愛いお前！　わしがもう帰ってこないと思ったのかね？」

ジーンは応えることができなかった。サー・ジョンの反応があまりにも大きかったのだ。ジーンは時と場所もわきまえず彼にしがみつき、最後の望みは潰えていないことを感じた。フェアファックス氏もこの場で有能さを発揮した。彼はなにも質問もせず、サー・ジョンとジーンを馬車へと急がせ、自分もふたりに続いて馬車に乗り込むと、落ち着いた様子で事態を詫びた。ジーンはすぐに自分を取り戻し、サー・ジョンの帰りが遅いので心配したことを語り、サー・ジョンが数々の不運のために足止めされていたことを話している間、熱心に聞き入っていた。

「エドワード様にはお会いになりましまして？」彼女の最初の質問はこれだった。

「いや、まだだ。だがあいつがこちらに来ており、かろうじて事故を免れたと聞いた。わしもあの列車に乗っているはずだったのだ——もし具合が悪くならずに予定が遅れなければな。あのときはとんだ災いと思ったが、今は神の祝福だと思っておる。ジーン、準備はいいかい？　自分の選択を後悔していないだろうね、可愛い子よ」

「とんでもありませんわ！　準備はできております、わたしはただあなたの妻になれるなんて、あまりにも幸せすぎるだけですわ。愛しい、寛大なサー・ジョン」とジーンは即座に喜びに満ちた声をあげたが、それはサー・ジョンの心を震わせ、牧師服の下に少年のようなロマンチックな心を隠し持っているフェアファックス牧師を魅了した。

彼らは館に到着した。サー・ジョンは人払いをし、夕食を急いで済ませた後、古くから勤める家政婦と執事を呼びにやると、ふたりに今からなにをするかを話し、婚姻の証人になってくれるよう頼んだ。使用人たちは主人にしたがうことが掟であり、ふたりから見ても主人がなにか間違ったことをするはずがないし、またジーンは館では好かれていたために、ふたりの使用人は喜んでその役割を引き受けた。ドレスと同じくらい白い肌のジーンは、しっかりと落ち着いてサー・ジョンの横に立ち、よく通る声で誓いの言葉を口にした。そして、たいていの花嫁よりももっと従順な態度で、妻としての誓いを立てたのであった。指輪がきれいに指にはめられると、彼女の顔一杯に微笑みが浮かんだ。サー・ジョンが彼女に口づけをし、「可愛い妻よ」と呼んだ時、ジーンは心からの幸せに涙が一粒二粒こぼれ落ちた。フェアファックス氏が「我がレディ」と話しかけると、彼女はコロコロと笑い、いかにも嬉しそうな目つきでジェラルドの肖像画を見上げるのだった。使用人たちが出て行くと、コヴェントリー夫人からサー・ジョンにすぐに彼女のもとに来るようにという言付けが届けられた。

「こんなに早くわたくしを置いてお出かけにはならないでしょう?」とジーンがせがんだ。彼女はなぜ彼が呼ばれたのかを知っていたのである。

「愛しの人よ、行かなければいけないのだよ」やわらかな言い方ではあったが、サー・ジョンの態度は頑としていかんともしがたかった。

「ではわたくしもご一緒しますわ」とジーンが言った。彼女は、この世のいかなる力もふたりを分かつことはできない、という強い意志をあらわしていた。

第九章　レディ・コヴェントリー

エドワードが帰還したという興奮が一段落して、この思いがけない帰宅の理由について皆が彼を質問攻めにする前に、エドワードは皆の好奇心は夕食の後に満たされるであろうこと、そしてミス・ミュアはよくない知らせを受け取って心が乱されているだろうから、この間は彼女をひとりにしてあげてほしいと話した。家族の者たちは、自分の舌を制御するのは難しいと思いながらも、辛抱強く待っていた。ジェラルドは弟にジーンへの愛情を告白し、彼の信頼を裏切ってしまったことの許しを乞うた。ジェラルドは弟との戦いが始まるのではと思っていたが、しかしエドワードはただ兄を憐れみの目で見つめて、悲しげにこう言うのだった。「兄さんもなのか！　だが僕は兄さんを非難することはないよ――真実を知ったときに兄さんがなにに苦しむのかがわかっているから」

「どういう意味だ？」とジェラルドは問うた。

「すぐにわかるよ。可哀想な僕の兄さん。僕たちお互いを慰め合おう」

夕食が終わり、使用人が退室し、家族だけで集まるまで、エドワードからそれ以上のことを聞き出すことはできなかった。やがて、青ざめて厳めしい様子ではあるが、冷静沈着に――やっかい事を乗り越えたおかげで彼は一人前の男になっていた――エドワードは手紙の束を取り出すと、兄に向けて話し始めた。「ジーン・ミュアは僕たち全員をだましていたんだ。僕は彼女のつくり話を知っている。彼女の手紙を僕が読み上げる前に、そのことについて話そう」

「やめてくれ！　僕はジーンを陥れるような偽りの話には耳を貸さないぞ！　あの可哀想な娘には、彼女を裏切った敵がいるんだ！」とジェラルドは声をあげて、立ち上がった。

「家族の名誉のために、兄さんは聞かなくちゃならない。そして彼女が僕たちをどれだけ笑いものにしたのかを、知らなければいけないんだ。僕はそのことを証明できるし、彼女が悪魔のような手練手管を弄していたことを兄さんに納得してもらえると思う。十分間、静かに坐っていてくれ。出て行きたいならその後にしてくれ」

エドワードは凜として話し、兄はなにかの予兆を感じ、弟にしたがった。

「僕はシドニーに会ったんだ。そうしたら彼はお願いだからジーンに気をつけてくれと言ってきた。いや、聞いてくれ、ジェラルド！　ジーンが彼女側の物語を話して、兄さんがそれを信じたというのは知っているよ。だけどジーンが書いた手紙が、彼女自身の罪を認めているのさ。彼女はシドニーを誘惑しようとしたんだ――僕たちにしたのと同じようにね。そしてもう少しで結婚するというところまでこぎ着けたんだ。向こう見ずで破天荒な人だけれども、シドニーはさすがに紳士だね、ジーンの軽率な一言で、どこかおかしいと思うようになって、ジーンを妻にすることを断ったらしい。その後修羅場になってしまい、ジーンはシドニーを脅すつもりで、絶望にかられたかのごとくわざとナイフで自分を刺したんだ。実際に怪我をしたようだが、それでも自分の思い通りにはならなかったので、病院に行ってそこで死ぬんだと言い張ったらしい。善良で、人を疑うことを知らぬ心を持っているレディ・シドニーは、ジーンの説明を信じてしまい、自分の息子が不誠実だったと思い、その過ちを償うために、ジーン・ミュアに別の仕事先である家庭を見つけてやったのだ。レディ・シドニーは、ジェラルド兄さんはまもなくルシアと結婚すると思っていたし、僕はどこかに行ってしまうと考えていたので、安全で居心地のよい静養先としてここに彼女を送り込んできた、というわけさ」

「しかし、ネッド、すべて確かなのか？　シドニーは信用できるのか？」とジェラルドはいまだ疑わしげに言った。

「兄さんに納得してもらうために、これ以上僕が説明する前にジーンの手紙を読み上げるよ。彼女の共犯者に宛てて書かれた手紙なんだが、シドニーが買い取ったんだ。この女性とジーンの間には契約があったらしい。つまりどちらかの人物は、もう一方に、自分の身に起こったこと、策や計画を全部報告し、どちらかに舞い降りた思いがけない幸運があればどんなことでも分かち合う、というものだ。というわけで、兄さんがこれから見る通り、ジーンは好き勝手なことを書いていたよ。僕たちのことを書いてあるところだけ読むよ。最初の手紙は彼女がここに来て数日後に書かれたものだ。

親愛なるホーテンス、

また失敗しちゃったわ。シドニーは思っていた以上に一筋縄ではいかなかった。すべて巧《うま》くいっていたのだけれど、ある日あたしの悪い癖が出てしまったの。ワインを飲み過ぎて、うっかり以前に女優だったと口を滑らしてしまったのよ。シドニーは驚愕して、逃げ出してしまったわ。あたしは騒いで、たいしたことないのだけれど、ちょっとした怪我を自分に負わせたの、彼を怖がらせるためにね。あのひとでなしは、恐れをなすことなく、冷たくあたしを放り出したわ。できることならあいつを苦しめるために死んでやるところだったわ。だけどそうはならなかったから、あいつを苦しめるために生きることにしたの。今のところはまだその機会はないのだけれど、あの男のことは忘れないわ。彼のお母様は哀れで気弱な人で、あたしの言いなりだった。彼女の紹介ですごくいい家が見つかったのよ。病気がちの母親、頭の弱い娘、そして年頃のふたりの息子。そのうちのひとりは、見目麗しい氷山みたいな女と婚約しているけれど、あたしの目にはそれだけにいっそう興味をそそられるわ。恋敵の存在は、狙った人を口説きと落とすことをたいそう魅力的にするのですもの。それでね、あたしおとなしそうな格好をして、同情を誘おうとしてその家に向かったのよ。でも一家に会う前から、あたしはすごく頭にきて自分をコントロールできないほどだったわ。ムッシュー若様が怠けていたせいで、迎えの馬車が来ていなかったの。だからそのうちにこの無礼を償わせてやると思ったわ。下の息子と、母親と娘はつんつんした感じであたしを迎えてくれたけど、単純な人たちなんだとすぐにわかったわ。ムッシューは（と彼のことをこう呼ぶわ、名前を出すと危ないから）近寄りがたい雰囲気で、ガヴァネスという存在を嫌っていることを隠そうともしなかった。いとこは可愛らしいけれど、高慢ちきで薄情な感じでいまいましいったら。それに見るからにムッシューにご執心なの。ムッシューは生気のない偶像みたいに、彼女に自分を崇拝させているのよ。もちろん二人とも大嫌いよ。あの人たちの傲慢さのお返しに、いとこの方は嫉妬で苦しめてやり、ムッシューの方は心を痛めつけて、女性に求婚する方法っていうのを教えてやるわ。一家揃って甚だしくお高くとまっているけれど、あたしなら全員の鼻をへし折ることができると思うのよ。息子たちを手玉に取り、あたしへの愛を約束したら、ふたりとも捨てて、年老いたおじ様と結婚するわ――あたしはその人の爵位に思いを寄せているの。

「彼女は絶対にそんなこと書いたりしないわ！　あり得ないわ！　こんなこと女に書けるわけないわ！」とルシアが憤然として声をあげた。ベラは坐ったまま動揺しており、コヴェントリー夫人は扇であおぎながら、気付け薬を嗅いで気を確かに保っていた。ジェラルドは弟に近寄ると、手紙をあらためた。自分の席に戻ると、怒りを押し殺した声で言った。「書いたのは彼女だ。手紙の何通かは僕が投函してやったものだ。続けてくれ、ネッド」

気立ての良さそうな人たちには、使い勝手もよくて愛想もよいというふうに接していたのだけれど、その恋人ふたりのおしゃべりが聞こえてきたの。それが気に食わなかったから、おしゃべりをやめさせようと気絶するふりをしたのよ。うるさいふたりの興味をこちらに向けさせようとね。巧くやったと思ったのだけれども、ムッシューはあたしに疑いの目を向けて、自分がそう思っていることをあたしに知らせてきたのよ。おとなしい役を演じていることを忘れてしまって、舞台にいるときのような視線を彼に向けてしまったわ。かなり効き目があったみたいだから、もう一度やってみようと思うわ。あの人は確かに落としがいのある人だけれども、あたしは肩書きの方が好きなの。おじ上は矍鑠とした端正なお顔つきの紳士で、早くお亡くなりになればいいのにと思うわ。ムッシューはたいそう魅力的で、怠惰な風情も上品で、彼の心は深く眠ったまま、今までどんな女性もその心を起こすことは出来なかったようだけれど。あたしの身の上を話したら、みんなそれを信じたみたい。厚かましいことに、あたしは自分が十九歳で、スコットランド語を話し、顔を赤らめながらシドニーがあたしと結婚したいと言ったことを告白したのだけれどもね。ムッシューはSのことを知っていて、どうやらなにかおかしいと思ったようよ。彼に注意して、できるなら本当のことを知られないようにするわ。

その夜ひとりになったときはひどく惨めだった。この幸せそうな一家の雰囲気の中に、あたしが自分以外のものであったらよかったのにと思わせるなにかがあったわ。坐って気持ちを奮い立たせようとしていたとき、自分が愛らしく、若く、善良で、朗らかだった日々を思い出したのよ。鏡には三十歳になった老けた女のあたしが映っていたわ。つけ毛も外れて、おしろいも取れて、仮面をつけていないあたしの顔があった。ああ、もう！　感傷的になるのって大嫌い！　あなたからもらった小さなフラスク瓶に元気をもらって、レディ・タルチュフ——今のあたしね——を演じる夢を見ようとベッドに入ったわ〔タルチュフはフランスの劇作家モリエールの戯曲『タルチュフ』に登場する偽善者〕。ではさようなら、またすぐにお手紙書くわ。

エドワードはここで言葉を止めたが、誰も話す者はいなかった。彼はまた別の手紙を取り上げ、読み始めた。

あたしの可愛いあなたへ
すべてうまくいっているわ。次の日から仕事に取りかかって、家族のそれぞれの性格がどんなだかをなんとなくつかんだので、上手に利用できるように頑張っているわ。朝早くにお館を見に行って来たの。たいそう褒めそやして、そこの女主人になるための最初の一歩を踏み出してきたの。館の主の好奇心を刺激して、自尊心をくすぐってね。自分の領地がご自慢のようだったわ。だから彼に対して、特になんていうこともない褒め言葉をふたつみっつ言いながら領地を持ち上げたら、すっかり気に入られたわ。一家の弟の方は、馬が好きなのよ。首が折れるのを覚悟してその人が飼っているどう猛な馬を撫でたら、弟の方もあたしを気に入ったようよ。末の娘は花を見てうっとりする子で、あたしが小さな花束を作ってもの哀しげにしていたら、あたしに魅了されたみたい。麗しの氷姫は亡くなった母親が大好きで、古い絵画を見てあたしが喜んだら、彼女の氷も溶けたわ。ムッシューは人から崇められるのに慣れているのね。あたしは全然彼のことを相手にしなかったわ。人ってものは生まれながらに天の邪鬼な性質があるから、彼の方があたしに興味を持ち始めたわ。彼は音楽が好きなのよ。だから歌ってみて、彼がもう少し聞いていたいなと思うところでやめたの。彼は怠け者で誰かに楽しませてもらうのが好きなのよね。あたしは自分の技量を披露するけれども、彼のためにはしませんと言ったわ。つまりは、彼が目を覚ますまで、ずっと揺さぶり続けたというわけ。弟の方を厄介払いするために、彼を虜にしたら、弟はどこかにやられてしまったわ。可哀想な子。どちらかといえば弟の方が好きだったわ。もし彼が爵位に近ければ、彼と結婚していたでしょうね。

「ありがたいお言葉痛み入ります」とネッドは、ありったけの軽蔑をこめて唇を歪《ゆが》めた。しかしジェラルドは彫像のように坐ったまま、歯を食いしばり、目には怒りをたたえ、眉をしかめながら、手紙が読み終えられるのを待っていた。

多情多感な弟は、兄をもう少しで殺すところだったの。でもあたしがいざこざをうまい具合に収めたのよ。看護士の役割を演じてムッシューのことも虜にしたわ、ワシテ王妃（氷姫のことよ）が邪魔するまでのことだけれど〔聖書「エステル記」に登場する王妃の座を奪われた美女〕。それであたしは自分の誠意が傷つけられたという風にして、ムッシューを避けていたの。きっと彼はあたしに会いたがるだろうと分かっていたから。Sに手紙を出して（その手紙をSは受け取るはずはないのだけれど）、ムッシューに謎をほのめかして、それから心を和ませるあらゆる手段を講じて、高慢ちきな生き物を落としたわ。ことはうまく運んで、その間にひそかにサー・ジョンにも取り入っていたの――娘のように尽くしてね。彼は立派な老人よ、子どものように単純で、真正直で、王子様のように寛容な方よ。彼を落とせたら幸せになれるでしょうね。あなたにもあたしの幸運の分け前があるわ。だから成功を祈っていてね。

「これが三通目、驚くようなことが書かれているよ」と言ったエドワードはもう一通の手紙を手にしていた。

ホーテンス、

別の機会にと計画していたことを実行したわ。眉目秀麗で、放蕩三昧だったあたしの父が二度目の妻として上流階級の女性と結婚したことは知っているでしょう。あたしはずっとのけ者にされていたから、レディHには一度しか会ったことがないけれど。善良なるサーJがこの人が幼かった頃のことを知っているとわかったの。それに彼はレディHの娘が幼いときに亡くなっていることはご存じなかったので、大胆にもあたしがその娘だと言ってしまったの。そしてあたしの小さい頃の哀しい話をしたというわけ。魔法みたいに効き目があったわ。彼はそのことをムッシューに話して、どちらもレディ・ハワードの娘に最大級の礼儀にかなった同情を感じて下さったみたい――それまでは心の中では貧しくていやしい身分のあたしを見下していたのにね。そのお坊ちゃまは心からのやさしさをもってあたしを憐れんでくれて、あたしの出自を知りたがったわ。このことは忘れないわ。できることならいつか仕返しをしてやりたい。ムッシューとの関係を決定的な段階にまで持っていきたくて、演劇の夕べに参加したの、そういうのは得意だから。ちょっとした出来事を話さないといけないわ、というのも訴えられてもおかしくないようなことをしてしまって、もう少しで見つかりそうだったから。

あたしは食事をいただきには行かなかったの、蛾が舞い戻ってきてロウソクの周りを飛びまわるだろうと分かっていたから。それにワシテ王妃の嫉妬が制御できなくなってきたから、ひらひらと戯れるのは人前ではない方が好ましいと思ったのよ。殿方の楽屋を通り過ぎたとき、衣装の中に一通の手紙が置かれているのがちらりと見えたの。舞台の小道具ではなかった。そこにSの筆跡を見たとき、あたしの中をなんとも言えない恐怖の感覚が駆け抜けたわ。でもあたしは勝ち目があると思ったの。手紙を見つけたから、中身を見てみたわ。あたしがどんな筆跡でもたいてい真似できるのは知っているでしょう。その手紙を読んでみると、あたしとSとのすべてのことがありのままに記されていて、さらにSはあたしが過去にどんな生活をしていたのかを調べて、正体を突き止めていたというので、あたしは頭に血が上ったわ。もう少しで成功しそうなときに失敗するなんてぞっとしたわ。だからどんな危険だって冒してやると心に決めたの。熱したナイフの刃を封蠟の下に当てて封を開けたから、封筒はもとのままだった。Sの文字を真似して、今Sはバーデンにいるということを急いだふうに数行書いたの。だからもしムッシューが手紙を書いても返事はSには届かないというわけ、本当は彼は今ロンドンにいるようだったから。この手紙をポケットに――もともとの手紙はそこから落ちたはず――入れたの。あたしが危ない橋を渡り終えて喜んでいたところに、ディーンというワシテ王妃の召使いが、あたかもあたしを見張っていたかのように現れたのよ。彼女はあたしが手に手紙を持っているのをはっきりと見ていたらしく、なにか怪しいと思ったのね。あたしは知らん顔をしたのだけれど、でも相手が私を見守っていたから神経をとがらせていたわ。この後、夕べの集まりは、あたしとムッシューが二人だけで演じたきわめて内輪のお芝居で終わったの。ムッシューがあたしの説明を確実に受け入れるように、Sから受けた迫害というロマンティックな物語を話したわ。そうしたら彼はそれを信じたの。それからさらにバラの茂みの裏側で月明かりのくだりがあって、それから若い殿方を半ば夢見心地の状態で家にお送りしたのよ。男ってなんて愚かなんでしょう！

「まさにその通り！」とジェラルドはつぶやいた。自分の愚行が知られ、ルシアが驚きのあまり言葉を失っていたために、ジェラルドは恥と怒りで真っ赤になっていた。

「あともうひとつだけ、これで不愉快な役目はもうすぐ終わりだ」とエドワードは言い、折りたたまれていた紙を開いた。「これは手紙ではなくて、三晩前に書かれたものの写しなんだ。ディーンが、ジーン・ミュアが館にいる間に、彼女の机を勇敢にも隅々まで探ってくれたんだ。この手紙を持ち去ってしまうと、あらためたことがばれてしまうと思ったので、急いで写しを作って今日僕に渡してくれたんだ。どうか一家を恥辱から救ってくれと言いながらね。これで物語の連なりが完全なものとなる。もしそうしたいなら、席を外してくれたまえよ、ジェラルド。これを耳にする苦しみを与えないで済むなら僕も嬉しいよ」

「自分に容赦することはない。僕は当然その苦しみを受けるべきだ。読んでくれたまえ」そう答えたジェラルドは、次にどんなことが続くのかを考え、それを聞く勇気を振り絞っていた。心ならずもといった様子で、弟は次の文章を読みあげた。

敵は降伏した！　喜びを我に、ホーテンス！　あたしがその気になれば、この誇り高い男の妻になれるのよ。いかがわしい俳優との離婚歴のある女にしてみれば、なんという栄誉かしら。この茶番を笑い飛ばして楽しむの。だって、弟にとっても、恋人にとっても、自分の良心に対しても不誠実だというこ とを示してしまった殿方を捨てて、わたしが望んだご褒美をまんまと手にするのをただ待つだけなんですもの。あたしはどちらにも思い知らせてやると決めたけれど、それを守ったわ。あの男は弟にした約束を忘れて、善良な男性の愛に値しない使い古しの心が欲しいとあたしに懇願したわ。あぁ、満足したわ。ワシテ王妃は誇り高き女性が耐えうる最大限の痛みに苦しんだし、そのうえあたしが彼女の卑怯《ひきょう》な恋人を軽蔑していて、彼女に返してあげるから好きになさいと言ったら、また苦しむことでしょうね。

ジェラルドは立ち上がると怒りの声をあげた。ルシアは顔を伏せ手でおおい、すすり泣いていた——ジーンが予想したものよりもさらに鋭い痛みを感じているかのように。

「サー・ジョンをお呼びなさい！　死ぬほど恐ろしい人だわ！　あの女をどこかに連れ去り、どうにかしなさい。可哀想なベラ、なんというガヴァネスだったのかしら！　サー・ジョンを今すぐここにお呼びなさい！」ミセス・コヴェントリーは見境なく叫び、ジーン・ミュアが今にも飛び込んできて、家族を破滅させようとしているかのように、娘を腕に抱きしめた。エドワードだけが落ち着いていた。

「もうお呼びしたよ。待っている間に、この話を終わらせよう。ジーンがレディ・ハワードの夫の娘であることはその通りだ。牧師のふりをしていたが、本当のところ金のために彼女と結婚したくだらない男だがね。レディ・ハワード自身の子どもは亡くなったが、夫側の娘は、美しく、才気煥発で、ずぶとさがあったので、美貌だけを足がかりにして女優になったんだ。彼女は役者と結婚して、何年かの間ちゃらんぽらんな生活をしていたらしい。夫と罵りあい、離婚し、そしてパリに行った。舞台をやめ、ガヴァネスや付添人《コンパニオン》になりながら暮らしていたんだ。彼女がどれだけシドニー家でうまくやっていたか、どれほど僕らを欺いたのかがわかっただろう。そしてこのことが明るみに出なければ、サー・ジョンまで彼女が手玉に取っていたことだろう。もう少しのところで防げたことを天に感謝するよ。彼女は去ってしまったし、シドニーと僕らの他は誰も真実を知るものはいない。シドニーも自分のために口外はしないだろう。僕たちもこのことはなにも言わず、あの危険な女のことは、必ずや彼女に襲いかかる運命にまかせることにしよう」

「御礼申し上げますわ。運命は彼女に襲いかかりましたけれど、それは素晴らしい運命だったとわかったのですわ」穏やかな声が聞こえ、ドアに幽霊のような人影が現れた。一同は飛び上がって驚きのあまり身を引いた。そこには、サー・ジョンの腕にもたれたジーン・ミュアの姿があった。

「よくも戻って来られたものだ」これまでずっと保ってきた自制心を失ったエドワードが口を開いた。

「自分でしでかした悪ふざけを面白がろうと戻って来て、僕たちを愚弄しようなんて、よくもそんなことが。おじ上、あなたはあの女のことをご存じないんだ！」

「黙れ、若僧。わしはお前が自分がどこにいるのかをわきまえるまで、お前の言うことなど一言も聞く気はない」とサー・ジョンは有無を言わせぬ身振りで言った。

「お約束をお忘れにならないで。わたくしを愛し、許し、守り、そしてあの人たちの言う非難に耳を貸さないで下さいませ」とジーンがささやいた。彼女は素早く手紙の束を目にしていた。

「そうするよ、なにも怖がることはない、お前」とサー・ジョンは答え、コヴェントリー夫人が階下にいるときは火をかかすことのない暖炉の前にあるいつもの場所に坐ると、ジーンを近くに引き寄せた。

気が立った様子で部屋をうろつきまわっていたジェラルドは、ルシアの椅子の後ろではたと立ち止まった。それは彼女を辱めから守ろうとするかのようだった。ベラは母親にしがみついており、エドワードは、力をふりしぼって平静を保っていたが、おじに手紙の束を手渡しながら手短に言った。「こちらをご覧下さい。

おのずとおわかりになるでしょう」

「この若い女性に対するわしの敬意と愛情をいかなる形でも減じさせうるものは、なにも見ず、聞かず、信じず、だ。彼女が心構えを教えてくれたよ。わしは彼女を裏切り、脅しをかけるという、卑怯な敵を知っている。お前たちふたりは恋に破れた男たちだ。だから、こんなふうに不当で不作法なやり方を取るのだ。わしたちは誰しも過ちや愚行を犯す。わしはジーンの過ちを惜しむことなく許したのだ。だからお前たちの口からなにも聞きたいとは思わん。もし彼女が悪気もなくお前たちを怒らせたのなら、わしに免じて許し、昔のことは忘れてほしいのだ」

「しかしおじ上、我々はこの女が見かけどおりの者ではないという証拠を握っているのですよ。彼女が自分で書いた手紙が明らかにしています。お読み下さい、そしてやみくもにご自分を騙さないで下さい」おじの言葉に憤慨したエドワードは声を上げた。

　低い笑い声が聞こえ、皆がぎょっとした。一瞬のうちに、その理由がわかった。サー・ジョンが話している間に、ジーンはサー・ジョンがいつもの癖で後ろ手に持った手紙の束を奪い取り、誰にも見られることなく暖炉に投げ込んでしまったのである。あざけるような笑い、そして突然燃え上がる炎が、何が起こったかを物語っていた。ジェラルドとエドワードは暖炉へと飛び出したが、手遅れだった。証拠は灰と化し、ジーン・ミュアの大胆に輝く瞳はどうだと言わんばかりだった。彼女はまるで見下すような仕草でこう言った。

「手をおどけなさい、紳士の方々。探偵業へと身をやつされるのは結構ですけれど、わたくしはもう囚われ人ではございませんのよ。哀れなジーン・ミュアを傷つけることはおできになるでしょうけれど、レディ・コヴェントリーはあなたがたの手の届くところにはおりません」

「レディ・コヴェントリーだって！」うろたえた家族の人々は、まさかといった気持ちや、怒りや驚きを込めて口々に繰り返した。

「その通りだ、わしの愛しい大切な妻よ」とサー・ジョンは、自分の横に立つほっそりとした身体に、守るように腕をまわしながら言った。その振る舞いや言葉には、思いやりと気高さがあり、周りにいる者たちは、欺かれている殿方への哀れみと敬意を抱くのだった。「そのように彼女を受け入れてほしい。そしてわしに免じて、もうこれ以上の非難は控えてもらいたい」とサー・ジョンは落ち着いた口調で言った。「自分がなにをしたかは承知している。後悔するだろうなどと心配しなくてよい。わしが盲目だというのなら、目を開けるときまでこのままでいさせてくれ。我々はしばらくここを離れるつもりだが、ここに戻って来たときには、これまで通り暮らさせてほしい。なにも変わらずに――ただジーンがわしにとっての太陽の光となるだけだ、お前たちにとってもな」

誰もなにも言わなかった。なにを言えばよいか誰もわからなかったのだ。ジーンが沈黙を破り、涼しげに言った。「この手紙をどちらで手に入れられたのか、うかがってもよろしいでしょうか？」

「君の過去を探っているうちに、シドニーが君の友人のホーテンスを見つけたのさ。彼女は金に困っていたから、買収したんだ。君の手紙が届くやシドニーへと渡っていたというわけだ。裏切り者はいつも最後には裏切られるものさ」と冷たく言い放った。

ジーンは肩をすくめると、ジェラルドに視線を投げかけ、意味ありげな微笑みを浮かべながら言った。「覚えておかれることね、ムッシュー。結婚式ではプロポーズなさるときよりもお幸せになるようにお祈りいたしますわ。ミス・ボーフォート、お祝いを言わせて下さいね。そしてもし恋人をつなぎとめることができたなら、わたしに続いて下さいませね」

ここで彼女の声からあてこするような響きが消え、彼女の瞳からは挑むような色が消えた。ジーンは顔に輝く芝居っ気の中にも残っていた素のままの態度で、母親の横にいるエドワードとベラを振り返った。

「あなたがたはわたくしにご親切でしたわね」と心温まる感謝を込めて言った。「感謝しておりますし、できることならそれに報いたいと思います。あなたがたに対しては、わたくしがこの善良なる男性の妻にはふさわしくないことを認めましょう。そしてあなた方に強くお約束申し上げます、この方を幸せにするためにわたくしの人生を捧げると。サー・ジョンに免じてわたくしをお許し下さい。そしてどうかわたくしたちの間にしこりが残りませんように」

誰も返事はしなかった。だがエドワードの怒りに満ちた視線が彼女の前に落ちていった。ベラは半ば手を差し伸べ、コヴェントリー夫人は憤りながらも後悔しているようにすすり泣いていた。ジーンは心温まる行為を期待していたわけではなさそうで、彼らが彼女のためではなくサー・ジョンのために気持ちを抑えているのだということを飲み込み、彼らの侮蔑を自分にふさわしい罰として受け入れたのである。

「さあ、家に帰ろう。そしてこのことはさっぱりと忘れてしまおう」とベルを鳴らしながら、ここから立ち去りたいと思っているジーンの夫が言った。「レディ・コヴェントリーの馬車をここに」

サー・ジョンが馬車を呼ぶと、ジーンの顔に微笑みが浮かんだ。その響きは彼女がゲームに勝ったことを間違いなく知らせていた。皆の前から姿を消す前に、敷居でちょっと立ち止まると、ジーンは後ろを振り返り、ジェラルドがよく覚えている奇妙な視線で彼を見つめた。そして突き刺すような声でこう言ったのだった。「最後の場面は、最初よりももっとよくなったのではありませんこと?」

ルイザ・メイ・オルコット［1832-88］年譜

▼——世界史の事項　●——文化史・文学史を中心とする事項　**太字ゴチの作家**
『タイトル』——〈ルリユール叢書〉の既刊・続刊予定の書籍です

一八三二年

十一月二十九日ルイザ・メイ・オルコット、父ブロンソン・エイモス・オルコットと母アビゲイル（アッバ）との間の次女として、ペンシルヴァニア州ジャーマンタウンに誕生。この日は父ブロンソンの三十三歳の誕生日だった。一歳年上の姉アンナがいた。

▼第一次選挙法改正［英］▼天保の大飢饉［日］●リージェンツ・パークに巨大パノラマ館完成［英］●H・マーティノー『経済学例解』（〜三四）［英］●ブルワー＝リットン『ユージン・アラム』［英］●F・トロロープ『内側から見たアメリカ人の習俗』［英］●ガロア、決闘で死亡［仏］●パリ・オペラ座で、パレエ「ラ・シルフィード」初演［仏］●ノディエ『パン屑の妖精』［仏］●テプフェール『伯父の書棚』［スイス］●クラウゼヴィッツ『戦争論』（〜三四）［独］●ゲーテ歿、『ファウスト』（第二部、五四初演）［独］●メーリケ『画家ノルテン』［独］●アルムクヴィスト『いばらの本』（〜五二）［スウェーデン］●ルーネベリ『ヘラジカの射手』［フィンランド］

一八三四年〔二歳〕

一家でボストンに転居。ブロンソンがテンプル・スクールを開校、エリザベス・パーマー・ピーボディが教師として勤めており、マーガレット・フラーも一年ほど教えていた。知識を詰め込む従来の教育方法ではなく、対話による知識の獲得を重視していた。

▼ドイツ関税同盟〔独〕●シムズ『ガイ・リヴァーズ』〔米〕●エインズワース『ルークウッド』〔英〕●ブレシントン伯爵夫人『バイロン卿との対話』〔英〕●ブルワー＝リットン『ポンペイ最後の日々』〔英〕●マリアット『ピーター・シンプル』〔英〕●ミュッセ『戯れに恋はすまじ』『ロレンザッチョ』〔仏〕●バルザック『絶対の探求』〔仏〕●スタンダール『リュシヤン・ルーヴェン』（～三五）〔仏〕●ヴァン・アッセルト『桜草』〔白〕●ララ『病王ドン・エンリケの近侍』〔西〕●ハイネ『ドイツ宗教・哲学史考』〔独〕●ミツキエヴィッチ『パン・タデウシュ』〔ポーランド〕●スウォヴァツキ『コルディアン』〔ポーランド〕●フレドロ「復讐」初演〔ポーランド〕●プレシェルン『ソネットの花環』〔スロヴェニア〕●レールモントフ『仮面舞踏会』（～三五）〔露〕●ベリンスキー『文学的空想』〔露〕

一八三五年〔三歳〕

妹エリザベス・オルコット誕生。

▼フェルディナンド一世、即位〔墺〕●モールス、電信機を発明〔米〕●シムズ『イエマシー族』『パルチザン』〔米〕●ホーソー

ン『若いグッドマン・ブラウン』〔米〕●R・ブラウニング『パラケルスス』〔英〕●クレア『田舎の詩神』〔英〕●トクヴィル『アメリカのデモクラシー』〔仏〕●ヴィニー『軍隊の服従と偉大』〔仏〕●バルザック『ゴリオ爺さん』〔仏〕●ゴーチエ『モーパン嬢』〔仏〕●スタンダール『アンリ・ブリュラールの生涯』（〜三六）〔仏〕●ニュルンベルク〜フュルト間にドイツ初の鉄道開通〔独〕●シーボルト『日本植物誌』〔独〕●**ティーク『古文書と青のなかへの旅立ち』**〔独〕●**ビューヒナー『ダントンの死』『レンツ』**（／三九）〔独〕●グッコー『懐疑の女ヴァリー』〔独〕●クラシンスキ『非＝神曲』〔ポーランド〕●アンデルセン『即興詩人』『童話集』〔デンマーク〕●レンロット、民謡・民間伝承収集によるフィンランドの叙事詩『カレワラ』を刊行〔フィンランド〕●ゴーゴリ『アラベスキ』『ミルゴロド』〔露〕

一八三九年〔七歳〕

ブロンソンの教育方針や宗教観が周囲に受け入れられず、生徒数が減少していったことから、何度か移転したのち、テンプルスクールが閉校となる。

▼プロイセン王フリードリヒ・ヴィルヘルム四世即位（〜六一）〔独〕▼反穀物法同盟成立〔英〕▼ルクセンブルク大公国独立〔ルクセンブルク〕▼オスマン帝国、ギュルハネ勅令、タンジマートを開始（〜五六）〔土〕●エインズワース『ジャック・シェパード』〔英〕●C・ダーウィン『ビーグル号航海記』〔英〕●フランソワ・アラゴー、パリの科学アカデミーでフランス最初の写真技術ダゲレオタイプを公表〔仏〕●スタンダール『パルムの僧院』〔仏〕●**ティーク『人生の過剰』**〔独〕●グリム兄弟『ドイツ語辞典』編集開始（一九六一年完成）〔独〕

一八四〇年〔八歳〕

ブロンソンの友人ラルフ・ウォルドー・エマソンの勧めにより、一家でコンコードへ転居。妹アビー・メイ・オルコット誕生。ルイザはヘンリー・デイヴィド・ソローと兄ジョンが開いていた学校に通い、自然についてソローから学ぶ。

▼ペニー郵便制度を創設〔英〕▼ヴィクトリア女王、アルバート公と結婚〔英〕▼アヘン戦争（～四二）〔英・中〕●「ダイアル」誌創刊（～四四）〔米〕●ポー『グロテスクとアラベスクの物語』〔米〕●P・B・シェリー『詩の擁護』〔英〕●エインズワース『ロンドン塔』〔英〕●R・ブラウニング『ソルデッロ』〔英〕●ユゴー『光と影』〔仏〕●メリメ『コロンバ』〔仏〕●サント＝ブーヴ『ポール＝ロワイヤル』（～五九）〔仏〕●エスプロンセダ『サラマンカの学生』〔西〕●ヘッベル『ユーディット』初演〔独〕●ティーク『ヴィットーリア・アッコロンボーナ』〔独〕●インマーマン『回想録』〔独〕●シトゥール『ヨーロッパ文明に対するスラヴ人の功績』〔スロヴァキア〕●シェフチェンコ『コブザーリ』〔露〕●レールモントフ『ムツイリ』『レールモントフ詩集』『現代の英雄』〔露〕

一八四一年

▼天保の改革〔日〕●クーパー『鹿殺し』〔米〕●ポー『モルグ街の殺人』〔米〕●エマソン『第一エッセイ集』〔米〕●絵入り週刊誌「パンチ」創刊〔英〕●カーライル『英雄と英雄崇拝』〔英〕●ゴットヘルフ『下男ウーリはいかにして幸福になるか』〔スイス〕●フォイエルバッハ『キリスト教の本質』〔独〕●エルベン『チェコの民謡』（～四五）〔チェコ〕●スウォヴァツキ『ベニョフスキ』〔ポーランド〕●シェフチェンコ『ハイダマキ』〔露〕●A・K・トルストイ『吸血鬼』〔露〕

一八四二年〔十歳〕

エマソンによる資金援助をうけ、ブロンソン渡英。

▼カヴール、農業組合を組織〔伊〕▼南京条約締結〔中〕●「イラストレイテッド・ロンドン・ニューズ」創刊〔英〕●ミューディ貸本屋創業〔英〕●チャドウィック『イギリス労働貧民の衛生状態に関する報告書』〔英〕●ブルワー＝リットン『ザノーニ』〔英〕●テニスン『詩集』〔英〕●マコーリー『古代ローマ詩歌集』〔英〕●ベルトラン『夜のガスパール』〔仏〕●**シュー『パリの秘密』**（〜四三）〔仏〕●バルザック〈人間喜劇〉刊行開始（〜四八）〔仏〕●ゴットヘルフ『黒い蜘蛛』〔スイス〕●**マンゾーニ『汚名柱の記』**〔伊〕●ハイネ『アッタ・トロル』〔独〕●ビューヒナー『レオンスとレーナ』〔独〕●ドロステ＝ヒュルスホフ『ユダヤ人のぶなの木』〔独〕●ゴーゴリ『外套』〔露〕

一八四三年〔十一歳〕

イギリスで出会ったチャールズ・レインとともに、ブロンソンがマサチューセッツ州ハーバードに共同農場フルートランズを設立。家族で移り住むが、農場は数カ月で解散する。この頃ルイザは、日記に自分がいい子になれないことや、周囲の人にやさしくなりたいということを書き記している。

▼オコンネルのアイルランド解放運動〔愛〕●ポー『黒猫』『黄金虫』『告げ口心臓』〔米〕●ラスキン『近代画家論』（〜六〇）〔英〕●カーライル『過去と現在』〔英〕●ディケンズ『マーティン・チャズルウィット』（〜四四）〔英〕●トマス・フッド「シャツの歌」

〔英〕●ユゴー『城主』初演〔仏〕●ガレット『ルイス・デ・ソーザ修道士』〔ポルトガル〕●ヴァーグナー《さまよえるオランダ人》初演〔独〕●クラシェフスキ『ウラーナ』〔ポーランド〕●キルケゴール『あれか、これか』〔デンマーク〕●ゴーゴリ『外套』〔露〕

一八四四年〔十二歳〕

フルートランズから退去。オルコット一家は一時スティル・リヴァーに住んだ後、コンコードに戻っている。

▼バーブ運動、開始〔イラン〕●ホーソーン『ラパチーニの娘』〔米〕●タルボット、写真集『自然の鉛筆』を出版（〜四六）〔英〕●ロバート・チェンバース『創造の自然史の痕跡』〔英〕●ターナー《雨、蒸気、速度――グレート・ウェスタン鉄道》〔英〕●ディズレーリ『コニングスビー』〔英〕●キングレーク『イオーセン』〔英〕●サッカレー『バリー・リンドン』〔英〕●シュー『さまよえるユダヤ人』連載（〜四五）〔仏〕●デュマ・ペール『三銃士』、『モンテ＝クリスト伯』（〜四六）〔仏〕●シャトーブリアン『ランセ伝』〔仏〕●バルベー・ドールヴィイ『ダンディスムとG・ブランメル氏』〔仏〕●シュティフター『習作集』（〜五〇）〔墺〕●ハイネ『ドイツ・冬物語』『新詩集』〔独〕●フライリヒラート『信条告白』〔独〕●ヘッベル『ゲノフェーファ』〔独〕

一八四五―四七年〔十三―十五歳〕

アッバの父親からの遺産とエマソンからの援助を得て、一家はコンコードに家を購入、ヒルサイドと名付ける。ルイザは姉妹で演劇を上演したり、エマソン家を訪れダンテ、シェイクスピア、コールリッジなどの作品に親しむ。エマソンからゲーテの『ヴィルヘルム・マイスターの修業時代』を教えてもらったのもこの頃である。エマソンの娘に妖精物語を作ってきかせる。ヒルサイドではまた、南部から逃れてきた逃亡奴隷をかくまったこともあった。

一八四五年 ▼アイルランド大飢饉〔愛〕 ▼第一次シーク戦争開始〔インド〕 ●ポー『盗まれた手紙』『大鴉その他』〔米〕 ●ディズレーリ『シビル（あるいは二つの国民）』〔英〕 ●メリメ『カルメン』〔仏〕 ●**レオパルディ『断想集』**〔伊〕 ●マルクス、エンゲルス『ドイツ・イデオロギー』（〜四六）〔独〕 ●エンゲルス『イギリスにおける労働者階級の状態』〔独〕 ●**A・フォン・フンボルト『コスモス』**（第一巻）〔独〕 ●ミュレンホフ『シュレースヴィヒ・ホルシュタイン・ラウエンブルク公国の伝説、童話、民謡』〔独〕 ●キルケゴール『人生行路の諸段階』〔デンマーク〕 ●**ペタルニ世ペトロビッチ＝ニェゴシュ『小宇宙の光』**〔モンテネグロ〕

一八四六年 ▼穀物法撤廃〔英〕 ▼米墨戦争（〜四八）〔米・墨〕 ●ホーソーン『旧牧師館の苔』〔米〕 ●メルヴィル『タイピー』〔米〕 ●リア『ノンセンスの絵本』〔英〕 ●サッカレー『イギリス俗物列伝』（〜四七）〔英〕 ●バルザック『従妹ベット』〔仏〕 ●サンド『魔の沼』〔仏〕 ●ミシュレ『民衆』〔仏〕 ●メーリケ『ボーデン湖の牧歌』〔独〕 ●フライリヒラート『サ・イラ』〔独〕 ●フルバン『薬売り』〔スロヴァキア〕 ●ドストエフスキー『貧しき人々』『分身』〔露〕

一八四七年 ▼婦人と少年の十時間労働を定めた工場法成立〔英〕 ●プレスコット『ペルー征服史』〔米〕 ●エマソン『詩集』〔米〕 ●ロングフェロー『エヴァンジェリン』〔米〕 ●メルヴィル『オムー』〔米〕 ●サッカレー『虚栄の市』（〜四八）〔英〕 ●E・ブロンテ『嵐が丘』〔英〕 ●A・ブロンテ『アグネス・グレイ』〔英〕 ●C・ブロンテ『ジェイン・エア』〔英〕 ●ミシュレ『フランス革命史』（〜五三）〔仏〕 ●ラマルチーヌ『ジロンド党史』〔仏〕 ●ラディチェヴィチ『詩集』〔セルビア〕 ●**ペタルニ世ペトロビッチ＝ニェゴシュ『山の花環』**〔モンテネグロ〕 ●ネクラーソフ『夜中に暗い夜道を乗り行けば…』〔露〕 ●ゲルツェン『誰の罪か？』〔露〕 ●ゴンチャローフ『平凡物語』〔露〕 ●ツルゲーネフ『ホーリとカリーヌイチ』〔露〕 ●グリゴローヴィチ『不幸なアントン』〔露〕 ●ゴーゴリ『友人との

往復書簡選』〔露〕●ベリンスキー『ゴーゴリへの手紙』〔露〕

一八四八年〔十六歳〕

一家はボストンへ転居。アッバは福祉の仕事に従事する。

▼カリフォルニアで金鉱発見、ゴールドラッシュ始まる〔米〕▼第一次シュレースヴィヒ・ホルシュタイン戦争（～五二）〔独・デンマーク〕▼チャーティスト最後の示威運動〔英〕▼ロンドンでコレラ大流行、公衆衛生法制定〔英〕▼二月革命、第二共和政（～五二）〔仏〕▼三月革命〔墺・独〕●ポー『ユリイカ』〔米〕●メルヴィル『マーディ』〔米〕●ラファエル前派同盟結成〔英〕●W・H・スミス「鉄道文庫」を創業〔英〕●J・S・ミル『経済学原論』〔英〕●ギャスケル『メアリ・バートン』〔英〕●マコーリー『イングランド史』（～五五）〔英〕●サッカレー『ペンデニス』（～五〇）〔英〕●デュマ・フィス『椿姫』〔仏〕●グリルパルツァー『哀れな辻音楽師』〔墺〕●マルクス、エンゲルス『共産党宣言』〔独〕

一八四九年〔十七歳〕

小説『相続 *The Inheritance*』を執筆（死後出版）。

▼航海法廃止〔英〕▼ドレスデン蜂起〔独〕▼ハンガリー革命〔ハンガリー〕●ソロー『市民の反抗』〔米〕●C・ブロンテ『シャーリー』〔英〕●ラスキン『建築の七灯』〔英〕●**シャトーブリアン『墓の彼方からの回想』**（～五〇）〔仏〕●ミュルジェール『放浪芸術家の生活情景』〔仏〕●フェルナン＝カバリェロ『かもめ』〔西〕●キルケゴール『死に至る病』〔デンマーク〕●ペトラシェ

フスキー事件、ドストエフスキーらシベリア流刑〔露〕

一八五〇年〔十八歳〕
一家で天然痘に罹患。ルイザは姉アンナが開校した学校で教える。ナサニエル・ホーソーンの『緋文字』を読む。日記には女優志望であることを記している。
▼オーストラリアの自治を承認〔英〕●ホーソーン『緋文字』〔米〕●エマソン『代表的偉人論』〔米〕●J・E・ミレー《両親の家のキリスト》〔英〕●テニスン『イン・メモリアム』、テニスン、桂冠詩人に〔英〕●ワーズワース歿、『序曲』（死後出版）〔英〕●キングズリー『アルトンロック』〔英〕●バルザック歿〔仏〕●ツルゲーネフ『余計者の日記』〔露〕

一八五一年〔十九歳〕
「ピーターソン・マガジン」に初めて詩が掲載される。題名は「日光」、筆名はフローラ・フェアフィールドだった。ルイザはマサチューセッツ州デダムのとある家庭で使用人として働くが、ひどい扱いをうけたため一カ月で去る。そこで稼いだ四ドルは、帰宅後ルイザの話を聞いた家族により雇い主へ返却された。
▼ルイ・ナポレオンのクーデター〔仏〕▼太平天国の乱（〜六四）〔中〕●ホーソーン『七破風の家』〔米〕●メルヴィル『白鯨』〔米〕●ストウ夫人『アンクル・トムの小屋』（〜五二）〔米〕●ロンドン万国博覧会〔英〕●メイヒュー『ロンドンの労働とロンドンの貧民』〔英〕●ボロー『ラヴェングロー』〔英〕●ラスキン『ヴェネツィアの石』（〜五三）〔英〕●H・スペンサー『社会静学』〔英〕

●フーコー、振り子の実験で地球自転を証明〔仏〕●サント＝ブーヴ『月曜閑談』（〜六二）〔仏〕●ゴンクール兄弟『日記』（〜九六）〔仏〕●ネルヴァル『東方紀行』〔仏〕●ハイネ『ロマンツェーロ』〔独〕●マルモル『アマリア』（〜五五）〔アルゼンチン〕

一八五二年〔二十歳〕

短編「競争する画家たち "The Rival Painters"」が「オリーブ・ブランチ」に掲載される。オルコットにとって初めて雑誌掲載された短編小説となる。

▼ロンドン議定書〔英〕▼ナポレオン三世即位、第二帝政（〜七〇）〔仏〕●**メルヴィル『ピェール』**〔米〕●ホーソーン『ブライズデール・ロマンス』〔米〕●アルバート・スミス「モンブラン登頂」ショーが大ヒット（〜五八）〔英〕●サッカレー『ヘンリー・エズモンド』〔英〕●M・アーノルド『エトナ山上のエンペドクレスその他の詩』〔英〕●ゴーチエ『螺鈿七宝詩集』〔仏〕●ルコント・ド・リール『古代詩集』〔仏〕●グロート『クヴィックボルン』〔独〕●A・ムンク『悲しみと慰め』〔ノルウェー〕●ツルゲーネフ『猟人日記』〔露〕●トルストイ『幼年時代』〔露〕●ゲルツェン『過去と思索』（〜六八）〔露〕

一八五四年〔二十二歳〕

エマソンの娘エレンに聞かせていた妖精物語を『花物語 *Flower Fables*』として出版。ルイザの初の単行本となる。短編「競争するプリマドンナたち "The Rival Prima Donnas"」が「サタデー・イヴニング・ガゼット」に掲載される。

▼英仏、ロシアに宣戦布告、クリミア戦争に介入〔欧〕▼カンザス・ネブラスカ法成立〔米〕▼米・英・露と和親条約調印

［日］●ソロー『ウォールデン、森の生活』［米］●パトモア『家庭の天使』（〜六二）［英］●ギャスケル『北と南』（〜五五）［英］●テニスン「軽騎兵の突撃」［英］●ネルヴァル『火の娘たち』［仏］●ケラー『緑のハインリヒ』（〜五五）［スイス］●モムゼン『ローマ史』（〜五六）［独］

一八五六年［二十四歳］

針仕事や家庭教師などをして家計を助ける。詩や短編が新聞や雑誌に掲載されるようになる。

▼メキシコ内戦の開始（〜六〇）［墨］▼アロー号事件［中］●メルヴィル『ピアザ物語』［米］●W・モリスら「オクスフォード・ケンブリッジ雑誌」創刊［英］●フロベール『ボヴァリー夫人』［仏］●ユゴー『静観詩集』［仏］●ボードレール訳、ポー『異常な物語集』［仏］●ケラー『村のロメオとユリア』、『ゼルトヴィーラの人々』（〜七四）［スイス］●ラーベ『雀横丁年代記』［独］●ルートヴィヒ『天と地の間』［独］●メーリケ『旅の日のモーツァルト』［独］●ツルゲーネフ『ルージン』［露］●アクサーコフ『家族の記録』［露］

一八五七年［二十五歳］

一家はふたたびコンコードへ。ブロンソンがエマソン邸のそばのオーチャードハウスを購入。クリスマスには教会の演劇に参加。

▼セポイの反乱（〜五八）［印］●サウス・ケンジントン博物館（現・ヴィクトリア&アルバート博物館）開館［英］●E・B・ブラウニング『オーロラ・リー』［英］●ヒューズ『トム・ブラウンの学校生活』［英］●サッカレー『バージニアの人々』（〜五九）［英］

●A・トロロープ『バーチェスターの塔』〔英〕●ボードレール『悪の華』〔仏〕●ゴーチエ『ミイラ物語』〔仏〕●シャンフルーリ『写実主義』〔仏〕●シュティフター『晩夏』〔墺〕●ビョルンソン『日向が丘の少女』〔ノルウェー〕

一八五八年〔三十六歳〕

三女エリザベス死去。長女アンナがジョン・ブリッジ・プラットと婚約。ルイザは日記に姉がいなくなる寂しさを吐露している。改装工事が終わったオーチャードハウスに引越。

▼ムガル帝国滅亡、インド直轄統治開始〔英・印〕▼プロンビエールの密約〔仏・伊〕▼安政の大獄（〜五九）〔日〕●W・フリス《ダービー開催日》〔英〕●モリス『グィネヴィアの抗弁その他の詩』〔英〕●A・トロロープ『ソーン医師』〔英〕●オッフェンバック《地獄のオルフェウス》〔仏〕●ニエーヴォ『一イタリア人の告白』（六七刊）〔伊〕●トンマゼーオ『イタリア語大辞典』（〜七九）〔伊〕●ネルダ『墓場の花』〔チェコ〕●ピーセムスキー『千の魂』〔露〕●ゴンチャローフ『フリゲート艦パルラダ号』〔露〕

一八五九年〔三十七歳〕

文芸誌「アトランティック・マンスリー」から短編「愛と自己愛 "Love and Self-Love"」の採用通知が届く。ジョン・ブラウンによるハーパーズ・フェリー襲撃事件のことを聞き、奴隷制への反対の意思を強めた。処刑されたブラウンを追悼する詩を書き、翌年奴隷制反対ととなえる新聞「リベレイター」に掲載される。

▼スエズ運河建設着工〔仏〕●C・ダーウィン『種の起原』〔英〕●スマイルズ『自助論』〔英〕●J・S・ミル『自由論』〔英〕

●ディケンズ『二都物語』〔英〕●G・エリオット『アダム・ビード』〔英〕●メレディス『リチャード・フェヴェレルの試練』〔英〕●テニスン『国王牧歌』（〜八五）〔英〕●W・コリンズ『白衣の女』（〜六〇）〔英〕●ユゴー『諸世紀の伝説』〔仏〕●ミストラル『ミレイユ』〔仏〕●ヴェルガ『山の炭焼き党員たち』（〜六〇）〔伊〕●ヴァーグナー《トリスタンとイゾルデ》〔独〕●ヘッベル『母と子』〔独〕●ゴンチャローフ『オブローモフ』〔露〕●ツルゲーネフ『貴族の巣』〔露〕●ドブロリューボフ『オブローモフ気質とは何か』『闇の王国』〔露〕

一八六〇年〔二十八歳〕

「愛と自己愛」が「アトランティック・マンスリー」に掲載される。姉アンナが結婚。ひらめきにより、四週間書き続けて長編『気まぐれ *Moods*』を完成させる。

▼英仏通商（コブデン＝シュバリエ）条約〔英・仏〕▼ガリバルディ、シチリアを平定〔伊〕▼桜田門外の変〔日〕●ホーソーン『大理石の牧神像』〔米〕●ソロー『キャプテン・ジョン・ブラウンの弁護』『ジョン・ブラウン最期の日々』〔米〕●G・エリオット『フロス河の水車場』〔英〕●ブルクハルト『イタリア・ルネサンスの文化』〔スイス〕●ボードレール『人工楽園』〔仏〕●ムルタトゥリ『マックス・ハーフェラール』〔蘭〕●ドストエフスキー『死の家の記録』〔露〕●ツルゲーネフ『初恋』『その前夜』〔露〕

一八六一年〔二十九歳〕

小説『成功 *Success*』（のちに『仕事』に改題）の執筆を開始。南北戦争開戦。

▼リンカーン、大統領就任。南北戦争を開始〔～六五〕〔米〕▼プロイセン王ヴィルヘルム一世即位〔～八八〕〔独〕▼アルバート公崩御〔英〕▼イタリア王国成立。ヴィットーリオ・エマヌエーレ二世即位〔伊〕▼ルーマニア自治公国成立〔ルーマニア〕▼農奴解放令〔露〕●ビートン夫人『家政読本』〔英〕●トロロープ『フラムリーの牧師館』〔英〕●G・エリオット『サイラス・マーナー』〔英〕●ピーコック『グリル荘』〔英〕●D・G・ロセッティ訳詩集『初期イタリア詩人』〔英〕●バルベー・ドールヴィイ『十九世紀の作品と人物』〔～一九一〇〕〔仏〕●ボードレール『悪の華』〔第二版〕『リヒャルト・ヴァーグナーと〈タンホイザー〉のパリ公演』〔仏〕●バッハオーフェン『母権論』〔スイス〕●**ヘッベル『ニーベルンゲン』初演**〔独〕●シュピールハーゲン『問題のある人々』〔～六二〕〔独〕●マダーチ『人間の悲劇』〔ハンガリー〕●ドストエフスキー『虐げられた人々』〔露〕

一八六二年〔三十歳〕

看護士として南北戦争に従軍するためワシントンDCへ。ジョージタウンにあるユニオン・ホテル病院に配属となる。煽情的な短編小説「ポーリンの激情と罰 "Pauline's Passion and Punishment"」が「フランク・レスリー挿絵入り新聞」の懸賞で一〇〇ドルの賞金を獲得する〔掲載は翌年〕。これがオルコットの煽情小説作家としての初めての作品となる。

▼ビスマルク、プロイセン宰相就任〔独〕●C・ロセッティ『ゴブリン・マーケットその他の詩』〔英〕●W・コリンズ『無名』〔英〕●H・スペンサー『第一原理論』〔英〕●ユゴー『レ・ミゼラブル』〔仏〕●ルコント・ド・リール『夷狄詩集』〔仏〕●フロベール『サランボー』〔仏〕●ゴンクール兄弟『十八世紀の女性』〔仏〕●ミシュレ『魔女』〔仏〕●カステーロ・ブランコ『破滅の恋』〔ポルトガル〕●ヨーカイ『新地主』〔ハンガリー〕●ツルゲーネフ『父と子』〔露〕●ダーリ『ロシア諺集』〔露〕●トルス

トイ、「ヤースナヤ・ポリャーナ」誌発刊〔露〕

一八六三年〔三十一歳〕

病院で腸チフスに罹患。ブロンソンの迎えにより、コンコードへ帰宅。かなり重篤な状態になるが、危機を脱する。罹患中自慢の長い髪の毛を切る。病院から家に出した手紙をもとに「病院のスケッチ "Hospital Sketches."」を執筆、新聞「ボストン・コモンウェルズ」に四回にわたって連載され、好評を得る。同年単行本として『病院のスケッチ *Hospital Sketches*』が出版される。

▼ロンドンの地下鉄工事開始〔英〕▼リンカーンの奴隷解放宣言〔米〕▼赤十字国際委員会設立〔スイス〕▼全ドイツ労働者協会結成〔独〕●G・エリオット『ロモラ』〔英〕●キングズリー『水の子どもたち』〔英〕●フロマンタン『ドミニック』〔仏〕●テーヌ『イギリス文学史』（～六四）〔仏〕●ボードレール『現代生活の画家』『ウージェーヌ・ドラクロアの作品と生涯』〔仏〕●リトレ『フランス語辞典』（～七三）〔仏〕●ルナン『イエス伝』〔仏〕

一八六四年〔三十二歳〕

中編の煽情小説「V・V・――あるいは策略には策略を "V. V.: or, Plots and counterplots."」を執筆。『気まぐれ』の草稿を書き直す作業にとりかかる。年末に『気まぐれ』が刊行される。

▼第二次シュレースヴィヒ・ホルシュタイン戦争〔欧〕▼ロンドンで第一インターナショナル結成〔欧〕▼ウィーン条約〔墺〕

●ラーベ『飢えの牧師』〔独〕●テニスン『イノック・アーデン』〔英〕●J・H・ニューマン『アポロギア』〔英〕●ゾラ『テレーズ・ラカン』〔仏〕●ヴェルヌ『地底旅行』〔仏〕●ロンブローゾ『天才と狂気』〔伊〕●ヨヴァノヴィッチ＝ズマイ『薔薇の蕾』〔セルビア〕●レ・ファニュ『アンクル・サイラス』『ワイルダーの手』〔愛〕●ドストエフスキー『地下室の手記』〔露〕

一八六五年〔三十三歳〕

「フラッグ・オブ・アワ・ユニオン」に「V. V.」が四回連載で掲載される（のちにA. M. バーナード名義で十セント小説シリーズとして再版される）。同紙にはA. M. バーナード名義でスリラー小説「大理石の女、あるいは神秘的なモデル "A Marble Woman; or the Mysterious Model"」も掲載された。ウィリアム・F・ウェルドから娘アンナの付き添いとしてヨーロッパへの渡航を打診され、了承。一年間でイギリス、ベルギー、ドイツ、オランダ、スイス、フランスを回る。スイスでピアノの上手なポーランド人のラディラス・ヴィシニェフスキという青年と出会い、英語とフランス語を交換で教え合う。この青年は『若草物語』のローリーの人物造形に反映される。

▼ガスタイン協定〔独・墺〕▼南北戦争終結、リンカーン暗殺〔米〕●メルヴィル『イズレイル・ポッター』〔米〕●L・キャロル『不思議の国のアリス』〔英〕●M・アーノルド『批評論集』（第一集）〔英〕●スウィンバーン『カリドンのアタランタ』〔英〕●C・ベルナール『実験医学研究序説』〔仏〕●ヴェルヌ『地球から月へ』〔仏〕●シュティフター『ヴィーティコ』（〜六七）〔墺〕●メンデル「遺伝の法則」〔独〕●ワーグナー《トリスタンとイゾルデ》初演〔独〕●トルストイ『戦争と平和』（〜六九）〔露〕

一八六六年［三十四歳］

ヨーロッパより帰国。長編小説『現代のメフィストフェレス、あるいは長き愛の追跡 *A Modern Mephistopheles, or The Fatal Love Chase*』を書き上げるが、「センセーショナルすぎる」という理由で出版を拒否される。A.M.バーナード名義でスリラー小説「仮面の陰に――あるいは女の力“Behind a Mask, or a Woman's Power”」が掲載される。この作品で八〇ドルを得ている。この年はヨーロッパからの帰国後、家計が思わしくないことがわかり、この他にも懸命に執筆活動に取り組んだことが日記に記されている。

▼普墺戦争［独・墺］▼薩長同盟［日］●メルヴィル『戦争詩集』［米］●G・エリオット『急進主義者フィーリクス・ホルト』［英］●ヴェルレーヌ『サチュルニアン詩集』［仏］●『現代パルナス』（第一次）［仏］●E・ヘッケル『一般形態学』［独］●ドストエフスキー『罪と罰』［露］

一八六七年［三十五歳］

A.M.バーナード名義のスリラー「修道院長の幽霊――あるいはモーリス・トレハーンの誘惑“The Abbot's Ghost, or Maurice Treherne's Temptation”」を「フラッグ・オブ・アワ・ユニオン」で四回連載。ロバーツ・ブラザーズ出版社のトマス・ナイルズに少女向けの作品を依頼され、了承する。また、ホラス・フラーから雑誌「メリーズ・ミュージアム」の編集の依頼があり、これも了承する。

▼第二次選挙法改正〔英〕▼オーストリア＝ハンガリー二重帝国成立（〜一九一八）〔欧〕▼大政奉還、王政復古の大号令〔日〕●パリ万国博覧会〔仏〕●ゾラ『テレーズ・ラカン』〔仏〕●ヴェルレーヌ『女友達』〔仏〕●マルクス『資本論』（〜九四）〔独〕●〈レクラム文庫〉創刊〔独〕●ラーベ『アブ・テルファン』〔独〕●ノーベル、ダイナマイトを発明〔スウェーデン〕●イプセン『ペール・ギュント』〔ノルウェー〕●ツルゲーネフ『けむり』〔露〕

一八六八年〔三十六歳〕

『若草物語 *Little Women*』の執筆を開始する。「こつこつ書いてはいるけれど、こういう作品は楽しくない」と日記に記しているが、その後「少女向けの生きいきした飾り気のない作品がおおいに必要とされている」ので頑張ってみようと述べている。夏に『若草物語』が完成し、妹のメイが挿絵を担当。九月に刊行されると、高評価を得る。第二部の執筆に取りかかる。

▼アメリカ、ロシア帝国からアラスカを購入〔米〕▼教会維持税支払い義務の廃止〔英〕▼九月革命、イサベル二世亡命〔西〕▼五箇条の御誓文、明治維新〔日〕●R・ブラウニング『指輪と本』（〜六九）〔英〕●W・コリンズ『月長石』〔英〕●**シャルル・ド・コステル『ウーレンシュピーゲル伝説』**〔白〕●ヴァーグナー《ニュルンベルクのマイスタージンガー》初演〔独〕●ドストエフスキー『白痴』（〜六九）〔露〕

一八六九年［三十七歳］

『若草物語』第二部が刊行される。『若草物語』の印税で家の借金をすべて返済する。

▼大陸横断鉄道開通［米］▼立憲王政樹立［西］▼スエズ運河開通［エジプト］●トゥエイン『無邪気な外遊記』［米］●ゴルトン『遺伝的天才』［英］●M・アーノルド『教養と無秩序』［英］●R・D・ブラックモア『ローナ・ドゥーン』［英］●W・S・ギルバート『バブ・バラッド』［英］●J・S・ミル『女性の解放』［英］●ヴェルヌ『海底二万里』（〜七〇）［仏］●**ユゴー『笑う男』**［仏］●ボードレール『パリの憂鬱』［仏］●ヴェルレーヌ『雅宴』［仏］●ドーデ『風車小屋だより』［仏］●フロベール『感情教育』［仏］●ジュライ『ロムハーニ』［ハンガリー］●サルトゥイコフ＝シチェドリン『ある町の歴史』（〜七〇）［露］

一八七〇年［三十八歳］

『昔気質の少女 *An Old-Fashioned Girl*』が出版される。妹メイとともに、二度目の渡欧。フランス、スイス、イタリアを回る。ヨーロッパ滞在中に、姉アンナの夫ジョン・プラット死去の知らせが届く。

▼初等教育法制定［英］▼普仏戦争（〜七一）［仏・独］▼第三共和政［仏］●エマソン『社会と孤独』［米］●D・G・ロセッティ『詩集』［英］●ヴェルレーヌ『よき歌』［仏］●デ・サンクティス『イタリア文学史』（〜七一）［伊］●ペレス・ガルドス『フォルトゥナタとハシンタ』［西］●ザッヘル＝マゾッホ『毛皮を着たヴィーナス』［墺］●ディルタイ『シュライアーマッハーの生涯』［独］●ラーベ『死体運搬車』［独］●ストリンドベリ『ローマにて』初演［スウェーデン］●キヴィ『七人兄弟』［フィンランド］

一八七一年〔三十九歳〕

義兄亡き後、残されたアンナとふたりの子どもたちのために、『若草物語』の続編『小さな紳士たち *Little Men*』(『第三若草物語』)の執筆をローマで始める。その後ミュンヘン、アントワープを経由しロンドンに渡る。メイは絵画の勉強のためヨーロッパにとどまり、オルコットはアメリカへ帰国。『小さな紳士たち』を刊行。その後メイが帰国。

▼パリ・コミューン成立〔仏〕▼ドイツ帝国成立(〜一九一八)〔独〕▼廃藩置県〔日〕●トゥエイン『トム・ソーヤーの冒険』〔米〕●E・ブルワー＝リットン『来るべき種族』〔英〕●ハーディ『緑の木陰』〔英〕●ゾラ〈ルーゴン・マッカール〉叢書(〜九三)〔仏〕●『現代パルナス』(第二次)〔仏〕●ヴェルガ『山雀物語』〔伊〕●ギマラー、「ラ・ラナシェンサ」誌発刊〔西〕●ベッケル『抒情詩集』『伝説集』〔西〕●ペレーダ『人と風景』〔西〕●E・デ・ケイロースとオルティガン、文明批評誌「ファルパス」創刊(〜八二)〔ポルトガル〕●シュリーマン、トロイの遺跡を発見〔独〕●グロート『クヴィックボルン』(第二部)〔独〕●レ・ファニュ『カーミラ』〔愛〕

一八七二年〔四十歳〕

来訪者が増え、様々な招待状を受け取る人気作家となる。以前執筆した小説「成功」を「仕事、あるいはクリスティの試み "Work: or, Christie's Experiment"」とタイトルを改めて、「クリスチャン・ユニオン」にて連載。

▼第三次カルリスタ戦争開始(〜七六)〔西〕●S・バトラー『エレホン』〔英〕●G・エリオット『ミドルマーチ』〔英〕●L・キャロル『鏡の国のアリス』〔英〕●ウィーダ『フランダースの犬』〔英〕●バンヴィル『フランス詩小論』〔仏〕●ドーデ『アルルの女』〔仏〕

●ケラー『七つの伝説』〔スイス〕●ニーチェ『悲劇の誕生』〔独〕●**シュトルム『荒野の村』**〔独〕●ヨヴァノヴィチ＝ズマイ『末枯れた薔薇の蕾』〔セルビア〕●ブランデス『十九世紀文学主潮』（〜九〇）〔デンマーク〕●ヤコブセン『モーウンス』〔デンマーク〕●イプセン『青年同盟』〔ノルウェー〕●レ・ファニュ『鏡の中におぼろに』〔愛〕●ゴンチャローフ『百万の呵責』〔露〕●レスコフ『僧院の人々』〔露〕●エルナンデス『エル・ガウチョ、マルティン・フィエロ』〔アルゼンチン〕

一八七三年〔四十一歳〕

資金を援助してメイにもう一年ロンドンで絵画の勉強を続けさせることにする。『仕事——体験の物語 *Work: A Story of Experience*』が出版される。フルートランズでの生活を描いた短編「トランセンデンタル・ワイルド・オーツ」を出版。

▼ドイツ・オーストリア・ロシアの三帝同盟成立〔欧〕●ペイター『ルネサンス』〔英〕●S・バトラー『良港』〔英〕●ドーデ『月曜物語』〔仏〕●**ランボー『地獄の季節』**〔仏〕●**コルビエール『アムール・ジョーヌ』**〔仏〕●A・ハンセン、癩菌を発見〔ノルウェー〕●レスコフ『魅せられた旅人』〔露〕

一八七五年〔四十三歳〕

『八人のいとこ *Eight Cousins or The Aunt-Hill*』が刊行される。

▼イギリス、スエズ運河株を買収〔英〕▼ゴータ綱領採択〔独〕●ラニアー『シンフォニー』〔米〕●トロロップ『現代の生活』〔英〕●ビゼー作曲オペラ《カルメン》上演〔仏〕●E・デ・ケイロース『アマロ神父の罪』〔ポルトガル〕●ドストエフスキー『未成年』

〔露〕●トルストイ『アンナ・カレーニナ』(〜七七)〔露〕●レオンチエフ『ビザンティズムとスラヴ諸民族』〔露〕

一八七六年〔四十四歳〕

『花ざかりのローズ *Rose in Bloom: A Sequel to Eight Cousins*』が刊行される。

▼四月蜂起〔ブルガリア〕▼セルビアとモンテネグロの対トルコ戦争〔欧〕●ベル、電話機を発明〔米〕●フィラデルフィア万国博覧会〔米〕●トゥエイン『トム・ソーヤーの冒険』〔米〕●メルヴィル『クラレル』〔米〕●H・ジェイムズ『ロデリック・ハドソン』〔米〕●L・キャロル『スナーク狩り』〔英〕●ハーディ『エセルバータの手』〔英〕●マラルメ『半獣神の午後』〔仏〕●ゾラ『ナナ』〔仏〕●ロンブローゾ『犯罪人論』〔伊〕●自由教育学院の創立(〜一九四〇)〔西〕●ペレス・ガルドス『ドニャ・ペルフェクタ』〔西〕●ヴァーグナー《ニーベルングの指環》四部作初演〔独〕●ヤコブセン『マリーイ・グルベ夫人』〔デンマーク〕

一八七七年〔四十五歳〕

作家の名前を明かさない匿名シリーズで『現代のメフィストフェレス』を出版。アンナと共同でコンコードのソローハウスを購入。オーチャードハウスを閉じ、ソローハウスに移り住む。母アッバ死去。

▼露土戦争〔露・土〕▼西南戦争〔日〕●ベル、電話機を発明〔米〕●エジソン、フォノグラフを発明〔米〕●シャルル・クロ「蓄音機論」〔仏〕●ロダン《青銅時代》〔仏〕●ゾラ『居酒屋』〔仏〕●フロベール『三つの物語』〔仏〕●カルドゥッチ『擬古詩集』(〜八九)〔伊〕●コッホ、炭疽菌を発見〔独〕●イプセン『社会の柱』〔ノルウェー〕●ツルゲーネフ『処女地』〔露〕●ガルシン『四日間』〔露〕●ソロヴィ

ヨフ『神人に関する講義』（〜八一）［露］

一八七八年［四十六歳］

イギリスにいるメイからスイス人エルネスト・リーニッカと結婚したという知らせが届く。『ライラックの花の下 *Under the Lilacs*』が刊行される。

▼ベルリン条約（モンテネグロ、セルビア、ルーマニア独立）［欧］●H・ジェイムズ『デイジー・ミラー』［米］●ハーディ『帰郷』［英］●S・バトラー『生命と習慣』［英］●H・マロ『家なき子』［仏］●ドガ《踊りの花形》［仏］●ケラー『チューリヒ短編集』（〜七九）［スイス］●ニーチェ『人間的な、あまりに人間的な』［独］●フォンターネ『嵐の前』［独］●ネルダ『宇宙の詩』『小地区の物語』［チェコ］

一八七九年［四十七歳］

体調が思わしくない状態が続く。日記には女性参政権に関する記述や、女性刑務所での朗読会の様子が記されている。メイが娘ルイザ（ルル）・メイ・ニーリッカを出産するが、わずか六週間後に死去。

▼独墺二重同盟成立［欧］▼土地同盟の結成［愛］▼ナロードニキの分裂。「人民の意志」党結成［露］●エジソン、白熱灯を発明［米］●メレディス『エゴイスト』［英］●ケラー『緑のハインリヒ』（改稿版、〜八〇）［スイス］●ルドン『夢の中で』（画集）［仏］●ヴァレス『子供』［仏］●ファーブル『昆虫記』（〜一九〇七）［仏］●ダヌンツィオ『早春』［伊］●フレーゲ『概念記法』［独］●ビューヒナー殁、『ヴォイツェク』［独］●H・バング『リアリズムとリアリストたち』［デンマーク］●ストリンドベリ『赤い部屋』［スウェーデン］

●イプセン『人形の家』〔ノルウェー〕●ドストエフスキー『カラマーゾフの兄弟』（〜八〇）〔露〕

一八八〇年〔四十八歳〕

メイの娘ルルがアメリカに到着。

▼第一次ボーア戦争〔南アフリカ〕●ケルン大聖堂完成〔独〕●E・バーン・ジョーンズ《黄金の階段》〔英〕●ギッシング『暁の労働者たち』〔英〕●エティエンヌ＝ジュール・マレイ、クロノフォトグラフィを考案〔仏〕●ゾラ『ナナ』『実験小説論』〔仏〕●モーパッサン『脂肪の塊』〔仏〕●ヴェルレーヌ『叡智』〔仏〕●エンゲルス『空想から科学へ』〔独〕●**ヤコブセン『ニルス・リューネ』**〔デンマーク〕●H・バング『希望なき一族』〔デンマーク〕

一八八四年〔五十二歳〕

オーチャードハウスを売却。『小さな紳士たち』の続編『ジョーの子供たち *Jo's Boys, and How They Turned Out: A Sequel to "Little Men"*』を書き始めるが、体調が思わしくなく、執筆を中断。

▼アフリカ分割をめぐるベルリン会議開催（〜八五）〔欧〕▼甲申の変〔朝鮮〕●ウォーターマン、万年筆を発明〔米〕●トゥエイン『ハックルベリー・フィンの冒険』〔米〕●バーナード・ショー、〈フェビアン協会〉創設に参加〔英〕●ユイスマンス『さかしま』〔仏〕●**ヴェルレーヌ『呪われた詩人たち』**、『往時と近年』〔仏〕●エコゥト『ケルメス』〔白〕●アラス『裁判官夫人』〔西〕●R・デ・カストロ『サール川の畔にて』〔西〕●ペレーダ『ソティレサ』〔西〕●ブラームス《交響曲第４番ホ短調》（〜八五）〔独〕

●シェンキェーヴィチ『火と剣によって』〔ポーランド〕●カラジャーレ『失われた手紙』〔ルーマニア〕●ビョルンソン『港に町に旗はひるがえる』〔ノルウェー〕●三遊亭円朝『牡丹燈籠』〔日〕

一八八六年［五十四歳］

ようやく『ジョーの子供たち』が完成し、出版される。体調不良が続く。年末にロクスベリーの療養所に入る。

▼ベルヌ条約成立〔欧〕▼コロンビア共和国成立〔コロンビア〕●バーネット『小公子』〔米〕●スティーヴンソン『ジキル博士とハイド氏』〔英〕●ケラー『マルティン・ザランダー』〔スイス〕●ランボー『イリュミナシオン』〔仏〕●ヴェルレーヌ『ルイーズ・ルクレール』『ある寡夫の回想』〔仏〕●ヴィリエ・ド・リラダン『未来のイヴ』〔仏〕●モレアス「象徴主義宣言」〔仏〕●デ・アミーチス『クオーレ』〔伊〕●パルド・バサン『ウリョーアの館』〔西〕●レアル『反キリスト』〔ポルトガル〕●ニーチェ『善悪の彼岸』〔独〕●クラフト＝エビング『性的精神病理』〔独〕●イラーセック『狗頭族』〔チェコ〕●H・バング『静物的存在たち』〔デンマーク〕●トルストイ『イワンのばか』『イワン・イリイチの死』〔露〕

一八八七年［五十五歳］

体調不良が続く。『少女たちに捧げる花冠 *A Garland for Girls*』を刊行。

▼仏領インドシナ連邦成立〔仏〕▼ブーランジェ事件（〜八九）〔仏〕▼ルーマニア独立〔ルーマニア〕●ドイル『緋色の研究』〔英〕●**モーパッサン『モン＝オリオル』**、『オルラ』〔仏〕●ロチ『お菊さん』〔仏〕●ペレス＝ガルドス『ドニャ・ペルフェクタ』〔西〕

●ヴェラーレン『夕べ』〔白〕●テンニエス『ゲマインシャフトとゲゼルシャフト』〔独〕●ズーダーマン『憂愁夫人』〔独〕●フォンターネ『セシル』〔独〕●H・バング『化粧漆喰』〔デンマーク〕●ストリンドベリ『父』初演〔スウェーデン〕●ローソン『共和国の歌』〔豪〕●二葉亭四迷『浮雲』(～九一)〔日〕

一八八八年〔五十五歳〕

体調のよい日は本を読んだり縫い物や編み物をして過ごす。短編作品を書くこともあった。三月一日にブロンソンの見舞いに行く。ブロンソンは三月四日に死去。その二日後の三月六日にルイザ・メイ・オルコット死去。享年五十五歳。

▼ウィルヘルム二世即位(～一九一八)〔独〕●ベラミー『顧りみれば』〔米〕●ヴェルレーヌ『愛』〔仏〕●デュジャルダン『月桂樹は切られた』〔仏〕●バレス『蛮族の眼の下』〔仏〕●E・デ・ケイロース『マイア家の人々』〔ポルトガル〕●シュトルム『白馬の騎者』〔独〕●フォンターネ『迷い、もつれ』〔独〕●ストリンドベリ『痴人の告白』(仏版)、『令嬢ジュリー』〔スウェーデン〕●ヌーシッチ『怪しいやつ』〔セルビア〕●チェーホフ『曠野』『ともしび』〔露〕●ダリーオ『青……』〔ニカラグア〕

訳者解題

煽情小説作家ジョー・マーチ

ジョーはすぐにそうした作品を書くことが好きになっていった――というのも、ぺちゃんこだった財布が膨らんできたし、次の夏にベスを山につれていくための貯金も、週ごとに少しずつだが着実に増えてきたのだから。彼女の満ち足りた気分に、ひとつだけ水を差すものがあった。それは、このことを故郷の家族たちには話していない、ということだった。お父様もお母様もいい顔はなさらないだろうという気がしていた。だからまずは自分が好きなようにやってみよう、そして後から謝ればいいと考えた。誰にも知られないようにするのはたやすいことだった。作品に彼女の名前は出ていない。ダッシュウッド氏には、もちろん、彼女が作者であるとほどなく告げたが、黙っていると約束してくれたし、不思議なことに彼はその約束を守ってくれていたのだった。

ルイザ・メイ・オルコットの『続若草物語』には、マーチ家四姉妹の次女ジョーが、ニューヨークに出て作家修業をする様子が描かれている。[★01] 作家志望のジョーは、「ウィークリー・ボルケーノ（週刊火山）」紙の編集室に行き、編集長のダッシュウッド氏に自身の原稿を持ち込んだ。ジョーがこの時書いていた「作品」とは、この新聞名からも察することができるだろうが、大衆向けの「煽情小説《センセーショナル・ストーリーズ》」だった。狂人や悪党が跋扈《ばっこ》し、復讐《ふくしゅう》や計略、殺人などにあふれた、現在でいうならエンタメ作品とでも呼べるような読み物だ。『若草物語』では「あの当時の暗黒時代には、完全無欠なアメリカ人でさえも、こうした屑《くず》のような作品を読んでいた」と記している。[★02]

短編作品ひとつにつき、二十五ドルから三十五ドル払うと言われたジョーは、故郷にいる家族の家計を助けるために作品を書いては「ウィークリー・ボルケーノ」の編集部に、誰にも知られぬように持ち込んでいた。しかしあるとき、後に彼女の夫となる尊敬すべきベア教授が、人に害を及ぼすような物語を掲載する低俗な週刊新聞への苦言を呈しているのを聞いたとき、ジョーはこうした煽情小説を書いている自分が恥ずかしくなってしまう。その後自分が書いた作品を読み返した彼女は、「本当にゴミのような作品だわ。このまま続けていったらゴミよりも酷いものになってしまうわ――作品ごとにどんどん刺激が強くなっていくのですもの。お金のために、やみくもに書いて、自分にも他の人たちにも害をなしてきたのだわ」と考え、結局こうした煽情小説の執筆をきっぱりとやめてしまうのだった。[★03]

一八六八年に出版され、多くの読者から支持された『若草物語』には、作者ルイザ・メイ・オルコットの少女時代が色濃く反映されていることはよく知られている。登場するマーチ家の四姉妹、すなわちメグ、ジョー、ベス、エイミーは、オルコット自身の姉妹である姉アンナ、オルコット自身、二十二歳で亡くなった三女のエリザベス、そして四女アビー・メイがモデルとなっている。

オルコットは、教育者でもあり思想家でもあったエイモス・ブロンソン・オルコット（一七九九－一八八八）と、ニューイングランドの由緒ある家柄のアビゲイル（一八〇〇－七七）との次女として、一八三二年に、ペンシルヴェニア州ジャーマンタウンに生まれている。父ブロンソンは、理想を追い求める教育者であり、詰め込み教育や体罰に反対し、子供たちのなかにある学ぶ意欲を引き出そうとする教育を実践していた。しかし学校経営はうまくいかず、もともと経済的なことには疎いと

★01――Alcott, *Little Woman*, p. 275.
★02――*Ibid*, p. 275.
★03――*Ibid*, p. 280.

ころもあり、母親アビゲイル（アッバ）が福祉関係の仕事についたり、母方の親戚に借金をしたりするなど、母親が金銭的に苦労をする姿をオルコットは見てきた。オルコットや姉のアンナは、自分たちが働ける年齢になると、家庭教師、針仕事、付添人などさまざまな仕事に従事してきた。

オルコットはまた、雑誌や新聞などの定期刊行物に原稿を送り、掲載された作品の原稿料を得るようになっていく。最初に活字になった短編小説は一八五二年に新聞「オリーブの小枝」に掲載された「恋敵の画家たち」であり、その原稿料は五ドルだった。『若草物語』では、ジョーが初めて持ち込んだ短編小説「恋敵の画家たち」（オルコットは自身の短編作品と同名）が、新聞「スプレッド・イーグルズ」に掲載され、それを姉妹の前で披露するジョーの姿が描かれている。そのときジョーは原稿を持ち込んだときの様子をこう語っている。

それでわたしが（掲載してくれるかどうか）答えを聞きに行くと、編集者の人は持ち込んだ二つの作品のどちらも好きだと言ったの。でも新人には原稿料は払わないのですって、掲載だけして、作品を読んでもらうのもいい練習になるからって。そしていいものが書けるようになれば、どんなところからも原稿料を払ってもらえるようになるって。だから原稿をふたつとも置いてきたの。そうしたら今日これが送られてきたというわけ。…わたしもっと書くわ、次は原稿料を払ってくれるというし、それに、ああ、わたしとってても嬉しいわ。そのうちわたし自活できる

ようになるかもしれないし、みんなを助けてあげられるわ。★04

オルコットの分身ともいえる『若草物語』のジョーは、父親マーチ氏が従軍牧師として南北戦争に参加している間、自分が一家を守らなければと考えている少女である。それは経済的に自分が自活し、そして家族を助けたいという気持ちへと繋がっている。そうした気持ちは、ジョー、すなわちオルコットの執筆の原動力になっていたことだろう。

オルコット自身のペルソナであるジョーは、『続若草物語』で、先述の通りニューヨークへ行き、家庭教師をしながら作家修業をする。『若草物語』では、こうした煽情小説はあくまで金銭を得る手段として描かれ、最終的には先述のようにジョーは我に返り、自分が書いた小説を「ゴミのような作品」だと思い直している。だが、ここで印象的なのは、ジョーがこうした物語を執筆することにのめり込んでいく様子もまた、描かれているという点だ。彼女は、少しでもオリジナリティのある物語を執筆するために、新聞で事故や犯罪の記事を読みあさり、また図書館で毒薬に関する資料をたずねて怪しまれ、路上の人々を観察し、古い物語を調べてもいる。★05

はたして、ジョー、そしてオルコットがこうした煽情小説を執筆したのは、単に金銭的な理由に

★04——*Ibid*, p. 128.
★05——*Ibid*, p. 275.

よるものだけだったのだろうか。

オルコットの仮面

『若草物語』の出版を契機に人気を博したオルコットもまた、実はジョーと同じく煽情小説を執筆していた、という驚きの事実が明らかになったのは、二十世紀も半ばにさしかかろうとしているときだった。伝記作家であるエドナ・チェニィは、自身が執筆したオルコットの伝記に『ルイザ・メイ・オルコット、子供の友』(一八八八)というタイトルをつけており、そのイメージが広く浸透していた。しかしオルコットは同時に別の顔も持っていたのである。

一九四三年四月、ハーバード大学にあるホートン図書館で、マデライン・スターン(一九一二―二〇〇七)とともに、オルコット関連の資料調査をしていたレオナ・ロステンバーグ(一九〇八―二〇〇五)は、オルコットが煽情小説を執筆していたことを示す、編集者からの手紙を発見した。そのとき、静かな館内にロステンバーグの叫び声が響いたという。★06 最終的に、ロステンバーグは一八六五年から翌年にかけてオルコットに届いた五通の手紙を「発掘」し、それによって彼女が執筆していた作品名、掲載誌、そしてA.M.バーナードという男性を想起させるペンネームが明らかになったのだった。

これをきっかけとして、オルコットが執筆した煽情小説が次々に発見されたおかげで、オルコットの別の顔をわたしたちは見ることができるようになった。オルコットの煽情小説家としての出発となったのは、南北戦争中の一八六二年に、人気週刊新聞紙「フランク・レスリー挿絵入り新聞」が賞金百ドルで短編小説を応募していることを知ったオルコットが、「ポーリーンの激情と罰」という作品を投稿し、見事その賞金を勝ち取ったときだった。ただし、この作品が翌年一八六三年に二週にわたって掲載された際には、匿名での発表となった。この作品は恋人ギルバートに裏切られたポーリーンが、自分を慕う年下の男性マニュエルと共謀し、ギルバートへの復讐を企てるという物語である。

このときまでに、オルコットは家族向けの雑誌「オリーヴの小枝」や一流文芸誌「アトランティック・マンスリー」などに短編小説を発表しており、一八六四年に出版されることになる長編小説『気まぐれ』を執筆・改稿してはいたものの、それだけではなく教える仕事や針仕事なども行なっていたことが、たとえば一八五九年の日記からもうかがわれる。オルコット家がつねに経済的な余裕がない家庭であったことを考えれば、百ドルの賞金はオルコットの目には魅力的に映ったに違いない。

オルコットはこの頃、南北戦争に看護士として参加した時の従軍体験をもとに執筆し、高い評価を得た『病院のスケッチ』(一八六三)を出版しているが、それと並行して匿名で「暗闇の囁き」や「二つの目、あるいは現代のマジック」といったスリラー小説を「フランク・レスリー挿絵入り新聞」

★06——Rostenberg and Stern, "Five Letters That Changed an Image" p. 84.

に掲載していた。戦争で負傷した兵士を助ける看護士トリビュレーション・ペリウィンクルを主人公とした『病院のスケッチ』では、この新米看護士が負傷した兵士の傷と心を癒やすことに奔走する姿が描かれる。しかしもう一方でオルコットが作りだした世界では、財産を狙われ精神病院にいれられる女性や、恋人を守るために殺人を犯す人物が登場する。このふたつの対照的な世界は、オルコットの中に共存していた。

オルコットが煽情小説を書いていた理由としてただちに思い浮かぶのは、執筆の容易さと原稿料だろう。オルコットは、実際に、この数年前に友人に宛てた手紙で、このように書いていることが知られている。

血と雷の物語（a blood and thunder tale）で帳簿を明るくしようと思っています。こういう物語の方が「作文」しやすいですし、道徳的でシェイクスピア作品のような凝った作品よりも、原稿料がいいのですもの。だからインディアンだとか、海賊だとか、狼、熊、そして追い詰められた乙女の絵が、「取り乱した花嫁」とか「血だまり――熱き興奮の物語」なんていうタイトルの上に、大々的に描かれている新聞をお送りしても、驚いたりなさらないでね。

〔一八六二年六月二十二日付、アルフ・ホイットマン宛の手紙〕★07

ここでオルコットは、煽情小説のことを「血と雷の物語」と呼び、その書きやすさと原稿料の高さを意識していることがわかる。一八六五年には、エリオット・トマス&タルボット社から刊行されていた週刊誌「フラッグ・オブ・アワ・ユニオン」に「V.V.――あるいは策略に策略を」という作品と、初めてA. M. バーナード名義を使用した「大理石の女」が掲載された。日記にはそれぞれ五十ドルと七十五ドルの原稿料だったことが記録されている。

オルコットはウィリアム・F・ウェルドの病弱な娘アンナの介護人兼付添人として、一八六五年から一年ほどヨーロッパに渡り、スイスのヴェヴェイで『若草物語』のローリーのモデルのひとりと言われる、ポーランド青年ラディスラス・ヴィシニェフスキと出会っている。翌年にアメリカに帰国すると、自分の留守中にオルコット家の経済状態が余裕をなくしていたことを知る。日記に「一家の稼ぎ手がいない間に、案の定我が家は借金をしていたので、早速執筆に取りかかった」[08]と記しているように、オルコットはすでに自分のことを「一家の稼ぎ手」と考えていた。彼女はこの年、「天才の酔狂」「タタール人を飼いならす」「修道院長の幽霊」など多くの煽情小説を生み出している。その中に「仮面の陰に――あるいは女の力」も含まれていた。「仮面の陰に」は、一八六六年十月から十一月にかけて、A. M. バーナード名義で「フラッグ・オブ・アワ・ユニオン」に掲載され、

★07――Qtd. in Stern, "Introduction", p. viii.
★08――Alcott, *The Journals*, p. 152.

オルコットはこの作品で八十ドルを得ている。

「仮面の陰に」はイギリスのコヴェントリー家に、新しい家庭教師《ガヴァネス》が到着するところから物語が始まる。ジーン・ミュアと名乗る従順そうな若い女性は、たちまちコヴェントリー家の人々を巧みな振る舞いと話術で虜にする。ジーンの生徒となったベラは、すっかりこの新しい家庭教師を気に入り、次男のネッドは自分の飼っている気性の荒い馬を手なづけるジーンの姿を見て、あっさりと彼女に心を奪われる。当初からただひとり、ジーンにどこかうさんくささを感じていたコヴェントリー家の長男ジェラルドは、弟ネッドとのケンカの際に負った傷を目の前にしても、怯むことなく応急処置をするジーンに、同じように惹かれていくのだった。

こうしてコヴェントリー家の人びとを、まさに副題にある通り「女の力」を使ってひとりひとり手玉に取っていく家庭教師ジーンには、しかし慎重に隠し続ける過去があった。彼女がコヴェントリー家に来たのは、自らの結婚相手を探すためであり、しかも一族の中でより力のある男性を狙う、という目的があったのだった。実際の彼女は若くもなく、出自もよいわけではない。しかしジーンは、自分の力――演技力、知力、そして人の心を読む力――によって、社会階層を駆け上るという野心にあふれており、そして実際にそれをやってのけるのである。

ここには、たとえば十九世紀アメリカにおいて真の女性らしさとされた「従順、敬虔《けいけん》、清廉、家庭性」を演じつつ、それを大きく踏み越えるジーンの、どこか清々しいまでに大胆な行動が生き生きと描かれている。まさに、センセーショナルな物語と言っていいだろう。

オルコットの欲望

扇情的な物語が求められていたことは、ロステンバーグが発見したオルコットに宛てた編集者からの手紙にも記されている。オルコットに手紙で作品を催促していたのは、「フラッグ・オブ・アワ・ユニオン」誌の編集者J.R.エリオットだった。一八六五年一月二十二日付の手紙で、エリオットはA.M.バーナードでも、あるいは他の男性名義でもよいので作品を送ってほしいとオルコットに伝えている。

親愛なるミス・オルコット
スケッチもしくは中編小説のあらすじを、なんでも結構ですので送られたく存じます。貴殿がその物語の「父」と名乗ることを望まぬ、あるいはA.M.バーナードもしくは「誰か他の男性」にその責任を負わす作品をお願いします。もしわたくしが気に入りましたら買い上げます。オルコット名義で発表する詩作品にも原稿料をお支払いします。同じくオルコット名義で発表されるスケッチには一段で三ドルお支払いします。
敬具　J.R.エリオット[★09]

こうした原稿の依頼が来ていたのだから、オルコットの煽情小説作品は編集者の目から見ても掲載誌にふさわしく、また望ましい作品だと映ったのだろう。原稿料が稼げるということは、家計を支えるオルコットにとってもこうした作品を書き続けることの重要な要因であったことは間違いない。ではオルコットは、書きたくもない作品を、生活のために、それこそ書き散らしていたのだろうか。

一九一六年に作家ラサール・コルベル・ピケットが、これまで知己になった著名人との思い出を記した回想録『わたしの道を横切って——知り合えた人々との思い出』を出版している。その中には、ピケットがオルコットの思い出を語った章が含まれている。ピケットは、「匿名作家シリーズ」の一冊として一八七七年に刊行された『現代のメフィストフェレス』の作者がオルコットだとわかったときには、にわかには信じられなかった、と述べている。しかし同時に彼女は、かつてボストンでオルコットに会ったときの、次のような会話を思い出したと記している。『若草物語』に見られる生き生きとした自然な描写が、オルコットの作家としての真のスタイルなのですね、とピケットが感想を述べたところ、オルコットはこう答えたという。

「そうともいえないのよ」と彼女は答えた。「わたしが生まれつき心を駆り立てられるのは、ぞっとするようなスタイルなの。目も醒めるような空想にふけりながら、原稿にそれを書いて出版したいなぁ、なんて思うのよ」

「そうなされればいいのに」とわたし〔ピケット〕は言った。「そうなさりたいなら、派手やかな物語をお書きになっていけない理由はないように思われますわ」

「昔からよく知るコンコードの、折り目のついた陽気さを台無しにするなんてできないわ。……それにわたしの善良な父がどう思うことか。〔…〕だめね、わたしはいつだってコンコードのお行儀のよい伝統の犠牲者なのでしょうね★10

オルコットには、このように『若草物語』のような少女たちの日常を描く、派手さはないが現実を写し取るスタイルと、「ぞっとするようなスタイル（"lurid style"）」とオルコットが呼ぶ、ドラマチックなスタイルが併存している。このことは、オルコットが育った文学的な環境をふまえて考えることもできるだろう。

オルコットが生まれた一八三〇年代から六〇年代にかけて、十九世紀前半のアメリカ文学は一般にロマン主義文学の時代と言われている。この時代は、アメリカが領土を西へと拡張することが「明白な運命《マニフェスト・デスティニー》」であるという考えが広まり、未来への希望とアメリカ人としての自己の確立が謳《うた》わ

★09——Stern, "Introduction", p. xxvii.
★10——Pickett, *Across My Path*, chapter 19.

れた時代だった。たとえば、オルコットの父ブロンソンのよき友人でもあり、コンコードでは家族ぐるみで親交のあったエマソンは、文学史的にはアメリカン・ルネサンスと呼ばれる十九世紀前半のアメリカ文学を代表する人物だ。アメリカの知的独立宣言とも言われるエマソンの「アメリカの学者」（一八三七）や自分自身の力を信じることを説いた「自己信頼」（一八四一）は、オルコット自身の自立する姿勢や、彼女が描く少女たちの独立心とも共鳴する。同じくコンコードでオルコットらに自然について教えてくれたヘンリー・デイヴィッド・ソロー（一八一七－六二）は、コンコードにほど近いウォールデン湖のほとりに建てた小屋で約二年の間自給自足の生活を送った、現代でいうところのナチュラリストだった。

一方でオルコット一家は、作家ナサニエル・ホーソーン（一八〇四－六四）とも隣人だった。オルコットは、ホーソーンが一八五〇年に出版した『緋文字』を読んでいたことを、同年の八月の日記で記している――「いま読んでいるのはミセス・ブレーメルとホーソーン。わたしはホーソーンの『緋文字』がたいそう気に入っている」[★11]。現在では十九世紀のアメリカ文学を代表するとされる『緋文字』は、植民地時代を舞台に、父親のわからぬ子供を出産し、晒《さら》し台に赤子とともに立たされ、胸に姦通（"Adultery"）の罪をあらわす緋色のAの文字をつけて過ごすことを課せられたヘスター・プリンをヒロインにすえた歴史小説である。ヘスターの子どもの父親は自分だ、と声をあげることができない牧師ディムズデール、それまで行方不明だったが共同体に戻ってきたヘスターの夫チリングワースの心に燃える復讐心が描かれるこの小説は、発売当時四千部の初版が十日で売り切れるほどの評判だったという。[12] もっとも、姦通というスキャンダラスな物語を描く『緋文字』の主眼はむしろ、植民地時代の不寛容なピューリタン社会の中で、ヘスターというヒロインが子供の父親については口を閉ざしたまま、それでも共同体の人々のために働く様子や、ディムズデールの罪の意識、チリングワースの暗い胸の内を描くことにあり、いわゆる大衆向けの煽情小説とは趣を異にしている。オルコットの母アッバは、スウェーデンの作家フレデリカ・ブレーメルの方が「健全」だから好きだと話していたようだが、オルコットは自分は「ぞっとするようなもの（"lurid things"）」が好きだ、もし真実を語り説得力があるならば、と語っている。[13]

また、オルコットは十二歳の時に、母親の友人でもあった作家リディア・マリア・チャイルド（一八〇二－一八八〇）の小説『フィロシア』（一八三六）を読んでいた。この作品は古代ギリシャが舞台になっており、チャイルド自身が「自由奔放な想像力を展開した作品」[14]と語るように、呪術師が死者を蘇らせたり、逃亡奴隷となった少女が逃亡中に幻想的な夢を見たりと、ロマンチックな場面が印象的

★11―― Alcott, *The Journals*, p. 63.
★12―― Mott, *The Golden Multitudes*, p. 131.
★13―― Alcott, *The Journals*, p. 63.
★14―― Child, "Prefaie" in *Philothea*, p. 7.

な作品である。興味深いことに、この小説に悪女として登場するアスパジアという人物を少女時代のオルコットは気に入っており、この作品を芝居にして自らアスパジアを演じていたという。★15

このようにオルコットには父親ブロンソン・オルコットやその友人のエマソン、ソローといった、ある意味で品行方正な道徳観のある文学を志向すると同時に、道徳に縛られない自由奔放な想像力の持つ抗いがたい魅力も理解していたのだろう。

『若草物語』のジョーが、チャールズ・ディケンズやフリードリヒ・フーケの本を読んでいるという設定になっていることからもうかがえるように、オルコットもまたアメリカだけではなく、イギリスをはじめとしたヨーロッパの小説作品も堪能していた。彼女は一八五二年の日記に、大好きな作品のリストを記している。そこにはカーライルやゲーテ、スタール夫人の名前、そして先ほどのチャイルドの『フィロシア』やストウの『アンクルトムの小屋』と並んで、イギリスの小説があがっている――それが『ジェイン・エア』である。★16

ジェインとジーン

今やイギリスのヴィクトリア朝を代表する作家であるブロンテ姉妹のひとり、シャーロット・ブロンテの『ジェイン・エア』は本国イギリスで一八四七年にカラー・ベル（Currer Bell）という男性名で発表され、翌年アメリカでもベル名義で出版された。家庭教師であるジェインと、彼女の雇い主ロチェスターとの恋愛を描いた『ジェイン・エア』は、出版されるや大きな反響を呼び、謎の作者カラー・ベルとは誰なのか？——男なのか、女なのか、はたまたひとりの作家なのか、夫婦あるいは兄弟のペンネームなのか——ということが世間の注目の的となった。シャーロット・ブロンテは続く『シャーリー』（一八四九）も、その次の『ヴィレット』（一八五三）もカラー・ベル名義で出版しており、出版界の一部の人をのぞいては、シャーロット・ブロンテという女性が作者であることは知らされていなかったのである。この問題に最終的な決着がついたのは、エリザベス・ギャスケルによるシャーロット・ブロンテの伝記『シャーロット・ブロンテの生涯』が一八五七年に出版されたときだった。

したがって一八五二年に日記をしたためた段階では、オルコットは『ジェイン・エア』の作者が女性であることはわかっていなかったに違いない。アメリカの文芸誌「北米論評」一八四八年一〇月号に掲載された「今季の小説」では、カラー・ベルの手による『ジェイン・エア』がニューイングランド諸州で「ジェイン・エア熱」を巻き起こしたことを記している。[★17]さらに同記事は、この小説の作者は兄と妹ではないかと推察している。というのも、ひとりの人間、男女どちらかの片方の

★15——Alcott, *The Journals*, p. 57.
★16——*Ibid*, p. 68.
★17——"Novels of the Season", pp. 355-56.

性別しか持たぬ人間が書ける以上のことが記されているからだと、その根拠が説明されている。オルコットはのちに、エリザベス・ギャスケルによるブロンテの伝記を読んだ時の感想を、やはり日記に残している。一八五七年六月のことである。

シャーロット・ブロンテの伝記を読んだ。とても興味深いけれど、哀しい人生。才能に恵まれた人物が長年働き続け、成功と愛と幸せが訪れたら死ぬなんて。

いつかわたしも、自分の書いた物語や奮闘記を読みたいと言ってもらえるほど有名になれるかしら。ブロンテのような人物にはなれそうにないけれど、少しは名を残すことができるかもしれない。★18

このように、オルコットはシャーロット・ブロンテの才能に憧れると同時に、しかしブロンテの人生が決してその才能に見合ったものとならなかったことに、心を動かされていた。ブロンテが身分を超えた激しい愛の物語を男性のペンネームで出版したのちも、出版社の人々さえ「カラー・ベル」が小柄で眼鏡をかけた女性であることを知らなかったとされる。ブロンテは出版社のウィリアム・スミス・ウィリアムと手紙のやりとりをするときに「男としてでも女としてでもなく、なにものにも縛られることのない自由な心で」いたと、ブロンテの伝記作家クレア・ハーマンは述べている。★19

のちにA.M.バーナードという男性を想起させるペンネームを用い、女性らしさの範疇《はんちゅう》を踏み越えた、大衆的な煽情小説というジャンルに入り込んでいったオルコットもまた、「自由な心」を獲得できていたのかもしれない。

オルコットとブロンテの関係については、エリザベス・レノックス・キーザーやクリスティン・ドイルなどの研究者による詳しい考察がなされているが、ブロンテへのオマージュは、「仮面の陰に」の中にさまざまに見て取ることができる。そもそも主人公の名前ジーン・ミュアが、ジェイン・エアとよく似ている響きを持っている。またジーンが登場するときに身にまとっている質素な黒い服も、ジェイン・エアの服装と同じである。また、最初にジーン・ミュアに恋に落ちるのはネッド――つまりエドワードであるが、これは『ジェイン・エア』に登場するロチェスターのファーストネームである。さらにサー・コヴェントリーとジーンの挙式を執り行なった牧師フェアファックスは、ロチェスターのミドルネームから取られている可能性を、先述のドイルは指摘している。[20]

★18―― Alcott, *The Journals*, p. 85.
★19―― Harman, *Charlotte Brontë: A Life*, p. 242.
★20―― Doyle, *Louisa May Alcott and Charlotte Brontë*, p. 54.

女の力、言葉の力

しかしジーン・ミュアは、ジェイン・エアよりも自分の野心に正直な女性だ。彼女は言葉と態度によって人の心をつかむ才能を持ち合わせている。ジーンは「人を動かそうとする感じと人に擦り寄るような響きが奇妙に混ざり」あう声を持ち、楽しそうにしていたはずが、ひとりになると泣き出してしまう(そしてそれを見られているのを知っている)といったちぐはぐな態度を取り、自分が逃げれば逃げるほど追いかけてくる男性がいることを熟知している。彼女の行動はすべて計算されている。最初は警戒していたジェラルドでさえも、物語の中盤からは彼女の虜になっていく。言うなればジーンこそが、このコヴェントリー家で起こることがらの筋書きを書いている作者であり、演者であり、また舞台監督でもあるといえるだろう。しかも彼女は物理的な力や経済的な力によってではなく、すべて言葉と自身の振る舞いの力によってそれを成し遂げている。

ここで思い出されるのは、ボストンの有名な文芸雑誌である「アトランティック・マンスリー」一八六三年十一月号に、ルイザ・メイ・オルコット名義で発表された「わたしの逃亡奴隷」という短編作品である。この短編作品は、南北戦争で北軍の看護士として働いているフェイスという女性が語り手となっている。彼女はそこで南部からの逃亡奴隷だった黒人男性ロバートを助手に、敵ではあるが、負傷して意識も朦朧としている南軍将校ネッドの看護にあたった。しかしあるとき、ロバートがその南軍将校を殺そうとしていることがわかる。実は、ロバートはこのネッドの兄弟だったのである――つまり将校の父親である白人奴隷主と奴隷女性との間に生まれたのがロバートであり、白人の正妻との間に生まれたのがネッドだったのである。同じ父親を持つ兄弟でありながら、かたや奴隷の身分に置かれ、かたや奴隷主の息子として安寧な生活が保障されるという具合に、ふたりの運命は分かたれてしまった。しかもこの白人の兄弟であるネッドは、奴隷の身分にあったロバートの妻ルーシーを無理矢理に奪ってしまったのである。そのせいでルーシーは自ら命を絶った。ロバートはその恨みを晴らすために、南北戦争の敵同士として再会した兄弟を殺そうとしているのだった。

ロバートの身の上を聞いた看護士フェイスは、なんとかロバートを止めようとする。しかし力ではかなわない。そこで彼女はこう考えるのである。

ぐるぐると頭の中で考えがめぐっていたけれども、わたしがしなければならないただひとつのことははっきりしていた。できるものなら、この殺人を止めなければいけない、ということだった。でもどうやって？　たったひとりで、死にかけている男（ネッド）と、気の触れた人（ロバート）と一緒に病室に閉じ込められている状態で？　罪深い衝動に完全に屈している精神は、その衝動に支配されている限り正気ではない。わたしには力もないし度胸もない。時間もないし、作戦をめぐらすこともできない。手遅れになる前に助けが来る可能性もない。でも、唯一わたしが持っている武器がある。それは言葉の力——往々にして女性の最大の防備となるもの。そして恐れよりも強い共感が、言葉を使う力をわたしに与えてくれる。★21

そしてフェイスは、言葉の力でロバートに殺人を思いとどまらせ、事なきを得る。ここで興味深いのは、女性の持つ唯一の力は言葉の力（tongue）だと述べているところだろう。言葉、発話、雄弁さを意味するこの言葉は、まさに言葉の力を知る作家としてのオルコットの考えが表れていると言えはしないだろうか。

言葉（発話、雄弁さ）が力だという考えは、「仮面の陰に」のジーン・ミュアにも共通する。だがジーンにはその力がなぜ必要なのか？　深い信仰心を持つジェイン・エアは、おじからの莫大な遺産を相続することができたが、しかし誰もがそのような幸運に見舞われるわけではない。しかもジーン・ミュアは若作りをしてコヴェントリー家に入ったが、実際はすでに三十才を越えていると描かれている。またサー・コヴェントリーが、ジーン・ミュアと初めて会った時に、彼女が家庭教師とわかったとたんに態度がわずかに変わったのをジーンは見逃さなかった。つまり家庭教師というのは、軽んじられる存在だったのだ。知的職業ということで一定の敬意は得られるものの、社会的な身分は高くない家庭教師。そしてジーンのように出自に特筆すべきものもなく、女優をしていたという経歴を持つ女性に対する社会的な風当たりは強かっただろう。家父長制の犠牲者である実際のジーンがそのままの姿で登場していたら冷たくあしらわれたであろうが、ジーンが演じたような、若く、出自のよい魅力的な女性は好意的に迎えられることを、キーザーは指摘している。[★22] ジーンはこうした社会に対する怒りをたずさえ、社会そのものに復讐を果たそうとするヒロインとして描かれる。

仮面を脱いだジーンも、仮面をつけたジーンも、ジーン本人には変わりない。この物語は、一方でジーンが人のよい家庭に入り込み、詐欺ともいえるような手段をもって人々を手玉にとり、最後には一家の女主人に収まる話と言える。しかしもう一方では、ジーンが自分の力、言葉の力をもって、社会的地位も経済的な力もなにもないところから幸せを勝ち取った物語であるとも考えられる。ジーンのやり方に眉をひそめながらも、駆け引きの見事さ（もちろんコヴェントリー家の人が騙されやすいということはあるかもしれないが）や、言葉の巧みさに、読者もついつい惹かれていってしまうのではないだろうか。それとも、まんまとレディ・コヴェントリーの座についたジーンを嫌な女だと思うだろうか。

オルコットは、「仮面の陰に」で、十九世紀の女性に求められた真の女性らしさ、すなわち「従順、敬虔、清廉、家庭性」という規範を踏み越えているにもかかわらず、その内部に留まることを演じ続ける反逆する女性を描いている。マデライン・スターンは、同じ「血と雷の物語」であっても、

★21―― Alcott, "My Contraband", p. 106.
★22―― Keyser, *Whispers in the Dark*, p. 50.

男性が主人公になっている「不思議な鍵」(一八六七)はオルコット名義で出版されていることから、情熱的で怒りに満ちた女性が描かれるときに、無記名あるいはペンネームを使っていた可能性を示唆している。[★23]

オルコットは、一八六八年八月二十六日付の日記の中で、『若草物語』のゲラが届いたときのことを次のように語っている。「全ページの校正ゲラが届いた。案外いい作品だと思う。ぜんぜんセンセーショナルではなくて、素朴で真実味がある[★24]」。オルコットは『若草物語』から、これまで自分が書いてきたような「血と雷の物語」を取り除き、自分自身の家族の物語を描き込んだ。リアルな少女たちの日常が語られる『若草物語』はその後大ヒットとなり、彼女はもう生活費のためにセンセーショナルな物語を書く必要はなくなった。その後は『続若草物語』(一八六九)、『昔気質の少女』(一八六九)、『第三若草物語』(一八七〇)、『八人のいとこ』(一八七四)、『花ざかりのローズ』(一八七六)など次々に作品を発表し、原稿料も印税も入り、投資をする余裕も出てきたことを日記に記録している。

しかし一八七七年に、作者の名前を出さずに出版する「無名シリーズ」として、ゴシック・スリラー『現代のメフィストフェレス』を執筆した時、こう感想を記している――「子供だましの訓話には飽きあきしていたので、今度の作品は楽しかった[★25]」。オルコットが「血と雷の物語」を最初に執筆しようとしたのは、たしかに金銭的な理由があっただろう。実際に彼女は亡くなるまで両親や姉アンナの家族の面倒を見続け、妹メイのヨーロッパ滞在費を捻出し、メイが亡き後は残された姪ルルを引き取って育てていた。オルコットは生涯「言葉の力」で生活をし、家族を支えた作家だった。しかし、金銭だけがその理由ではなかっただろう。彼女にこうした物語を書きたいという欲求がなければ、「仮面の陰に」のジーンをあれほど生きいきと描くことはできなかったのではないだろうか。

オルコットは、「素朴で真実みがある」小説を書くことも、「ぞっとするような」物語を執筆することもできる、多彩なスタイルをもつ小説家だった。そしてそのどちらのスタイルにも、書く楽しさがあったに違いない。だがやはり、『若草物語』中で、ジョーに煽情小説家としての筆を折らせたように、こうしたジャンルを女性が執筆していると公にすることは、時代が——そしてオルコットの場合は父親や周囲の人々が——許さなかった。名前こそ出さなかったものの、彼女はしかしその一線を踏み越えた。そしてオルコットのペンネームと作品を突き止めてくれたマデライン・スターンとレオナ・ロステンバーグのおかげで、わたしたちは今、この「血と雷の物語」を読むことができるのである。そしてオルコットが隠していた「血と雷の物語」を読むことで、オルコットの代表作である『若草物語』も、よりいっそう面白く読めるに違いない。

★23——Stern, "Introduction", p. xvi.
★24——Alcott, *The Journals*, p. 166.
★25——*Ibid*, p. 204.

本書はLuisa May Alcott, "Behind a Mask, or, A Woman's Power." *The Flag of Our Union*, vol.XXI, no.41-44(October 13, 20, 27, November 3, 1866)の全訳である。翻訳に際しては、本作品が収録されているElaine Showalter, ed. *Alternatice Alcott* (Rutgers UP, 1988)を使用した。

本作品を翻訳してみようと思ったのは、慶應義塾大学教授・佐藤元状氏に、〈ルリユール叢書〉へお声がけいただいたことが契機となった。ご紹介いただいた佐藤氏に感謝いたします。また、幻戯書房の中村健太郎氏は、翻訳が遅々として進まぬ訳者に辛抱強くおつきあい下さった。この場をお借りして、心から御礼申し上げます。

二〇二〇年八月

大串尚代

参考文献

▶Alcott, Louisa May. *Behind a Mask: The Unknown Thrillers of Louisa May Alcott.* Ed. and Introd. Madeleine Stern. Harper Prennial, 2004.

▶—. *The Journals of Louisa May Alcott.* Edited by Joel Myerson, and Daniel Shealy. U of Georgia P, 1997.『ルイーザ・メイ・オールコットの日記——もうひとつの若草物語』西村書店、二〇〇八年。引用は邦訳にしたがった。ただし文脈に応じて訳語を変えたところもある。

▶—. *Little Women*. Ed. Anne E. Phillips, and Gregory Eiselein. Norton, 2004.

▶—. "My Contraband." *Scribbling Women: Short Stories by Nineteenth-Century American Women.* Edited by Elaine Showalter. Rudgers UP, 1997. pp. 95-114.

▶Child, Lydia Maria. *Philothea: A Romance*. Boston: Otis, 1836.

▶Doyle, Christine. *Louisa May Alcott and Charlotte Brontë: Transatlantic Translations.* U of Tennessee P, 2000.

▶Harman, Claire. *Charlotte Bronte: A Life*. Penguin, 2015.

▶Keyser, Elizabeth Lennox. *Whispers in the Dark: The Fiction of Louisa May Alcott*. U of Tennessee P, 1993.

▶Mott, Frank Luther. *The Golden Multitude: The Story of Bestsellers in the United States*. Macmillan, 1947.

▶"Novels of the Season." *North American Review*, Oct. 1848, pp. 354-69.

▶Showalter, Elaine, editor. *Alternative Alcott*. Rutgers UP, 1988.

▶Stern, Madeleine B. *Louisa May Alcott: From Blood and Thunder to Hearth and Home.* Northeastern UP, 1998.

▶Stern, Madeleine. Introduction. Alcott, *Behind the Mask*. vii-xxviii.

▶—. "Behind a Mask." Stern, *From Blood*, pp. 93-103.

▶—. "Behind a Mask." Showalter, pp. 95-202.

- Pickett, La Calle Corbell. *Across My Path*. 1916. Hard Press, 2017. Kindle
- Rostenberg, Lona and, Madeleine B. Stern. “Five Letters That Changed an Image.” Stern, *From Blood and Thunder to Hearth and Home*, pp. 83-92.
- Rostenberg, Leona. “Some Anonymous and Pseudonyous Thrillers of Louisa May Alcott.” Stern, *From Blood and Thunder to Hearth and Home*, pp. 73-82.

［著者略歴］

ルイザ・メイ・オルコット［Louisa May Alcott 1832–88］

十九世紀を代表するアメリカ女性作家。ペンシルヴァニア州ジャーマンタウンに、教育者・哲学者の父親エイモス・ブロンソン・オルコットと、奴隷制反対運動に関わっていたメイ家の出身であるアビゲイルの次女として生まれる。マサチューセッツ州コンコードで少女時代を過ごし、ラルフ・ウォルドー・エマソンやヘンリー・デイヴィッド・ソローと交流があった。南北戦争時には北軍の看護師として従軍。南北戦争後に『若草物語』（一八六八）を出版し人気を博す。『若草物語』執筆前（一八六六）に、A．M．バーナード名義で大衆向けのスリラー小説を出版していたことが、二十世紀にはいって明らかになった。

［訳者略歴］

大串尚代［おおぐし・ひさよ］

一九七一年滋賀県生まれ。慶應義塾大学文学研究科博士課程修了。博士（文学）取得。現在、慶應義塾大学文学部教授。著書に『ハイブリッド・ロマンス――アメリカ文学にみる捕囚と混淆の伝統』（松柏社）、訳書にフェリシア・ミラー・フランク『機械仕掛けの歌姫――19世紀フランスにおける女性・声・人造性』（東洋書林）がある。

〈ルリユール叢書〉

仮面《かめん》の陰《かげ》に　あるいは女《おんな》の力《ちから》

二〇二一年三月六日　第一刷発行
二〇二一年六月一日　第三刷発行

著者　ルイザ・メイ・オルコット
訳者　大串尚代
発行者　田尻　勉
発行所　幻戯書房
郵便番号一〇一－〇〇五二
東京都千代田区神田小川町三－十二　岩崎ビル二階
電話　〇三（五二八三）三九三四
FAX　〇三（五二八三）三九三五
URL　http://www.genki-shobou.co.jp/
印刷・製本　中央精版印刷

ISBN978-4-86488-216-3 C0397

〈ルリユール叢書〉発刊の言

厖大な情報が、目にもとまらぬ速さで時々刻々と世界中を駆けめぐる今日、かえって〈遅い文化〉の意義が目に入りやすくなってきました。例えば、読書はその最たるものです。それというのも読書とは、それぞれの人が自分のリズムで本を読み、日々の生活や仕事、世界が変化する速さとは異なる時間を味わう営みでもあります。人間に深く根ざした文化と言えましょう。

本はまた、ページを開かないときでも、そこにあって固有の時間を生みだすものです。試しに時代や言語など、出自を異にする本が棚に並ぶのを眺めてみましょう。ときには数冊の本のなかに、数百年、あるいは千年といった時間の幅が見いだされるかもしれません。そうした本の背や表紙を目にすることから、すでに読書は始まっています。

気になった本を手にとり、一冊また一冊と読んでいくと、目には見えない書物同士の結び目として「古典」と呼ばれる作品があることに気づきます。先人の知を尊重し、これを古典として保存、継承していくなかで書物の世界は築かれているのです。かつて盛んに翻訳刊行された「世界文学全集」も、各国文学の古典を次代の読者へと手渡し、共有する試みでした。

古今東西の古典文学は、書物という形をまとって、時代や言語を越えて移動します。〈ルリユール叢書〉は、どこかの書棚でよき隣人として一所に集う――私たち人間が希望しながらも容易に実現しえない、異文化・異言語・異人同士が寛容と友愛で結びあうユートピアのような――〈文芸の共和国〉を目指します。

また、それぞれの読者にとって古典もいろいろです。私たちは、そのつど本を読みながら、時間をかけた読書の積み重ねのなかで、自分だけの古典を発見していくのです。〈ルリユール叢書〉は、新たな古典のかたちをみなさんとともに探り、育んでいく試みとして出発します。

Reliure〈ルリユール〉は「製本、装丁」を意味する言葉です。
ルリユール叢書は、全集として閉じることのない
世界文学叢書を目指し、多種多様な作品を綴じながら、
文学の精神を紐解いていきます。
一冊一冊を読むことで、読者みずからが〈世界文学〉を
作り上げていくことを願って――

［**本叢書の特色**］

❖名作の古典新訳から異端の知られざる未発表・未邦訳まで、世界各国の小説・詩・戯曲・エッセイ・伝記・評論などジャンルを問わず紹介していきます（刊行ラインナップをご覧ください）。

❖巻末には、外国文学者ならではの精緻、詳細な作家・作品分析がなされた「訳者解題」と、世界文学史・文化史が見えてくる「作家年譜」が付きます。

❖カバー・帯・表紙の三つが多色多彩に織りなされた、ユニークな装幀。

〈ルリユール叢書〉刊行ラインナップ

［既刊］

アベル・サンチェス	ミゲル・デ・ウナムーノ［富田広樹＝訳］
フェリシア、私の愚行録	ネルシア［福井寧＝訳］
マクティーグ　サンフランシスコの物語	フランク・ノリス［高野泰志＝訳］
呪われた詩人たち	ポール・ヴェルレーヌ［倉方健作＝訳］
アムール・ジョーヌ	トリスタン・コルビエール［小澤真＝訳］
ドクター・マリゴールド　朗読小説傑作選	チャールズ・ディケンズ［井原慶一郎＝編訳］
従弟クリスティアンの家で　他五篇	テーオドール・シュトルム［岡本雅克＝訳］
独裁者ティラノ・バンデラス　灼熱の地の小説	バリェ＝インクラン［大楠栄三＝訳］
アルフィエーリ悲劇選　フィリッポ　サウル	ヴィットーリオ・アルフィエーリ［菅野類＝訳］
断想集	ジャコモ・レオパルディ［國司航佑＝訳］
颱風［タイフーン］	レンジェル・メニヘールト［小谷野敦＝訳］
子供時代	ナタリー・サロート［湯原かの子＝訳］
聖伝	シュテファン・ツヴァイク［宇和川雄・籠碧＝訳］
ボスの影	マルティン・ルイス・グスマン［寺尾隆吉＝訳］
山の花環　小宇宙の光	ペタル二世ペトロビッチ＝ニェゴシュ［田中一生・山崎洋＝訳］
イェレナ、いない女　他十三篇	イボ・アンドリッチ［田中一生・山崎洋・山崎佳代子＝訳］
フラッシュ　ある犬の伝記	ヴァージニア・ウルフ［岩崎雅之＝訳］
仮面の陰に　あるいは女の力	ルイザ・メイ・オルコット［大串尚代＝訳］

［以下、続刊予定］

ミルドレッド・ピアース	ジェイムズ・M・ケイン［吉田恭子＝訳］
ヘンリヒ・シュティリング自伝　真実の物語	ユング＝シュティリング［牧原豊樹＝訳］
ニルス・リューネ	イェンス・ピータ・ヤコブセン［奥山裕介＝訳］

＊順不同、タイトルは仮題、巻数は暫定です。＊この他多数の続刊を予定しています。